K-MEN

K-MEN

정천 지음

좋은땅

프롤로그

'따다다단 따다다단 따다다 딴 따다 따닷닷닷'

누구나 다 아는 결혼행진곡이 울려 퍼졌다. 신랑, 신부의 행진과 함께 하객들의 박수와 함성이 이어졌다. 서울의 L호텔, 대학교 동기인 형석이가 노총각 딱지를 떼는 축제의 현장이다. 예식장 하객용 정장을 깔끔하게 차려입은 대학교 동기들 5명과 원탁에 둘러앉아 코스 요리를 맛보며 박수를 치는 중이다.

"성준아, 너는 결혼 안 해?"

"여친 있냐고 먼저 물어야지."

"성준이 여친 있어. 나는 성준이랑 친해 인마."

나이가 있으니 어딜 가나 듣는 질문이다. 그래도 친구들이 물으면 전혀 부담이 없는데 부모님이나 어른들이 물으면 압박을 당하는 것 같아서 기분이 좋지는 않다.

"아직 빨리 해야겠다는 생각은 없어서. 꼭 해야겠다는 생각도 별로 없고."

"그래 하지 마! 뭐 좋은 거라고."

"아냐 성준아 꼭 해! 나만 당할 수는 없어."

석이의 농담에 다 같이 웃었다. 농담인 것 같지만 내가 결혼을 안 하는 이유도 비슷하다. 결혼한 선배, 친구, 후배들을 옆에서 지켜보면 너무 많은 것을 포기하고, 힘들어 보인다. 물론 좋은 점도 있지만 아기들을 좋아하지 않는 내 성향으로는 좋은 점보다 안 좋은 점들이 훨씬 더 많아 보이는 것이 사실이다.

"성준이는 지금도 너무 재밌게 잘 살아서 안 해도 돼. 야구팀 감독으로 야구하지, 주중에 볼링 동호회에서 볼링 치며 여자 친구 만났지, 프로야구 시즌엔 야구 보러 가지, 주말에 간간히 캠핑도 다니지 얼마나 바쁘게 잘 노는데."

그나마 연락을 자주 하는 성수가 내 일상을 설명했다.

"와~ 진짜 부럽다. 그런데 너 지금 여친이랑 결혼하면 같이 볼링 치는 거 말고는 다 못 한다. 그렇게 다 할 용돈도 없어. 그것도 애 낳기 전 이야기지. 아기 생기면 아무것도 못 한다고 봐야 돼."

"근데 너를 주변에서 가만 두지 않을 것 같은데? 부교수님이지, 키도 180㎝, 집도 잘살잖아."

"그러니까 8살 어린 여친 만나지."

"야. 그만 해라. 왜 내 얘기만 자꾸 하고 그래. 부담스럽게."

나한테 너무 집중이 되는 것 같아서 일단 대화를 끊어 봤다.

"부러워서 그러지. 나는 그렇게 좋아하는 낚시를 언제 갔나? 기억도 안 나."

"너네는 그래도 귀여운 애들이 있잖아."

"그렇게 이야기하면 할 말은 없는데 나도 나 좋아하는 것도 좀 하면서 살고 싶다."

"해! 석이 하고 싶은 거 다 해! 누가 못 하게 해?"

"누구긴 누구냐 우리 마나님이시지. 여성 상위 사회가 되고 있어. 허락을 안 받으면 할 수 있는 게 없다."

친구 결혼식장에 와서 왜 지들 결혼생활 불평을 늘어놓는지 모르겠지만 쌓인 것들이 많아 쉽게 끝나지 않았다.

"그 책 봤어? 그거 82년생. 우리가 82년생인데 아무리 내가 남자라지만 읽으면서 공감이 1도 안되더라."

"우리 와이프는 여잔데 엄마 얘기 같다고 하더라."

"맞아 솔직히 60년대 이야기 아냐? 70년대생도 거의 안 겪은 일을 82년생 이야기래."

"진짜 웃기는 건 요즘 20대들도 거기에 공감하고 페미니스트가 된다는 애들이 많아."

이야기는 서서히 남녀차별에 관한 것으로 넘어갔다.

"우리 세대까지는 그래도 구시대의 악습이 남아서 차별을 경험한 사람들이 좀 있을 수 있지. 그런데 요즘 20대는 남자가 차별을 받으면 받았지 여자들이 무슨 차별을 받는다고 그러는지 몰라. 도무지 성차별다운 게 있어야지."

“우리 세대도 몇몇 나이 많은 꼰대들이 인식이 안 바뀌어서 좀 했지. 차별 거의 없었어.”

“우리끼리 여기서 말해 봐야 뭐 하냐. 아무 의미 없는 이야기 그만해.”

“그 책이 영화화되고, 인기 끌면서 우리나라에서 무슨 여자가 큰 차별받는 것처럼 인식이 박히고 있잖아. 불리한 것만 확대하고 유리한 점은 침묵하면서.”

“나도 읽어 봤는데 억지도 많아. 여자들을 이해 못 한다고 앞뒤 없이 그냥 힘들대. 그럼 여자가 남자들은 그렇게 잘 이해하나?”

이 책이 뜨긴 했나 보다. 나도 읽었지만 우리가 82년생이라 그런지 다 읽은 것 같다. 우리나라 사람들 독서량이 그렇게 많지가 않은데 역시 뭔가 하나 붐이 일면 무섭다.

“야. 형석이 인사하러 온다. 축하나 해.”

“와 줘서 고맙다. 여기는 대학교 동기들입니다.”

형석이가 인사를 하며 가족들에게 우리를 소개했다.

“안녕하세요. 축하해. 잘 살아라.”

“밥 괜찮아? 그래 신혼여행 갔다 와서 연락할게.”

“맛있네. 갔다 와서 한번 보자.

“잘 살아.”

1

'깡'

애국가에도 나오는 공활한 가을 하늘에 맑고 깨끗한 금속음이 울리며 칠판에 하얀색 분필로 선을 긋듯 야구공이 솟아올랐다. 6회 말 투아웃 주자 2, 3루 상황에서 레드파이어스의 2번 타자가 친 공이 수비수가 없는 우중간으로 날아간다. 잘 맞은 타구다. 구장 안의 모든 시선이 공으로 향했다가 뛰기 시작한 중견수에게로 이어졌다. 3루 주자는 아예 뒤로 돌아 공을 바라보며 천천히 뒷걸음질을 쳤다. 2루 주자 역시 전력을 다해 스타트를 했지만 3루에 다 와서는 속도를 줄이며 수비수를 바라본다. 양 팀의 덕아웃에 있던 선수들은 똑같이 소리를 지르며 뛰쳐나갔다. 간절한 마음으로 같은 공을 바라보고 있지만 잡기를 바라는 마음과 안타가 되기를 바라는 마음이 극과 극으로 갈렸다. 투아웃 상황에서 잡으면 그대로 경기 끝. 못 잡아도 큰 타구라 두 명의 주자가 쉽게 들어올 수 있어 경기는 역전으로 끝난다. 승리 팀은 이제 중견수인 나, 강현석의 손에 달렸다. 너무 멀어서 못 잡을 것 같지만 일단 타구가 떨어질 것으로 예상되는 지점으로 전력을 다해 달리며 공을 슬쩍슬쩍 쳐다본다. 내가 공쪽으로 간다는 느낌보다 공이 나한테 오는 듯한 느낌으로 점점 가까워진다. 처음에는 절대 잡을 수 없을 것 같던 타구가 눈앞에 있다. 마지막 순간 글러브를 뻗어 본다. 글러브가 무거워지며 밀리는 느낌이 들었다. 확실히 잡은 느낌이다.

"쓰리 아웃."

심판의 우렁찬 목소리가 들렸다. 6 대 5 짜릿한 승리. 이 맛에 바쁜 시간 쪼개서 사회인 야구를 한다. 혹자는 다른 의미로 야구를 인생에 비유하기도 하지만 가끔 외야에서 이런 수비를 하다 보면 진짜 인생과 비슷하다는 생각을 하곤 한다. 위치한 자리에서 몇 발자국 움직이지 않고 잡아낼 수 있는 타구처럼 쉬운 일도 있지만 지금 잡은 타구처럼 어디서부터 손대야 하는지 모르겠는 일들도 그동안 쌓아 온 경험을 바탕으로 정보를 수집하고, 관련된 공부를 꾸준히 하다 보면 어느 새 해답에 가까워지고 해결되는 경우가 있다. 물론 아무리 노력해도 잡을 수 없는 타구 같은 일들도 있고, 정말 잘 맞았지만 수비수에게 정면으로 가는, 타자에게는 재수가 없는 타구도 있으니 말이다.

"나이스 캐치! 역시 믿고 쓰는 강현석."

"진짜 맞는 순간 지는 줄 알았다."

"형! 저 못 믿으셨군요."

팀원들이 모이며 한 마디씩 하는 중에 나 역시 너스레를 떨며 받아친다. 이런 수비를 해내면 끝내기 안타나 홈런 이상으로 하루 종일 들뜬 기분이 된다.

"라인업 해 주세요. 레드파이어스 대 부스터즈 경기는 6 대 5로 부스터즈가 승리하였습니다. 이긴 팀은 운동장 정리 부탁드리겠습니다."

심판의 경기 종료 선언에 이어 양 팀 선수들이 악수 및 하이파이브를 마치고, 덕아웃으로 들어가 짐을 챙긴다. 심장이 쫄깃하게 이긴 경기 후에는 역시나 말들이 많다. 목소리도 한 층 커지게 마련이다.

"상수가 승리 투수, 형식이가 세이브네."

"세이브는 무슨. 불 질렀는데 현석이가 수비로 막았지."

"그래도 기록은 세이브입니다."

"하하하. 그래 좋겠다."

상수는 우리 팀 에이스 투수다. 중요한 경기는 무조건 선발 투수로 출전을 한다. 공의 스피드가 빠른 편인데 그보다 공을 원하는 곳에 넣을 수 있는 제구력이 장점이다. 대부분 사회인 야구 투수들은 공을 가운데 보고 많이 던지는데 상수는 스트라이크 존을 4등분해서 던진다고 한다. 형식이는 게임 뒷부분을 책임져 주는 마무리 투수로 자주 나온다. 공의 빠르기가 상위 1% 안에 들 정도로 빠르다. 그냥 한가운데 던져도 치지 못하는 경우가 많을 정도인데 멘탈이 좀 약한지 오늘처럼 볼넷을 많이 주는 경우가 있다.

"수다는 나가서 떨고, 일단 짐 챙겨서 나가자. 점심 어디서 먹을래?"

성준이 형이 떠드는 팀원들의 말을 일단 막았다.

"냉면이나 먹자."

바로 다음 경기가 이어지기 때문에 신속하게 각자 개인 장비와 팀 장비를 챙겨 덕아웃을 나와야 한다. 장비를 챙긴 팀원들이 주차장 쪽으로 나와 둥그렇게 모였다.

"오늘 수고하셨고요, 다음 경기는 9월 2일. 2주 뒤에 오전 9시입니다. 지난번에 갔던 요 앞에 냉면집 아시죠? 점심 거기서 먹을 게요."

기분 좋게 이겨서 분명 오늘은 감독인 성준이 형이 쏠 것 같다. 집에 돈도 많고 대학 부교수인 성준이 형은 우리 팀의 물주다. 경기 끝나고 밥이나 술을 자주 사기도 하지만 야구 배트, 글러브 등 각종 야구용품들도 팀원들에게 자주 선물한다. 나이도 제일 많고, 감독이기도 하지만 만약 내가 좀 넉넉한 형편이라도 이렇게 주변 사람들에게 이것저것 줄 수 있을까란 생각을 하게 만드는 형이다. 돈이 아무리 많아도 더 벌고 싶어서 눈에 불을 켜는 사람들이 넘쳐나는 세상에서 마음이 부자인 이런 사람은 요즘 흔치 않다. 부스터즈도 5년 전에 성준이 형이 만든 팀이다. 그 전에 성준이 형이 야구하던 팀 감독이 외국으로 이민을 가면서 팀이 와해가 됐을 때 친했던 팀원 몇 명과 만든 팀이다. 나도 그 팀원 중 한 명이던 대학교 동창 민형이가 소개를 해서 들어왔다. 워낙 운동을 좋아해서 학생 때부터 농구, 축구, 당구, 볼링 등 공놀이를 엄청 많이 했었는데 야구는 장비도 많이 필요하고, 접할 기회가 많지 않아 그때 처음 시작을 했다. 야구 붐이 일어서 한 번 배워 보고자 이전부터 야구를 하고 있는 민형이에게 이것저것 물어보다 마침 타이밍이 맞아 입단을 했다. 초심자라 수비 부담이 적은 우익수로 시작을 해서 1년 정도 야구를 배운 후에 다리가 빠르고 센스가 있다며 중견수를 맡게 됐다. 그때까지도 그렇게 잘하지는 못했는데 부스터즈가 신생팀이라 선수가 많지 않아 운이 좋게 게임에 자주 나갈 수 있었다. 그 후로 부스터즈 수비의 핵심으로 자리 잡아 '믿고 쓰는 강현석'이 되었다. 자화자찬이지만 내가 운동신경 하나는 타고 나서 어떤 운동을 하던지 중상위권 수준까지 빨리 올라간다.

짐을 챙겨 나와 트렁크에 야구가방을 싣고 핸드폰을 잡았다.

'부재중 전화가 3개?'

열어 보기가 싫었다. 분명히 와이프이거나 출동이다.

'지금 볼까? 냉면을 먹고 볼까?'

냉면이 너무 먹고 싶다. 두 시간 동안 야구하고 먹는 냉면은 그냥 몸에 흡수되는 느낌이다. 맥주를 한 잔하며 갈증을 해소할 때도 있지만 운전해서 돌아가야 하기 때문에 자주 마시지는 못하니 냉면이 그 차선책으로는 으뜸이다. 마치 내 몸 구석구석까지 냉면 육수가 찾아들어가 시원하게 채워 주는 것 같다고 할까.

'일단 냉면을 먹고 나서 누구한테 온 것인지 확인하자.'

분명 큰일은 아닐 거라고 자기 최면을 걸며 전화기를 주머니에 넣었다. 뭔가 불편한 마음이 들어 찝찝했지만 그대로 냉면집으로 들어갔다.

"물냉 손! 하나, 둘, 셋…. 거의 다네. 그럼 비냉 손! 하나, 둘. 나머지는 물냉이죠?"

"이모님 여기 비냉 둘, 물냉 여섯 개 주시고 만두 테이블당 한 접시씩 주세요."

총무 범진이가 신속하게 정리해서 주문을 했다. 사소한 일로는 1초도 망설임 없이 바로 바로 처리를 잘 하는 것이 범진이의 장점이다. 내가 천생 총무라고 매번 이야기한다.

"여기는 일단 육수 좀 더 주세요."

요즘엔 게임만 하고 바로 가던 형철이가 냉육수를 벌컥벌컥 들이키더니 육수를 더 주문했다.

"형철이 웬일로 남았어? 오늘 와이프한테 허락 받은 날이야?"

"후~ 이제 허락이고 뭐고 없어요. 현석이 형, 이따가 커피 한 잔 마시러 가시죠. 가서 자세히 말씀 드릴게요."

한숨이 먼저 나오는 거 보니 뭔가 일이 있긴 한가 보다. 형철이랑은 야구를 오래 같이 한 사이에다 결혼 전 술도 같이 자주 마셔서 학교 선후배보다도 친한 관계라 할 수 있다. 형철이가 결혼하고는 야구도 자주 못 오고, 와도 야구만 하고 바로 돌아가서 최근엔 소통을 거의 못 했다. 원래 착해서 와이프한테 꽉 잡혀 사는 캐릭터로 놀림도 많이 받지만 가정에 충실하며 잘 살고 있다고 생각했는데 역시 부부생활은 겉으로 보는 것과 다른 것이다.

"나 냉면 먹고 바로 가야 할 수도 있어. 지금 부재중 전화 세 통 있는데 안 보고 있다."

남의 일 같지 않은지 다 같이 쓴웃음을 지었다.

"그나저나 우리 플레이오프 이제 진출한 거야?"

"아직 8경기 했어요. 아직 여섯 게임이나 더 남아서 몰라요."

"그래도 1패밖에 없잖아."

"그러니까 형이 실책하면 안돼요. 크크크."

지혁이의 물음에 범진이가 농담으로 대답을 대신하자 다 같이 웃었다.

"그거 어려웠어. 못 잡는 거야."

지혁이도 농담인줄 알지만 찔리는 것이 있어서 웃으며 자기변호를 한다. 이긴 날이라 실책도 농담으로 승화시키며 짜릿했던 1점 차 승리를 만끽했다. 냉면이 나오고 10분이 안 걸려 모두 그릇을 비웠다. 보통을 시켜도 양이 많이 나오는 집인데 만두에 육수까지 마신 시간이다. 식당 사장님들이 제일 좋아한다는 빨리 많이 먹고 가는 젊은 남자 손님들이 우리다.

"다 먹었지?"

성준이 형이 한 번 확인한 후에 일어나 결제를 했다.

"형님, 잘 먹었습니다."

다들 냉면집을 나오며 감사의 한 마디씩을 했다. 매번 있는 일이기는 하지만 당연하게 생각해서는 안 된다.

"커피 마실 사람? 간만에 형철이도 남는다니 커피는 내가 쏜다."

이번 달 용돈이 여유가 좀 있는 것 같아 오랜만에 골든 벨을 울렸다.

이 팀에서 나도 나이로는 다섯 손가락 안에 들어 크게 한 턱 내고 싶은 마음은 굴뚝같지만 내 용돈이 넉넉하지 않아 가끔 이렇게 기분 좋은 날 커피나 한 번씩 사고 있다. 그런데 서너 명이 담배를 입에 물고 불을 붙일 뿐 형철이와 성준이 형 말고는 가겠다는 사람이 없었다.

"다들 집에 가야 돼? 내가 쏘는 날이 많지가 않은데 진짜 아무도 안 가?"

다른 사람들은 그렇다 쳐도 매일 남는 범진이도 일이 있는지 나서지 않았다.

"범진이도 가야 돼?"

나랑 같은 의문이 생겼는지 성준이 형이 물었다.

"저 어제 숙직이었는데 한숨도 못 자고 와서요. 너무 피곤해서 안 될 것 같습니다."

"너 숙직 선 지 얼마 안 됐잖아. 무슨 당직을 그렇게 자주 서?"

"요즘 계장님 한 분이 휴직하셨는데 남자 직원이 적어서 숙직이 진짜 자주 돌아와요."

범진이는 시청에서 일하는 공무원이다. 일도 힘들지 않고, 거의 정시에 끝나서 직업에 대한 만족도가 높은데 가끔 동료들과 마찰이 있어 불만을 이야기하곤 한다. 좀 더 정확하게 이야기하면 범진이는 성격이 정확하고 칼 같은 면이 있는데 여직원들에게 편의를 봐주는 부분에서 공정하지 못하다고 생각하는 것 같았다. 이런 것들에 불만을 표하거나 건의를 하는 과정에서 여직원들과 자주 부딪칠 수밖에 없는 것이다. 범진이의 불만은 주로 남자 직원들이 받는 역차별적인 이야기다.

"서류철 그거 무거우면 얼마나 무겁다고 정리할 때 남자들만 시켜서 땀 뻘뻘 흘리고 몇 시간 걸려 해 놓으면 여자들은 와서 청소 좀 하고 똑같이 일한 척해요. 그래도 여자보다 남자가 힘이 세니 어느 정도 이해는 할 수 있는데 기본적으로 힘쓰는 일은 남직원이 당연히 해야 한다는 식이고, 전혀 고마워하지 않아요. 일단 몸을 움직이는 일은 남직원이 하는 일이라는 생각이 뇌리에 박혀 있다니까요. 시 행사 때 그늘막 설치하고, 의자 배치하고 할 일 진짜 많은데 구석에 삼삼오오 모여서 잡담이나 하면서도 남직원 넷이 철수까지 다 하는 동안 도와줄 생각도 안 합니다. 힘을 쓰는 일만 그런 게 아니고, 편한 건 일단 여직원이 우선이라 여직원 관사는 걸어서 3분 거린데 남직원들은 버스까지 타고 다녀요. 그중에 최악인 것은 직무를 맡을 때 어려운 악성 체납이나 민원 업무를 주로 남직원이 맡고, 총무팀 같은 소위 꿀 빠는 자리는 다 여직원들 차지입니다. 게다가 여직원들끼리 직원 평가도 서로 짜고 잘 줘서 고생은 남직원이 하고 진급은 여직원들이 하는 말도 안 되는 상황이 벌어진다니까요."

하나하나 열거하기 뭐한 일상적인 것들도 많은데 일단 힘들거나 어려운 것은 남직원에게 미루고 안 하려 하는 것이 주를 이룬다. 숙직도 남자만 선다고 불평을 한 적이 있었다.

"숙직은 남자만 서는 거야?"

범진이의 불평을 들은 적이 없는 형철이가 물었다.

"이렇게 남직원이 적어져서 자주 숙직 서고 힘들어하는 것을 바로 옆에서 보고도 여직원들은 모른 척해요. 본인들 조금만 피해를 봐도 이건 악습이니, 편견이니 이러면서 유리한 건 원래 그랬던 거라며 바꿀 생각을 안 하죠. 위에 급수가 높은 부장, 팀장급들이 바뀌야 하는데 그분들은 이제 당직도 안 서고, 피해 보는 것도 없는데 괜히 나섰다가 논란 생기는 것도 싫고, 남자가 쪼잔하다는 소리 듣는 게 무서워서 침묵해요. 요즘 보안도 잘 돼 있지, 힘쓰는 일도 아니라 여자라고 숙직을 못 설 이유가 없어요. 남자들이 군대를 다녀와서 상명하복, 시키면 그냥 하는데 익숙하니 불평을 많이 하지 않는 데다가 우리 사회가 역차별에는 관대해서 그래요."

"맞아. 요즘 젊은 사람들은 남자가 더 차별을 받지. 30년 정도 일찍 태어났어야 돼."

성준이 형이 한마디 거들자 범진이의 불평이 이어졌다.

"아무리 바빠도 그놈의 생리휴가는 잊지 않고 쓰죠. 왜 항상 금요일이나 월요일만 쓰는지도 의문입니다. 왜 그러냐 직접 물어보려고 하면 성희롱이래요."

"공무원만 그런 거 아냐. 우리 연구실에서도 시약이나 실험 기구들 얼마나 무거운데 다 남자가 옮기지. 약품 좀 독한 거 쓸 때 여자들은 임신해야 한다고 근처에도 안 가. 그럼 남자는 임신시켜야 하는데 괜찮아?"

연구원으로 일하는 형철이가 연구실도 마찬가지라며 거들었다. 연구실이랑 공무원만 그렇지는 않을 것이다. 이야기를 들으며 한마디씩 거들던 팀원들이 담배를 다 피우고 하나둘 간다는 인사를 하고 빠졌다. 다

가고 성준이 형, 형철이, 나만 커피숍으로 향했다. 바로 옆 건물에 있어서 차를 그대로 세워 놓을 수 있는데 냉면집 영수증을 내밀면 20% 할인도 해 줘서 좋다. 냉면을 먹으면 자동적으로 올 수밖에 없는 곳이다. 커피숍 입구의 자동문이 열리면 영화에서만 보던 어느 시대인지 모를 옛날 유럽 스타일의 인테리어가 눈에 들어온다. 딱딱한 프랜차이즈 커피숍보단 포근하면서 고풍스러운 분위기 때문인지 노트북을 보거나 공부를 하는 학생들 대신 연령이 높은 어르신들과 동네 아주머니들이 자리를 차지하고 있다. 어딜 가나 야구 유니폼을 입은 우리가 제일 어울리지 않는 손님이지만 특히 여기에 오면 불청객 같은 느낌이 든다. 빈 테이블이 문 앞에 하나, 구석 화장실 앞에 하나 남았다. 우리는 누가 먼저랄 것도 없이 구석 테이블에 자리를 잡았다. 메뉴도 아이스 아메리카노로 통일이다.

"내가 시키고, 잠깐 전화 좀 하고 올게."

주문을 하고 나와서 전화를 확인했다. 와이프다. 야구 할 때는 전화 안 받는 걸 알면서 왜 전화를 했을까? 냉면을 먹고 나자 갑자기 걱정이 돼서 스마트폰의 통화를 최대한 빨리 눌렀다.

"여보세요. 전화했었네?"

나도 모르게 다급함을 섞어 물었다.

"왜 이렇게 늦게 끝났어? 출발했어?"

아내는 용건은 말하지 않고, 늦게 전화를 한 이유를 추궁했다.

"아니 끝나고 냉면 먹었는데 전화기를 차에 놓고 가서. 근데 무슨 일 있어? 야구하는데 전화를 다 했어?"

"점심을 먹으면 먹는다고 전화를 해 줘야지. 집에 있는 사람은 생각도 안 해요. 일은 아니고 나 서준이 데리고 엄마한테 왔는데 점심 어떻게 하냐고 물어보려고 했지."

집에 와서 혼자 밥 먹을까 걱정해 준 것은 고마운데 그냥 톡을 보내면 되는 일을 왜 여러 번 전화해서 사람 신경 쓰이게 하는 건지….

"집에 갈 거야?"

"형철이 있잖아, 할 얘기 있나 봐. 잠깐 커피 한 잔 하자고 하네. 잠깐 갔다가 들어갈게."

"엄마네로 올래?"

'또? 아무리 20분 거리에 산다지만 일주일에 두세 번을 장모님 댁에 가는 건 심하지 않아?' 한마디 하고 싶었지만 말이 길어질 것 같아서 그냥 참았다.

"그래."

"응. 너무 늦지 말고."

"알았어. 금방 갈게."

전화를 끊고, 커피숍으로 들어가니 냉면 먹으며 그렇게 했던 야구 얘기를 또 하고 앉아 있다. 야구 환자들은 진짜 어쩔 수가 없다. 마침 커피가 나와서 가지고 들어가며 화제를 바꿨다.

"근데 너는 제수씨랑 무슨 일 있어?"

지혁이가 먼저 말 꺼내기도 쉽지 않을 것 같고, 와이프한테 꽉 잡혀 살던 놈이 무슨 일인가 궁금하기도 해서 단도직입적으로 질문을 해 버렸다.

"결론부터 말하면 지금 따로 나와 살아요."

"누가? 네가?"

"네. 쌓이고 쌓여서 제가 폭발해 버리고, 그냥 나와 버렸어요."

"이야~ 완전 큰일이네. 이혼이야?"

"이혼할 생각으로 나왔죠."

"순하디순한 네가 이정도로 독하게 마음먹은 거면 진짜 많이 쌓였나 보다."

"형, 지난주에 우리 어머니가 올라오셨는데요."

그렇게 지혁이가 이야기를 풀기 시작했다.

2

"현재 실험에 사용된 콜라겐은 테스트용으로 의료용으로는 사용할 수 없는…."

'지잉~ 지잉'

오후에 있을 사내 프레젠테이션 준비가 한창인데 전화가 왔다. 오늘 서울에 일이 있어서 오신다는 엄마였다.

"예, 엄마. 올라오셨어요?"

"응 형철아, 올라오긴 진작에 올라왔지. 명자 수술은 잘됐고, 앉아 있는데 친척들 문병 왔기에 나는 그냥 나왔어."

고향인 목포에 사시는 엄마는 고등학교 동창 단짝친구 명자 아줌마의 병문안을 오셨다. 갑상선암이라고 하는데 요즘은 암 보험에 포함도 안 되는 간단한 수술이라 아줌마가 올 것 없다고 말리셨지만 이럴 때 친구가 안 가면 누가 가냐며 올라오셨다. 올라오는 길에 우리 집 반찬 좀 주고 바로 가신다는 것을 서울까지 오셨는데 아들 집에서 하루 자고 가시라고 내가 잡았다. 그런데 가는 날이 장날이라고, 마침 6개월간 진행했던 프로젝트를 보고하는 날이랑 겹쳐 버린 것이다. 중요한 발표라 담당인 내가 꼭 발표를 해야 하고, 직접 하고 싶기도 해서 와이프 윤희가 엄마를 모시고 집에 가 있기로 했다.

"아 예. 잘됐네요. 윤희는 만나셨어요?"

"안 그래도 윤희가 전화를 안 받아서 너한테 한 거야."

"오늘 엄마 픽업 대기한다고 했는데 이상하네요. 제가 연락해 볼게요."

엄마가 올라오신다는 말을 하는 순간 윤희의 표정이 굳어지는 것을 봤다.

"다음 날에도 일이 있으시대? 꼭 주무시고 가셔야 된대?"

"아니, 나이도 있으신데 당일치기로 왔다 갔다 하시면 힘드시잖아. 그리고 우리 결혼하고 엄마 한 번도 주무시고 간 적이 없어. 아들 집에서 한 번 주무시고 싶으실 거야."

우리 엄마는 여기저기서 뭔가 듣고 온 것들이 있는지 내가 결혼한 후로 신세대 시어머니 코스프레를 하며 쿨한 척을 많이 하신다. 지난번에 서울에 오셨을 때도 동네 아줌마들이랑 약속이 있다고 집에는 들르지도 않고, 밖에서 밥만 먹고 바로 내려가셨다. 내가 아는 엄마의 성격으로는 30년 챙겨 주던 아들이 결혼하고 어떻게 사는지 엄청 궁금해하고 있을 것이다. 이것저것 둘러보는 것 자체가 며느리에게 부담 주는 것이고, 본인이 집안을 보면 절대 성에 차지 않을 것인데 잔소리가 나오면 고부간에 갈등을 만들까 싶어 아예 방문조차 안 하시는 것이다. 지난 설에 내려갔을 때도 며느리 일 부려먹는다고 할까 봐 미리 음식 다 해 놓고 기다리고 계셨다. 식사 후에 설거지는 같이 했는데 과일을 먹고 나서 '영화나 보고 와라.', '저 앞에 커피숍 있으니 커피나 한잔하고 와라.' 등 며느리가 시댁에서 불편할까 봐 나랑 같이 나갔다 오라는 말을 계속 하셨다. 저런 분이 아닌데 어디서 뭘 듣고 오셨기에 저러시나 의아해했었다. 조금이라도 본인 때문에 아들과 며느리가 다툴까 엄청 조심하고 있는 것이 분명했다. 이번에도 바로 내려가시겠다는 걸 엄마가 사 준 아들 집인데 하루 주무시고 가라고 내가 억지를 부려 오시게 됐다.

"근데 내가 이번 프로젝트 보고하는 날이 그날 오후야. 자기가 오후에 엄마 좀 모시고 와라. 내가 보고만 하고 일찍 집으로 올게. 같이 저녁 먹으러 나가자."

바로 대답이 나오지 않는다. 윤희가 어른들을 살갑게 대하는 성격은 아니라 내가 중간에 끼지 않으면 엄마랑 거의 대화가 없다. 아직 어려워하는 것은 이해가 간다. 물론 친정식구들이나 아는 사람들과는 여느 여자들과 다름없이 수다삼매경에 빠진다.

"자기 몇 시에 오는데?"

"오래 안 걸려. 4시면 나올 수 있을 거야. 엄마 병원이 건대라니까 낮에는 30분이면 갈 수 있을 거야. 부탁 좀 할게."

잠깐 망설이는 듯했지만 뭔가 결심한 듯이 눈빛을 바꾸고 시원하게 대답을 했다.

"응, 빨리 와야 돼!"

'고객님이 전화를 받지 않아 소리샘으로 연결됩니다.'

내 전화도 받지 않는다. 일단 톡을 보내 본다.

[오늘 엄마 오신다고 픽업 가기로 했잖아. 엄마 병원에서 나오셨대. 얼른 전화해 봐.]

작년에 선임 연구원으로 진급한 후 처음 맡은 프로젝트로 상품화를 하느냐 마느냐가 달린 중요한 보고다. 다른 보고였으면 후배한테 시키고 반차 써서 내가 직접 모시러 가고 싶은데 이 프로젝트는 내가 처음으로 주도한 것이라 뭔가 내 자식 같은 느낌이고, 잘 안되더라도 내가 하고 싶었다. 5분이 지나서 기다리던 전화가 아니고 톡이 왔다.

[친구가 와서 같이 점심 먹느라 깜빡했네. 친구가 나 만나러 집 앞에까지 와서 지금 나가기가 좀 그런데.]

'이건 무슨 소리인가. 어제 분명히 말했는데 이제 와서 뭐라는 거지?'

전화를 하러 나갈 수 있는 상황이 아니어서 나도 톡을 보냈다.

[어제도 내가 다시 한번 부탁을 했잖아. 난 진짜 중요한 보고가 있어서 갈 수가 없다고. 이제 와서 이러면 어떻게 하니. 친구가 온다고 하면 다음에 보자고 했어야지. 날 더운데 엄마 길에 서 계시니까. 얼른 전화 드리고 가 봐.]

와이프랑 결혼하고 아니 사귀면서도 부탁 한 번 해 본 적이 없다. 다른 사람에게 뭔가 해 달라고 하기 싫어하는 내 성격 때문이기도 하지만 윤희가 좀 못미더운 구석도 있어서 중요한 일은 무조건 내가 처리하곤 했다. 호불호가 아주 강해서 좋아하는 음식은 과식을 하지만 싫어하는 음식은 먹는 둥 마는 둥이며 하고 싶지 않은 일은 계속 뒤로 미뤄 쌓아 놓기 일쑤다. 그래도 이번에는 내가 몇 번을 부탁하고, 어제도 확인했는데 설마 이럴 줄은 상상도 못했다.

[그냥 택시타고 오시라고 하면 안 돼? 나 친구랑 있어. 친구가 나보러 일부러 왔는데 어떻게 가라고 해. 그리고 나 어머니랑 둘이 있는 거 불편해. 할 말도 없고.]

나의 개념으로는 전혀 이해가 가지 않았다. 그렇게 어려운 일도 아닌 것 같고, 정 하기 싫으면 미리 말이라도 해야지 이제 와서 못 한다고 하면 어쩌라는 말인지. 그리고 우리 엄마랑은 평생 어색하게 지내겠다는 말 같기도 했다.

[이건 너무한 거 아니야? 며느리면 가족 된 거 아니야?]

말싸움을 하면 나는 너무 흥분해서 조리 있게 말을 잘 못한다. 윤희는 다르다. 마치 준비를 하고 있었던 것처럼 빈틈이 없다. 이번에도 바로 정곡을 찌르는 답이 왔다.

[헐. 마중 한 번 안 갔다고 며느리가 아냐?]

'과연 이번 한 번일까?'

처음부터 내가 버릇(?)을 잘못 들였다는 건 인정한다. 그래도 가는 것이 있으면 오는 것도 있어야지. 내가 좋아서 해 줬지만 처가에 내가 해 준 게 얼마나 많은데 진짜. 이번엔 그냥 넘어갈 수 없다.

[장모님이 우리 집 하루가 멀다 오시고, 주말이면 같이 소풍도 가고, 내가 네 부모님을 얼마나 챙기는데 내가 부탁한 게 그렇게 어려운 거야?]

[지금 뭐, 해 준 거 따지는 거야? 그럼 우리 엄마한테 그 정도도 못 해 줘?]

내가 이럴 줄 알았다. 내가 해 주는 건 다 당연한 것이지. 본인은 내가 작은 것 하나만 해 달라고 해도 너그럽게 부탁을 들어주는 것이고.

[진짜 어이가 없다. 내로남불이 뭔지 알아?]

[됐어. 말하기 싫으니까 톡 하지 마.]

'적반하장도 유분수지. 지금 이걸 말이라고 하는 건가? 와 진짜 내가 이런 여자랑 결혼하고 1년을 살았다니.'

일단 기다리시는 엄마한테 전화를 했다.

"엄마 어디세요?"

"아직 병원 앞이야. 윤희한테 문자왔어. 급하게 친구가 와서 못 온다고 택시타고 오면 안 되냐고 하는데?"

"엄마 내가 갈게요. 20분만 어디 커피숍이라도 들어가 계세요."

"아니다. 오늘 바쁘다면서. 난 그냥 내려가지 뭐. 근데 반찬을 어쩌나? 이거나 좀 가지고 들어가."

"일단 갈게요. 조금만 기다리세요."

택시 타고 집에 가서 기다리시라고 해도 된다. 그런데 시어머니랑 약속을 이렇게 말도 없이 깨 버리는데 우리 엄마는 또 쿨한 척하시지만 지금 화가 많이 나셨을 것이다. 나도 화가 많이 났다. 이번 일도 일이지만 내가 지한테 그리고 처가에 어떻게 했는데 이럴 수가 있지? 말도 안 되는 일이 일어나도 내가 다 참고 넘어가니 이제는 만만해 보이는 거다. 보고는 후배 현석이도 내용을 잘 아니까 대신 보고를 맡길 수는 있다. 진짜 내가 하고 싶지만 팀장님한테 사정을 얘기하고 반차를 허락 받았다.

"현석아 내가 지금 사정이 생겨서 나가야 하거든. 네가 프레젠테이션 좀 대신 해라. 내용은 너도 다 아니까 떨지만 말고 잘 해."

"제가요? 사장님 보고는 처음인데."

"제품화하려면 의료용으로 재료 받아야 하는데 테스트용이랑 물성이 달라서 테스트 다시 해야 한다는 거 빼먹으면 안 된다. 단가 설명 잘 하고."

"네. 잘해 볼게요."

신입 때부터 내가 사수로 데리고 있던 현석이는 덜렁거려서 실수는 가끔 하지만 업무 이해 능력도 좋고, 대담한 성격이라 프레젠테이션 능력은 믿을 수 있다. 팀장도 잘 알기 때문에 허락을 한 것이다. 서둘러 주차장으로 내려오니 윤희한테 전화가 왔다.

"여보세요."

"어머니랑 연락 됐어. 안 와도 된대."

"문자 한 개 툭 보내서 못 간다는데 그럼 됐다고 하시지. 허락도 받았으니 재미나게 노셔."

내가 평소에는 화도 안 내고, 잘 웃어서 사람 좋다는 소리 많이 듣지만 한 번 화가 나면 말도 막하고, 흥분이 잘 가라앉지 않는다. 그리고 지금은 쌓여 있는 것이 다 터지는 중이다.

"난 최선을 다했는데 왜 말을 그렇게 해?"

"예, 그러셨어요? 최선을 다했으니 신경 쓰지 말고 노시라고요. 제가 갑니다."

"그렇게 쉽게 뺄 수 있으면 자기가 가지 왜 나를 시켰어?"

그래도 소리는 안 지르고 참고 있었는데 여기서 터지고 말았다.

"내가 쉽게 뺀 것 같아? 너무 중요한 일인데 며느리한테 무시당하는 우리 엄마가 더 걱정돼서 그냥 나왔다. 우리 엄마 네가 막 무시하고 그래도 되는 사람 아니거든."

운전도 해야 하고, 더 통화하기 싫어서 그냥 끊어 버렸다. 시동을 거는데 전화가 또 왔지만 받지 않았다. 화를 가라앉히려고 심호흡을 하고, 즐겨 듣던 라디오 소리도 거슬려서 꺼 버렸다. 아무 생각도 하지 않으려고 애를 쓰며 운전에 집중해서 병원에 무사히 도착했다. 정문으로 들어서는 순간 바로 옆 나무그늘 벤치에 앉아 계시는 엄마가 보였다. 차를 길가에 세우고 내리는데 엄마도 내 차를 알아보고 일어나셨다.

"더운데 커피숍이라도 들어가 있으시라니까요."

원래 엄마는 택시도 잘 안 타시고, 무슨 커피가 밥값이랑 똑같냐며 평소에 커피숍 커피도 거의 드시지 않는다. 일부러 막 아끼는 성격은 아니신데 어려서부터 넉넉하지 못한 가정형편에 길들여지셨는지 본능적으로 과한 지출은 삼가는 편이다.

"병원 안에도 시원한데 뭐더러 돈 쓰고 그런 데를 가."

"아이고, 엄마 반찬을 이렇게 많이 가져오셨어요. 몇 달 먹겠는데요."

아끼는 게 생활화된 분이지만 아들한테 쓰는 건 항상 과하다 싶을 정도다. 내가 양손에 한 개씩 들었는데 한 쪽에 5kg은 족히 될 듯 했다.

"여기서 지하철 타면 터미널 간다는데 난 그거 타고 가면 되니까 얼른 들어가."

며느리랑 나 사이에 뭔가 안 좋은 분위기를 파악하시고 먼저 선수를 치신다. 혹시나 본인 때문에 싸움이라도 할까 싶어 전전긍긍이시다.

"반차 냈어요. 안 들어가도 돼요. 목포 갔다가 주말에 좀 쉬고 올라오게요. 같이 가세요."

"갑자기 왜 그래? 윤희랑 싸웠지? 그러니까 난 그냥 내려가도 된다니까 왜 윤희한테 데리러 가라고 시켰어. 괜히 나 때문에 싸운 것 같잖아."

"엄마 때문 아니니까 걱정하지 마세요. 나도 간만에 목포 가서 친구도 만나고, 술도 좀 마시고 할 거예요. 일단 빨리 타세요."

반찬 꾸러미를 트렁크에 싣고, 바쁜 일이 있는 사람처럼 재빠르게 운전석에 앉으며 엄마를 재촉했다. 차에 타고 잠깐의 어색한 침묵이 흘렀다. 한 번 화가 나면 그냥 넘어가지 않는 내 성격을 엄마는 너무 잘 알고 있어서 지금 심각한 상황이라는 것을 직감하고 있었다. 그래도 조심스럽게 엄마가 먼저 말문을 열었다.

"부부싸움은 칼로 물 베기라고 싸워도 밖에 나와서 자는 거 아니다. 엄마 터미널에 내려 주고 집에 가서 싸우든 지지고 볶든 해라."

"엄마, 내가 얼마나 참고 살았는데 이건 고쳐질 일도 아니고, 기본적인 개념의 문제예요. 결혼 전에도 좀 자기중심적이고, 배려심이 적다고는 생각했는데 진짜 너무하다 싶은 일이 한두 번이 아니에요."

안 그래도 별로 마음에 들지 않는 며느리인데 안 좋은 이야기 더 하면 좋을 게 없을 것 같아 숨겼던 일들이다. 이제 나도 마음이 떠난 마당에 더 숨기고 할 것도 없다. 목포로 향하는 세 시간이 넘는 시간이 모자랄 정도로 긴 이야기를 시작했다.

3

토요일 강남역은 사람이 막혀서 제대로 걸을 수가 없다. 얼마 만에 대낮에 강남역을 왔는지 기억도 안 난다. 밤에는 가끔 술 마시러 왔었는데 낮에 오니 여기가 그곳이 맞나 싶다. 진한 화장에 향수를 뿌리고, 조명 아래서만 만났던 여자를 투명메이크업에 청순한 옷을 입고, 대낮에 만나면 이럴 것이다. '이 사람이 내가 알던 사람이 맞나?' 싶은 그런 느낌이다. 점령한 사람들도 일단 연령대가 낮고, 캐주얼한 복장이다. 밝은 에너지를 받아서인지 새 옷을 입어서 그런지 기분이 좋다. 대학 때 이후로 소개팅은 처음인데 8~9년 만이라 뭘 어떻게 할지 뭘 입어야 할지 몰라 어제 여동생이랑 쇼핑을 좀 했다. 갈색 로퍼에 베이지색 면바지 셔츠 위에 회색 니트를 입고, 어두운 색 재킷을 걸쳤다. 머리도 깔끔하게 드라마에 나오는 남자 주인공을 따라 잘랐다. 소개팅을 해 주는 친구가 혹시나 뭐 입고 나가냐고 물어서 청바지에 티셔츠 입고 나간다고 했다가 네가 원

빈인 줄 아냐고 핀잔을 들어서 부랴부랴 동생에게 용돈을 주며 스타일링을 했다. 원래 잘난 얼굴은 아니라 얼마나 크게 바뀌겠는가 싶었지만 나오기 전에 거울을 보니 깔끔하고 3~4살은 어려 보여 만족했다. 늦지 않으려고 서둘렀더니 20분이나 먼저 왔다. 역에서는 조금 걸어야 하고, 살짝 비싼 카페이지만 자리가 편하고 옆 테이블과의 거리도 좀 멀어서 소개팅하기에 좋다고 추천 받은 곳이다. 그런데도 토요일이라 빈자리가 많지 않아 어디에 앉을까 둘러보는 중 운이 좋게도 구석 쪽에 일어나는 사람들이 보여 빠른 걸음으로 이동해 자리를 잡았다. 도착했다고 톡을 보내려다가 뭔가 압박을 하는 것 같은 느낌이 들어 하지 않았다. 예전의 소개팅은 주선자가 나와서 같이 놀다가 어색함이 없어질 즈음 빠져 줬는데 요즘은 그냥 전화번호만 주거나 톡에 같이 초대해서 통성명 후 주선자는 톡방을 나간다. 나도 지난 회사 동기에게 후배의 친구라며 전화번호만 받았고, 등록 후 톡으로 시간과 장소를 정해 오늘의 만남을 이끌었다. 연락받는 사람이 연락이 올 것을 알고 있어서 '누구세요'라고 하진 않겠지만 그래도 모르는 사람에게 연락해서 말 걸고, 시간, 장소 정하는 것이 남자라고 해서 쉬운 일은 아니다. 자연스럽게 말문을 열고, 직장이나 사는 곳을 고려하여 장소와 시간을 정하는 과정부터 나에 대한 평가가 시작되는 것 같아 부담스럽고, 조심스럽다. 대학교 3학년 때 캠퍼스 커플이던 후배와 헤어진 후 취준생, 신입사원을 거쳐 3년 유학을 다녀오는 동안 공부와 일에 치여 연애를 안 한 지도 7년이 넘었다. 연애세포가 전멸한 상태인 나에게 이런 일들은 더욱더 어색하고, 힘들었다.

'띠 띠리린'

약속 시간을 8분 남기고 톡이 울렸다.

[저 카페 들어왔는데 혹시 오셨나요?]

출입구를 보니 주선자가 줬던 사진과 비슷한 여자가 서 있었다. 톡 프로필에도 사진이 없어서 동기가 처음 소개팅 하라며 준 사진만 한 장만 볼 수 있었다. 사진으로 봤을 때 너무 예뻐서 바로 승낙했었는데 요즘 사진은 실물과 상당한 차이가 있을 수 있대서 마음을 비우고 있었다. 전화가 빠를 것 같아 통화를 누르자 신호음이 울림과 동시에 받았다.

"안녕하세요. 저 오늘 뵙기로 한 이형철입니다. 왼쪽 구석에서 손 들고 있어요."

서로 눈이 마주쳐 전화를 끊었다. 자리에서 일어나 다가오는 그녀를 보는데 긴장돼서 가슴이 두근거린다. 심호흡을 크게 한 번 하고 싶었는데 오해를 살까 싶어 참았다. 사진처럼 절세미녀는 아니지만 쌍꺼풀 진 눈에 크지 않은 코, 동그란 얼굴이 귀여운 상이다. 키는 160㎝ 정도 되는데 날씬한 몸매 때문에 더 커 보였다. 연한 비둘기색에 작은 무늬가 많은 원피스와 갈색 샌들의 매치가 상큼한 느낌을 줬다. 샌들에서 원피스가 있는 무릎까지 투명할 정도로 희다. 내가 좀 검은 편이어서 그런지 난 흰 피부색을 가진 여자를 좋아한다. 처음 몇 초 안에 그 사람의 호감도가 결정 난다고 하는데 여기서 이미 끝이 난 것 같았다.

"오래 기다리셨어요?"

"아니요. 저도 조금 전에 왔어요. 걸어오시기에 더웠죠? 역에서 거리가 좀 있어서. 그래도 여기가 옆 테이블이랑 멀어서 조용하고 좋거든요.”

“네. 좋은 것 같아요.”

“음료 뭐 드시겠어요? 저는 달달한 거 좋아해서 바닐라 라테 마시려고요.”

“저는 아메리카노요.”

“아이스로 드실 거죠?”

자리에서 일어나 주문을 하러 가며 확인했다.

“네.”

음료를 받아서 자리로 돌아오며 앉아 있는 윤희를 좀 더 자세히 봤다. 눈은 쌍꺼풀이 있지만 크지는 않고, 어깨까지 오는 긴 생머리에 천생 여자 느낌이다. 자리에 앉아 아주 잠깐 동안 어색한 침묵이 흐르는데 어제 동생의 조언이 생각났다. ‘절대 침묵이 오래 가도록 하면 안 돼!’

“무슨 일 하신다고 그러셨죠?”

이름이랑 사는 곳은 알고 있으니 다른 신상을 털기 시작했다. 뭐라도 겹치는 걸 빨리 찾아야 한다.

“네. NS 소프트라는 회사에서 인사팀에 있어요.”

목소리는 아주 작은 편이다.

“힘이 센 부서에 계시네요. 저는 그냥 힘없는 연구원입니다.”

“저는 고작 대리라 힘은 하나도 없어요. 연구원이면 공부 많이 하셨겠네요.”

재미있는 농담도 아닌데 빙긋 웃으며 호응을 잘 해 줬다. 게다가 질문까지 이어 주는 것으로 보아 내가 싫지는 않은 것 같다.

"공부는 많이 했죠. 미국에 유학도 갔다 왔고요."

내세울 것이라고는 이거 하나라 미국 이야기는 꼭 하고 싶었는데 자연스럽게 잘 유도한 것 같다.

"와~ 미국. 가 보고 싶은데 한 번도 못 가 봤어요. 어디에 몇 년 계셨는데요?"

"뉴욕 쪽에 3년 있었습니다."

"와~ 뉴욕. 제일 가 보고 싶은 곳인데. 3년이면 영어도 잘하시겠네요."

"잘하는 것까지는 아니고, 그냥 의사소통하는 정도입니다."

처음보다 나한테 더 호감을 갖는 것 같아 보여 일단 분위기는 좋았지만 히든카드를 너무 일찍 꺼낸 감도 있었다.

"센트럴 파크 좋아요? 뮤지컬도 많이 보셨어요?"

"제가 시내에 살았던 건 아니라 자주는 못 가 봤는데 좋죠. 생각보다 많이 크더라고요. 뮤지컬은 유명한 거 다섯 개 정도 봤어요. 많이 보고 싶었는데 비싸서."

쏟아지는 질문에 답을 재밌게 해 주려고 노력을 했는데 미국 이야기를 많이 하면 너무 내 자랑만 하는 것 같아 화제를 자연스럽게 취미 쪽으로 바꿨다.

"퇴근하면 주로 뭐 하세요?"

"일주일에 이틀 정도 필라테스 해요. 안 하는 날은 거의 집에 가는 것 같아요. 집순이예요."

"운동은 좋아하시나 봐요."

"아주 좋아하는 건 아니고, 다이어트 겸 해서 예전엔 수영 배웠었는데 친구가 필라테스 좋다고 해서 바꿨죠. 저한테 잘 맞는 것 같아서 2년 정도 했어요."

"역시, 그래서 날씬하시군요. 수영은 마스터하셨어요?"

"접영만 빼고 다 할 줄은 아는데 수영장에서만 해서 그런지 발이 땅에 안 닿으면 무서워서 못 해요. 물안경도 필수고요. 운동신경이 별로 안 좋아서요."

"저도 사회인 야구 하고 있는데 잘하지는 못해요. 아는 사람들이랑 친목 모임으로 나가고 있어요."

운동 쪽은 아닌 것 같아 화제를 또 바꿔야 할 것 같았다.

"그럼 집에 오시면 뭐 하세요?"

묻고 나니 내가 취조하는 것 같은 느낌이 들어 노파심에 한 마디를 더 했다.

"제가 너무 취조하는 것처럼 물었죠? 죄송합니다. 말주변이 없어서 말을 재밌게 잘 못합니다."

"아니예요. 처음 만났는데 다 그렇죠. 그리고 생각보다 저 지금 재밌어요."

"하하. 다행이네요."

"책 보는 것도 좋아하고, 영화나 미드도 많이 봐요."

“저도 미드 많이 봤어요. 미국 갔을 때 영어 공부한다는 핑계로 봤는데 재밌어서 공부는 안 하고 그냥 많이 봤었죠.”

다행히 미드와 영화 이야기가 통해서 시간 가는 줄 모르고 이야기를 했다. 본인이 직접 낯을 많이 가리는 성격이라고 소개를 한 것처럼 말을 많이 하지 않았다. 내가 주도를 해야 한다는 생각에 최대한 대화가 끊어지지 않도록 이리저리 머리를 굴렸다. 물론 대본이 있겠지만 방송하는 MC들이 존경스럽게 느껴졌다. 두 시간 정도 이야기를 하다가 고기를 좋아한다는 말에 패밀리 레스토랑으로 스테이크를 먹으러 갔다. 첫날부터 좀 과한 것은 아닌가 싶기도 했지만 윤희가 마음에 들기도 했고, 소개팅에서 어떻게 해야 하는 것인지 전혀 감이 없어서 자연스럽게 그냥 하고 싶은 대로 주도를 했다. 다행히 윤희에게 잘 먹혔는지 다음에 영화를 같이 보기로 하고 7년 만의 소개팅은 그렇게 나름 성공적으로 끝났다. 주선자의 말에 따르면 윤희도 나를 마음에 들어 했다. 다음 만남에서 사귀자는 나의 말에 윤희가 승낙을 하여 우린 연인이 되었다. 연애 세포가 거의 남아 있지 않았던 내게 데이트 장소를 정하고, 먹을 것들을 정하고, 스킨쉽 진도를 나가는 일들은 쉽지 않았다. 인터넷을 뒤지고, 친구들한테 추천을 받고, 시간과 돈을 엄청나게 썼다. 윤희가 너무 좋아서라기보다는 오랜만에 하는 연애가 재미있었다. 나의 일상적인 동선에는 없던 곳들을 가면서 맛있는 음식을 먹는 것이 새롭고 신기하기도 했다. 윤희는 내가 하자는 대로 거의 다 잘 따라왔다. 수동적인 것 같지만 싫은 것은 싫다고 확실히 말하는 성격이라 그럴 때는 내가 맞춰 주며 싸우는 일이 거의 없었다. 둘 다 적지 않은 나이라 집에서 결혼하라는 말을 지겹게 들어서 이 정도면 잘 맞고, 결혼을 해도 될 것 같다는 생각이 들었다. 어릴 때 하던 불같은 연애는 아니어도 성향이 많이 다르지 않을 뿐만 아니라 자기주장을 강하게 내세우지도 않으니 맞춰 가며 살면 잘 살 수 있을 것 같기도 했다. '이 사람이다'라는 확신이 없어서 좀 주저하게 됐지만 서로 다른 삶을 30년 넘게 살았는데 서로에게 딱 맞는 사람이 어디 있으며 더 좋은 사람을 만날 수 있다는 보장도 없다고 자기 합리화를 했다. 더 나이 들면 더 힘들어진다는 노총각 형들의 말도 내가 윤희와 결혼을 하는 데 적지 않은 영향을 끼쳤다. 하지만 연애와 결혼은 전혀 다르다는 것을 이때는 몰랐다. 결정적으로 8개월이라는 시간은 한 사람을 다 알기에는 너무나도 부족한 시간이었다. 처가에 인사를 드리러 갔을 때가 바로 처음 그것을 느낀 순간이었다.

4

“안녕하십니까! 이형철입니다.”

처갓집 아파트에 처음 들어가며 예비 장인, 장모님께 까랑까랑한 목소리로 인사를 했다. 나도 원래 적극적인 성격은 아니지만 사위는 뭔가 서글서글하고, 씩씩해야 한다는 공식 같은 느낌이 있어서 연극을 시작했다.

“어서 와요. 연구원이라더니 덩치가 좋네.”

일단 키가 180㎝라 어디 가서 작다는 소리는 듣지 않게 낳아 주신 부모님께 감사드린다.

“약소하지만 빈손으로 올 수 없어서 사 왔습니다.”

이것도 공식 같은 건데 한우 세트를 드렸더니 장모님도 상투적인 반응을 하셨다.

“그냥 와도 되는데 비싼 돈 주고 이런 걸 사 와. 잘 먹을게요.”

한 상 가득 차린 저녁식사를 하는 중 예상했던 질문들이 쏟아졌다. 잘 먹는 사위 역할을 충실히 수행하기 위해 밥을 두 공기나 비우며 신상 털기 질문에 하나하나 답을 했다. 나도 궁금증 반, 예의상 반으로 여러 가지 질문을 했는데 중소기업에서 평생 일하시며 애들 대학 공부시키고, 독산동에 아파트 하나 장만하신 장인어른과 가정주부로 평생 사신 장모님, 취준생인 남동생까지 대한민국의 전형적인 중산층 가정이었다. 과일에 차도 마시며 딱히 결격사유가 발견되지 않는 무난한 첫 대면이 되어 가고 있었다. 반전은 식구들이 아닌 윤희에게서 시작되었다. 윤희 방에 가서 조사를 하고 싶었던 마음이 있었던 것은 아니었다. 어떻게 꾸며 놓았는지 궁금하긴 했지만 집에 놀러왔으니 형식상 봐야 할 것 같은 생각이 더 컸다. 방문을 열자 여자방임을 알려 주는 향기가 먼저 코를 자극했다. 직사각형 모양으로 방문에서 맞은편이 멀고 양쪽으로 좁은 형태였다. 오른쪽으로 아래, 위 두 개의 행거에 옷이 빽빽하게 걸려 있고, 반대쪽에는 하얀색 옷장이 연달아 세 개가 있어서 방이 더 길게 느껴졌다. 정면으로 보이는 침대까지 가는 통로 같았다.

"옷이 이렇게 많아?"

나도 모르게 감탄사처럼 말이 나와 버렸다. 많아서 뭐라고 하는 것도 아니었고, 여행가서 새로운 무언가를 봤을 때 나오는 '와 나무가 이렇게 커?' 이런 정도의 느낌이었다.

"그렇게 안 많아. 4계절 옷 다 있고, 옛날에 사서 요즘엔 안 입는 것도 많은데 안 버려서 그래. 여자들은 이 정도 기본이지."

나의 반응에 윤희가 약간 당황한 것 같았다.

평소에 같은 옷을 입은 것도 여러 번 봤고, 일반적인 여자들이 패션에 관심을 가지는 것 이상으로 느낀 적은 한 번도 없었는데 이렇게 옷이 많을 줄 전혀 예상을 못했다. 위쪽 행거에는 코트, 패딩이 30벌 정도 잘 정렬되어 있었고, 밑에 행거에는 다양한 종류의 원피스가 쭉 걸려 있었다.

"옷이 이렇게 많은데 매번 입는 옷만 입고 나와서 난 옷에는 전혀 관심 없는 줄 알았네. 우리 결혼하면 옷 방 하나 필요하겠어. 옷장도 열어 봐도 돼?"

윤희가 검사하는 느낌을 받을 수도 있지만 갑자기 호기심이 발동해서 그냥 넘어갈 수가 없었다.

"응, 근데 뭐 다 옷이야. 별거 없어."

문 쪽으로 다시 걸어가 첫 번째 옷장 먼저 활짝 열었다. 청바지, 티셔츠, 니트, 치마 등이 꽉 채워져 있는데 종류별로 정리가 잘 되어 있었다. 제일 이상한 건 청바지가 눈으로 대충 세어 보아도 20벌이 넘게 있었다. 나랑 만날 때 입고 나온 청바지는 매번 똑같았었는데 색상과 디자인이 다 다르겠지만 청바지를 굳이 저렇게 많이 살 필요가 있나 싶었다. 물론 아무 말 하지 않고, 두 번째 옷장을 열었다. 출근할 때 많이 입는 블라우스나 캐주얼하지 않은 옷들이 자리를 차지하고 있었다. 그냥 많을 뿐 앞에 본 것들이 있어서 적응이 됐는지 놀라울 건 없었다.

"여기도 비슷해. 옛날 사진이나 볼래?"

윤희가 뭔가 불리할 때 하는 행동이다.

'말 돌리기.'

세 번째 옷장에는 뭔가 있다는 생각이 들었다. 꼭 보고 싶어졌다. 화장대 밑에서 앨범을 꺼내는 윤희를 무시하고 옷장 문을 열었다.

"여기는 가방인가 보네?"

옷 브랜드는 잘 몰라도 가방 브랜드는 너무 유명한 것들이라 나도 웬만큼 알고 있다. 박스만 대충 봐도 20개가 넘는다. 꺼내져 있는 것도 몇 개 있는데 세 개 정도는 내 눈에 익었다. 요즘 명품 가방 한두 개는 누구나 가지고 있으니 이상할 것도 없었고, 직장 다니는 여성이 오히려 없으면 이상한 것이라 전혀 신경도 안 쓰고 있었다.

"응. 좀 많지?"

윤희가 기어들어 가는 목소리로 먼저 말을 꺼냈다.

"다 들어 있는 거지? 나랑 만날 때는 똑같은 것만 들고 나와서 이렇게 많은 걸 몰랐네."

"응. 예전에 산 것들이기도 하고, 다른 거 가지고 나가려면 꺼내야 하잖아. 귀찮아서 거의 같은 것만 가지고 다녀."

"우리 윤희 패션 리더였네. 옷도 많고, 가방도 많고."

놀랐지만 그렇지 않은 척하려고 웃으면서 농담처럼 말했다.

"예전에는 관심이 많아서 종류별로 가지고 싶었는데 요즘은 좀 시들해져서 그냥 넣어 놓고 있어. 팔까도 했는데 샀던 가격이랑 너무 차이가 나서 팔지도 못하겠더라고."

"아 그렇구나. 그럼 옛날 사진 좀 볼까나."

눈치를 보는 것 같아서 쿨한 척 사진을 보러 갔지만 가방 한 개에 평균 200만 원만 잡아도 20개면 4천만 원에 옷은 전혀 예상을 할 수 없지만 많은 것은 사실이다. 한 때 꽂히면 그럴 수 있지. 대충 연봉을 아는데 나이에 비해 돈은 적지 않게 버는 편이라 거의 7~8년 동안 모은 것이면 살짝 과할 수는 있지만 이제 안 산다고 했으니 크게 신경을 쓰지 않으려고 했다. 나쁜 짓을 한 것도 아니니까. 옛날 사진 보면서 장난 좀 치다가 너무 늦지 않게 집을 나섰다. 무사히 예비 처가 방문을 마치니 윤희와의 결혼이 세 단계 정도는 진척이 된 느낌이 들었다. 그런데 내가 몰랐던 윤희의 모습은 그것이 다가 아니었다.

5

[오~ 코타키나발루~ 좋겠다.]

고등학교 동창 절친 여섯 명이 함께 있는 단체 톡방에서 철우가 여자 친구랑 여행을 간다고 화제가 됐다.

[거긴 또 어디야? 3박 5일이면 동남아야?]

외국이라고는 미국에 유학 갔다 온 것이 전부인 내가 물었다.

[응, 동남아 휴양지. 요즘 뜨고 있는 곳이야. 발리, 다낭은 지는 해고.]

[요즘도 아니야. 이미 갔다 온 사람들 얼마나 많은데.]

[나는 다낭, 발리도 못 가 봤어.]

[여긴 코타키나발루 가 본 사람 없지? 정보 좀 얻어야 하는데.]

[코타키나발루 형철이 여친 인스타에서 본 것 같은데.]

용선이가 갑자기 나도 모르는 정보를 주었다.

[그래? 형철아 한 번 물어봐.]

[갔다 온 거 나도 몰랐는데. 나랑 사귀기 전에 갔었나 보다. 나 인스타 안 하잖아.]

[윤희 씨 해외여행 많이 다녔던데.]

요즘 말로 인싸인 용선이는 인스타그램을 거의 매일 업로드하고, 팔로우 수가 5천 명을 넘지만 아직도 팔로우 수에 목을 매고 있다. 만나는 사람마다 인사처럼 하는 말이 '인스타 하세요?'일 정도다. 지난번에 윤희랑 같이 만났을 때도 당연히 인스타 맞팔을 맺었었다. 본인 사진에 '좋아요'를 받으려면 다른 사람 사진에도 '좋아요'를 많이 눌러야 한다. 용선이는 시간이 날 때마다 인스타에 들어가서 '좋아요'를 누르곤 한다. 사진 밑에 글을 읽기는커녕 사진도 제대로 안 보고 계속 내리면서 기계적으로 하트를 누르는 모습을 보고 '다른 사람도 네 사진에 그러고 있을 거야.'라고 핀잔을 줬지만 전혀 상관하지 않는다. SNS 중독자라고 놀리면 시대에 뒤쳐진 아싸는 빠지라며 무시하곤 한다. 나도 미국에서 유학할 때는 페이스북을 많이 했었다. 그 시절엔 외국이라는 특수한 상황이라 사진도 많이 찍었고, 한국에 있는 친구들이랑 소통을 하는 용도로 사용했다. 지금도 그때 사귄 외국 친구들과 연락하는 용도로 쓰고 있는데 직장에 다니면서 시간도 없고, 귀찮아서 남이 올린 사진을 보는 정도지, 적극적으로 하지 않고 있다. 요즘은 페이스북에서 인스타그램으로 유행이 넘어왔다는데 이제는 아재라 SNS를 안 한다고 왕따를 당할 일도 없으니 만들 생각도 하지 않았다. 왜 진작 윤희 인스타에 들어가 볼 생각을 하지 않았을까 살짝 후회가 됐다. 스마트폰으로 인스타그램 어플을 깔았다. 전화번호가 있는 사람을 다 팔로우한 뒤 윤희 인스타로 직행했다. 비공개로 되어 있어 윤희가 팔로우를 승인해야만 내용을 볼 수 있었다. 윤희한테 톡을 보냈다.

[팔로우 승인 부탁드려요.]

잠시 후 답이 왔다.

[인스타그램 시작했어?]

[응. 적극적으로 할 건 아니고 일단 아이디 만들었어. 내 친구 철우 알지? 이번에 여친이랑 코타키나발루 간다고 정보 좀 있으면 달라던데.]

[나 코타키나발루 갔던 거 어떻게 알았어?]

[용선이가 인스타에서 봤다고 하더라고. 요즘 많이들 간다며 거기. 일찍도 갔다 왔네.]

[아, 용선오빠랑 맞팔 했었지. 내 인스타 보려고 인스타 시작했구나.]

[빙고. 놀러 많이 다녔다며. 봅시다. 봅시다.]

[많이는 아니고. 긴 휴가는 못 써서 짧게 몇 번 갔다 왔지. 팔로우 승인 했어요. 맘껏 보세요.]

인스타그램 어플을 다시 켜고, 윤희를 찾아서 들어갔다. 사진이 많다. 회사에서 잠깐 볼 수 있는 양은 아니었다. 일단 끄고 퇴근한 뒤 집에 와서 다시 천천히 보기 시작했다. 시간 순서상 최근 것이 먼저 나와서 초반에는 익숙한 사진들이 많이 나왔다. 나랑 같이 갔던 맛집, 카페, 여행 사진들이 있었고, 밑으로 더 내려가니 내가 못 봤던 사진들이 나오기 시작했다. 여기저기 많이 다니기는 했네. 지난 설에 아는 동생이랑 오사카를

갔다 온 것을 시작으로 유럽도 있었고, 동남아가 많았다. 간단히 보겠다던 나의 생각과 달리 보기 시작하자 시간 가는 줄 모르고 계속 하나 하나다 눌러서 자세히 보게 되었다. 오사카, 프랑스, 이탈리아 등 서유럽 국가, 코타키나발루, 다낭, 방콕, 오키나와, 홍콩, 다시 방콕, 세부 등등 줄줄이 계속 나왔다. 연도를 확인해 보니 1년에 2~3회는 꼭 해외를 나가고 있었다. 한 번 나가면 최소 2~3백만 원은 그냥 깨지는데 어떻게 저렇게 자주 갈 수가 있지? 지난번 집에서 본 옷과 가방에 이번 해외여행을 결합하니 윤희가 많이 달라 보이기 시작했다. 좀 더 정확하게 말하면 나와는 다른 사람인 것 같았다. 현대 자본주의 국가에 살면서 돈이라는 것은 부수적인 도구라기보다는 삶을 어떻게 사는지를 결정하는 중요한 요소다. 어떻게 얼마나 벌고, 쓰느냐에 따라 생활 방식이 결정되고, 그것이 삶이 된다고 해도 과언이 아니다. 나는 내 나이에 적지 않게 번다. 절약이 생활화된 사람들처럼 아끼고, 오래 쓰고, 싼 것만 찾고 하지는 않지만 꼭 필요한 것인지 한 번 더 생각해 보고 산다. 가격대비 성능이 좋은 일명 가성비가 좋은 상품을 선호한다. 물론 지름신이 강림하여 가끔 명품을 지르거나 필요 없는 물건을 사기도 하지만 그 후에 당분간 지출을 줄이고, 할부가 끝날 때까지 자중하곤 한다. 해외여행도 같은 선상에 있다. 재작년에 보라카이에 갔었는데 생각보다 많은 지출을 했다. 가기 전에 모은 여행 경비로 부족하여 여행 후에도 절약을 했던 기억이 있다. 'YOLO'가 유행하는 것은 알고 있다. 나도 그렇게 살고 싶은 마음이 없는 것도 아니다. 하지만 좀 더 나은 미래를 생각하다 보면 절약하여 돈을 모으는 것으로 결론이 난다. 군대를 가는 대한민국 특성상 30대 초반에 결혼을 하려면 졸업 후 돈을 모을 시간이 5년 정도로 아주 짧다. 꼭 이런 사정이 아니더라도 필요한 곳에 돈을 쓰고 절약하는 정신은 학교교육과 가정교육을 통해 만들어져 내 기본적인 품성으로 자리를 잡기도 했다. 이런 나의 기준에 1년에 2~3번 씩 해외여행을 가고, 명품 가방에 옷이 수두룩한 사람은 이질감이 들 수밖에 없다. 본인이 번 돈을 본인이 쓴 건데 범죄를 저지른 것도 아니고 심각하게 생각할 일이 아니라고 할 수도 있지만 결혼을 생각하고 있는 예비 배우자의 생활방식이 나와 많이 다르다면 이건 분명히 문제가 될 수 있는 일이다. 하지만 그 때는 몰랐다.

[와~ 여기저기 많이 다녔네. 여행 완전 좋아하는구나.]

[응. 이제 같이 다니자~]

[여행은 언제나 좋지.]

윤희에게는 또 아무렇지 않게 이야기를 했다. 뭐라고 이야기를 해야 할지 모르기도 하고, 성향이 다른 사람일 뿐 크게 문제가 되지는 않을 것이라고 생각했다. 어차피 결혼하면 수입과 지출을 어떻게 관리할 것인지에 대해 논의를 하면 될 것이라 생각했다. 결혼을 하면 공동의 돈이니 혼자서 마음대로 쓰지 않을 것이란 순진한 생각도 있었다.

[좀 많이 갔지? 여행하면 스트레스가 확 풀리더라고.]

윤희의 변명 같은 답이 왔다. 평소 내 소비 성향을 알고 있기 때문에 지난 번 집에 갔을 때도 그렇고, 이번에도 눈치를 조금 보는 듯했다.

[적지는 않은 것 같은데 요즘 많이들 가잖아. 비행기 표도 싼 것들 많

고. 시간되고 돈 되고 하면 갈 수도 있지. 요즘이 IMF도 아니고.]

눈치를 보는 모습이 안쓰러워서 그리고 쿨해 보이고 싶기도 해서 맘에 없는 말을 했다. 씀씀이가 나보다 많이 큰 것이 걸리긴 하지만 윤희에게 직접 말하고 싶지는 않았다. 본인도 알고 있는 것 같은데 굳이 이야기해서 불편하고 싶지 않았다. 결혼 전에 우연히 몇 번 지인들에게는 이야기를 한 적도 있었다. 여자들은 백이면 백 무슨 상관이냐 능력이 좋아서 능력대로 쓰는 것이고, 결혼하면 다 맞춰서 산다는 반응이었다. 남자들도 반 정도는 그런 이야기를 했다. 그런데 딱 한 선배만 부정적인 말을 했었다. 하나를 보면 열을 알 수 있다며 논리적으로 설명을 해 줬는데 일리가 있는 말이라 인상이 깊어 아직도 기억이 난다. 약간 취조를 하는 듯 내게 질문을 먼저 했다.

"SNS 열심히 하냐?"

"어떻게 아셨어요?"

"대중교통 있는 시간인데 택시 많이 타냐?"

"오~ 맞아요."

"그럼 하지 마라."

"네?"

구체적인 질문이 나오면서 뭔가 더 많은 질문이 나올 줄 알았는데 쉽게 결론을 내서 좀 놀라 되물었다.

"그거 안 바뀐다. SNS 많이 하는 사람들은 남의 SNS도 많이 봐. SNS는 누구에게는 소통의 장인데 누군가에게는 자랑이고, 허세인 거야. 올려놓고 남들이 '와~' 놀라고, 부러워하는 반응을 즐기는 거지. 서로 경쟁하듯 좋은 곳, 좋은 거 올리게 되는 거야. 쟤도 하는데 내가 못 할 이유가 없다고 생각하는 거지. 씀씀이가 큰 성향을 그냥도 바꾸기 힘든데 다른 사람 SNS에서 계속 해외 사진, 명품 사진을 보는데 바꿀 수가 있겠어."

"그래도 결혼하면 다 바뀐다고 하던데요."

뭐라고 반박을 하고 싶어서 중간에 끼어들었지만 선배는 답을 이미 준비하고 있다는 듯 쏟아 냈다.

"결혼하고 바뀔 수도 있지. 내가 자꾸 부정적으로만 이야기하는 것 같은데 결혼이랑 신혼생활은 SNS하는 사람들에게는 이보다 더 좋은 이벤트가 없어. 일생에 단 한 번뿐이라는 이유로 그리고 후회를 남기고 싶지 않다는 이유로 모든 걸 다 쏟아붓지. 신혼생활 역시 나 요즘 행복하다고 광고하기 제일 좋은 콘텐츠야. 결혼하고 SNS 잠시 그만할 수는 있는데 다시 시작하기도 하고. 이거 다 우리 누나 이야기다."

누나 이야기라고 하니 더 실감이 났지만 그래도 남의 이야기이고 윤희는 다를 거라는 생각이 지배적이었다. 아직 끝이 아니었다. 선배는 계속 말을 이어 나갔다.

"그리고 택시는 왜 물어봤냐면, 조금 번거롭고 힘든 일을 돈으로 해결하려 하느냐 아니냐의 문제를 알 수 있어. 서울 대중교통 시스템은 다른 나라에서 배워 갈 정도로 잘 돼 있거든. 조금 더 걷고 귀찮을 수 있지만 가격은 몇 배 싼데 이정도도 힘들어서 택시를 자주 탄다는 것은 그냥 돈 좀 더 내고 편하게 가자는 거야. 인내심이 많지 않다는 것을 반증하기도 하지. 뭔가 살 때 혹은 문제가 생겼을 때 해결하는 방식이 같이 사는 데 아주 중요해. 물론 택시 많이 탄다고 씀씀이 큰 사람은 아닐 수도 있어. 너의 말을 듣고 여러 가지를 조합했을 때 맞아떨어지는 것이지."

그 전에 다른 사람들이 한 말도 있고, 나도 큰 문제는 아닐 것이라는 생각이 더 컸기 때문에 부정을 하고 싶었지만 아무리 머리를 굴려도 논리적으로 무슨 말을 해야 할지 생각이 나지 않았다.

"네 말처럼 결혼하고 애 낳고 하면 바뀌는 사람도 있어. 너무 심각하게 듣지는 마."

내가 당황하는 모습을 보고 형은 아차 싶었는지 좋게 마무리를 했다. 본인의 말이 나의 판단에 영향을 미치는 것이 부담스러웠던 것 같다. 나 역시 이런 충고를 받아들일 준비가 되어 있지 않았다. 내 희망을 진실이라 믿으며 답을 거의 정해 놓았고, 문제가 아니라는 사람들의 말만 크게 공감하며 마음을 굳혔다.

6

우리의 결혼은 양측 부모님의 상견례를 거쳐 일사천리로 이어졌다. 예단비를 주고받고, 가방을 주고받고, 윤희네 집에서 이불 등 예물 세트라는 것도 보내왔다. 간소하게 하자고 했지만 관례상 하는 것이라고 여러 가지를 했는데 이런 것들이 언제부터 관례가 되었는지 누가 시작했는지 전혀 알 수 없는 것들이었다. 부모님 세대에서도 없었던 것들이고, 불과 20년 정도 됐을 텐데 마치 오래된 전통인 양 남들 다 한다고 우리도 하자는 것이 마음에 들지 않았다. 그래도 한 번뿐인 결혼인데 태클 걸고 싶지는 않아서 그냥 하자는 대로 다 했다. 집은 부모님이 6년 전에 수서에 사 놓으신 아파트에 전세를 빼 주고 들어가기로 했다. 내가 모아 놓은 1억 원을 드렸는데 전세금이 4억 5천만 원이었다. 있는 집이야 이 정도 아파트 해 줄 수 있지만 우리 부모님한테는 재산의 70% 정도나 되는 것이라 내가 그냥 받기 너무 부담이 되는 것이었다. 집에 넣는 가전들 혼수

품은 윤희가 고가의 제품들로 장만해 왔다. 나는 잘 모르고 별로 관심도 없긴 한데 나중에 집에 놀러온 친구들이 말하길 다 최신 제품이고, 소파, 옷장들도 수입품이라고 했다. 남자는 집을, 여자는 혼수를 준비하는 것이야 말로 오랜 전통 같은데 옛날에는 신부가 결혼지참금 명목으로 가져오는 것이었으니 의미는 완전히 다르다고 할 수 있다. 신랑 집으로 사람을 한 명 보내는 것이라 입이 하나 느는 것에 대한 보상으로 그리고 딸 좀 잘 보살펴 달라는 의미로 지참금 혹은 선물을 보냈던 것이다. 신랑이 집을 새로 장만해야 하는 부담은 없이 본가에 그냥 살며 식구만 하나 느는 것이었다. 해방 이후 근대에 와서도 그렇다. 어쩔 수 없는 경우가 아니면 나중에 분가를 하더라도 시집에 들어가서 결혼생활을 시작하던 것이 기본이었고, 본가가 없거나 따로 살더라도 사글세 단칸방에서 시작했다. 그때 역시 신랑의 부담은 없거나 사글세 보증금 정도로 신부에 비해 적거나 비슷한 정도였다. 분가를 하는 것도 부모님이 도와주실 수는 있으나 시집에 살면서 돈을 모아 나갈 집을 장만하곤 했다. 결혼 후 바로 신혼부부가 그들만의 보금자리를 만들어 따로 사는 것은 불과 20~30년 전부터이다. 신랑이 새로 장만한 집에 들어가서 산다는, 비슷하지만 전혀 다른 전통이 생기며 서울의 집값이 천정부지로 치솟은 요즘, 신랑의 결혼 비용이 엄청나게 부담되는 시대가 된 것이다. 물론 여유가 있는 집이 더 많이 내는 경우, 부담이 덜한 수도권 전세로 시작하는 경우, 반반 돈을 모아 집값을 마련하는 경우 등 상황에 맞게 시작하는 집들도 많이 있지만 대한민국 사회에서 남자가 결혼 비용을 더 많이 내는 것은 기본이 되어서 이런 사례들은 일반적이지 않은 예로 자리 잡고 있다. 어떻게 됐든 이미 대한민국에서 결혼을 하면 남자가 집을 준비하고, 여자는 혼수를 하는 것이 일반적이 되어 버린 상황에서 나도 큰 불만을 가지지 않았고, 그저 부모님과 동생에게 미안한 마음을 안으며 결혼을 했다.

결혼 생활은 행복의 연속이었다. 같이 저녁 먹기, 산책하기, TV보기, 그리고 주말에 계속 붙어 있기, 항상 뭔가를 같이할 수 있는 사람이 생긴 것이 너무 좋았다. 혼자 있는 습관 때문에 항상 같이 있는 것이 불편할 수도 있지만 신혼생활의 즐거움이 이런 불편함을 모두 지워 버렸다. 가사일도 전혀 문제가 되지 않았다. 맞벌이 부부라 둘 다 바빠 아침은 거르고, 저녁은 밖에서 같이 혹은 집에 와서 시켜 먹으며 끼니를 해결했다. 설거지할 것들이 나와도 너무 적어서 금방 해 버리면 그만이었다. 누군가 설거지를 하면 다른 한 명은 자동으로 쓰레기 정리를 하는 등 환상의 팀워크를 자랑했다. 청소는 구역을 나눠서 화장실과 방은 내가 거실은 윤희가 맡았고, 빨래는 주말에 같이했다. 처음에는 그랬다. 아니, 6개월 후 윤희가 사직할 때까지 그랬다.

"나 회사 그만둘까?"

"어? 왜? 무슨 일 있어?"

"집에서 쉬면서 스트레스 안 받는 게 임신하는 데 좋다고 하잖아. 의사 선생님도 그랬고 지난주에 대학교 동창 애들 만났는데 미연이도 그러더라고. 휴직하고, 3개월 만에 바로 임신했대."

결혼하고 우린 피임을 하지 않았다. 30대 초반이라는 늦지도 이르지도 않은 나이라 아이가 생기면 그냥 갖기로 합의를 했는데 6개월이 지나도 아이가 생기지 않았다. 우리가 많이 늦은 나이도 아니고 좀 오래 걸리는 사람도 있으니 크게 신경 쓰지 않으려고 했는데 윤희는 부담이 됐었나 보다.

"어머니도 은근히 기다리시는 것 같은데 좀 쉬면서 편하게 시도를 해보고 안 되면 병원에 가야지."

"그렇게 부담 갖지 않아도 돼. 우리가 그렇게 늦은 것도 아니고."

"나도 내가 의심스럽기도 하고, 오빠는 남자라 그렇지, 난 알게 모르게 압박을 많이 받는다고. 그래서 스트레스가 더 쌓이는 것 같아. 암튼 요즘 너무 힘들어."

'아니 누가 그렇게 스트레스를 준다는 건지. 진짜 내가 남자라 못 느끼는 건가? 우리 결혼하고 불과 6개월밖에 지나지 않았는데?'

따져 묻는 성격은 아니라 뭐 그런가 보다 했지만 요즘 말이 많은 경력단절녀가 생각나 물었다.

"8년 다닌 회사 그만 두는 건 아깝지 않고? 남들은 들어가고 싶어 하는 좋은 회사잖아."

"회사 일에는 미련 없어. 내가 하는 일이 매년 비슷한 거라 지겹기도 하고."

윤희는 회사가 힘들다는 말은 안 하고, 항상 회사 일 지겹다고 했었다.

"돈은 내가 혼자 벌어도 사는 데 큰 지장 없으니 그건 걱정 말고 잘 생각해서 결정해."

"응. 일단은 퇴직하는 쪽으로 많이 기울어 있어. 이번 달까지만 나간다고 팀장한테 이야기하려고."

이미 거의 결심을 굳힌 듯했다. 작은 일이고, 큰일이고, 항상 묻기는 하는데 나의 조언은 그냥 흘리고, 결정은 본인 생각대로 한다. 그럴 거면 뭣 하러 물어보냐고 가끔 이야기하는데 그냥 미안하다며 웃고 끝난다. 뭐 먹을 것인지 어딜 갈 것인지 같은 작은 일들이야 이제 그러려니 하는데 이런 중요한 일들 역시 답정너(답은 정해졌으니 너는 대답만 해)식으로 나오면 기분이 좋지 않다. 그러지 말라고 몇 번 이야기해 봤지만 전혀 고쳐지지 않아 이젠 포기했고, 관심 없는 척 좋게 넘어가려고 한다.

"그래. 그럼 그만두자. 퇴직금으로는 뭐 할까? 여행 한 번 갈까?"

분위기 전환하려고, 높은 톤으로 바꿔 윤희 좋아하는 여행이야기로 화제를 돌렸다.

"어! 어. 퇴직금?"

좋아할 줄 알았는데 당황하고 말을 더듬어서 내가 더 놀랬다.

"나 퇴직금 없어."

"퇴직금이 없다니?"

예상 외의 대답이라 나도 모르게 추궁하듯 질문을 했다.

"결혼할 때 정산 받아서 아마 2백만 원 정도밖에 안 남았을 거야."

"아. 그런 제도가 있어? 미리 정산하는?"

놀라움 그 자체였다. 결혼 전에 윤희가 모아 놓은 돈이 2천만 원 정도 있고, 부모님이 2천만 원 정도 보태 줘서 혼수를 장만했다고 했는데 그 2

천만 원이 퇴직금이었다. 매년 여행에 쇼핑도 많이 하며 적지만 저금도 한 줄 알았는데 퇴직금이었다니.

“예전에 선배 언니가 갑자기 목돈이 필요하다며 그렇게 했다는 게 생각나서 나도 중간 정산 받았지. 원래 아빠가 해 주기로 했는데 2천만 원밖에 없다고 하잖아. 결혼한다고 돈 빌릴 수도 없어서 정산 받았어.”

이건 지금 생각해도 신선한 충격이다. 결혼 전에 윤희가 번 돈은 일단 다 쓴 것이다. 물론 계획적으로 그렇게 하진 않았겠지만 결과적으로는 그렇게 된 것이다. 그럼 나도 지금까지 퇴직금 정산해서 부모님한테 조금이라도 손 덜 벌리고 결혼할 수 있었네. 아님 지금이라도 우리 부모님 여행 보내 드리고, 집에 뭐라도 하나 사 드릴 수 있는 거네. 이미 가족이 된 마당에 네 것 내 것 따지고 싶은 생각은 없다. 그래도 우리 부모님은 아들 장가간다고 8억 원짜리 아파트를 그냥 주셨는데 퇴직금 빼면 2천만 원이라니. 내가 무슨 하자가 있는 것도 아니고, 키우던 애가 있는 것도 아닌데 이건 TV에서 본 어느 강사의 말처럼 불공정 거래다. 돈 2천만 원이 문제라기보다는 뭔가 속은 기분도 들고, 나한테 감추다가 퇴사하게 되면서 말하는 것도 약이 오른다고 해야 하나? 본인 퇴직금 미리 당겨서 쓴 걸 뭐라고 할 수도 없고, 나도 지금 내 퇴직금 정산 받아서 쓰는 것도 좀 어색한 일이다. 정확하게 잘못한 것을 집어내기도 어려운 일이라 또 말을 제대로 못 하고 넘어갈 수밖에 없었다. 보름 뒤, 결국 윤희는 퇴사를 했다.

7

"나 갔다 올게."

"으음. 잘 갔다 와."

눈도 뜨지 않고, 출근하는 나한테 인사를 한다. 퇴사한 이후 윤희는 거의 늦잠을 잔다. 가끔 자는 윤희를 깨워, 현관문 앞까지 데리고 가는 장난을 한다. 유독 나만 일찍 일어나서 나가는 게 약이 오르는 날이 있어서 장난 반 그리고 진심 반으로 하는 행동이다. 맞벌이를 할 때나 외벌이를 할 때나 내 생활은 거의 변한 것이 없다. 윤희가 집에 있으면 아침이라도 혹시 차려 줄까 하는 기대는 전혀 하지 않았다. 요리는 전혀 할 줄도 모르고, 하고 싶은 생각도 없어 보인다. 달라진 것이 있다면 처가 식구들이 집에 자주 온다는 것이다.

"이서방 왔나."

"예, 장모님 오셨어요."

"이리 와서 앉게. 해물탕이랑 저녁 들어."

인버터 위에서 끓고 있는 해물탕 한 대접을 내 앞에 놓으시고, 밥도 한 공기 퍼 주신다.

"예, 잘 먹겠습니다."

먼저 해물탕을 한 숟가락 떠먹으니 조미료 맛이 물씬 풍긴다. 근처 식당에서 시킨 음식이 틀림없다. 장모님은 자주 오시지만 본인이 무언가 요리를 하시진 않는다. 우리 어머니가 챙겨 보내 주시는 내 입맛에 맞는 밑반찬이 그나마 위안이다.

"윤희가 심심하다고 어찌나 자꾸 오라는지. 너무 자주 오는 것 같아서 안 오려고 했는데 오늘은 얘가 아프다고 해서 왔네."

초반에는 이런 핑계라도 대곤 하셨다. 3개월 정도 지나자 일주일에 3~4일은 오시고, 자고 가는 일도 흔해졌다. 점점 장인어른이나 처남도 저녁 식사를 같이 하는 일이 많아졌다. 내가 처가에 사는 것인지 따로 사는 것인지 알 수 없을 정도였다. 처음에는 '윤희가 집에 있으니 장모님이 가끔 오실 수 있지.'라고만 생각했는데 이제 와서 오시지 말라고 할 수가 없었다. 지나가는 말로 윤희에게 장모님이 요즘 자주 오신다고 해 봤는데 곧 아기도 생기면 아기 봐 주러 오실 건데 지금부터 자주 오시는 것이 자연스럽고 좋다는 것이다. 아직 임신도 안 했는데 무슨 소리인가 했지만 크게 불편한 것도 아니니 그냥 뒀다. 자주 보게 되니 친해지고, 서로 편해지는 좋은 점도 있지만 우리 일에 간섭을 하는 일도 잦아졌다. 처음엔 퇴근 시간이었다.

“이서방 요즘 술 마시고 오는 날이 많네. 내가 자주 집에 오지만 그래도 가장이 집을 챙겨야지. 그리고 임신하는 데 술 마시면 안 좋아.”

“네. 요즘 진행하는 프로젝트가 대학이랑 같이 진행해서요. 대학원생들 좀 사 먹이다 보니 그렇게 됐습니다.”

윤희 혼자 집에 있으면 일찍 들어가려고 많이 했는데 거의 매일 장모님이 와 계시니 그럴 필요성을 잘 느끼지도 못하겠고, 가끔 장이어른이 계시면 반주하고 장인어른의 일장연설을 듣는 것도 좀 피곤하다. 집이 마냥 편하진 않다. 그러다가 장모님이 조금 더 선을 넘기 시작한다.

“자네 적금 넣는 것 있다면서? 이번에 장인이 아는 사람 회사 주식이 오른다는 정보가 있다는데 자네 적금 해약하고 거기다 투자하면 어떤가?”

“네? 저는 주식 할 줄도 모르고, 해 본 적도 없어서 잘 모릅니다.”

“진짜 확실한 정보래. 그냥 넣고, 빼라고 하면 빼면 돼.”

돈 문제는 가족이라도 정말 엮이고 싶지 않아 핑계를 더 댔다.

“저는 주식 계좌도 없고요. 주변에 주식으로 돈 잃은 사람도 많고, 신경 쓰는 것도 싫어서요.”

“그럼 내 계좌에 같이 넣어도 되고, 신경 하나도 쓸 거 없게 해 준다니까. 이건 진짜 50% 그냥 버는 거래.”

“장모님 진짜 죄송한데요. 선배한테 든 적금이라 갑자기 깨기도 좀 그렇고요. 결혼하고 시작한 거라 얼마 되지도 않거든요. 이번엔 아깝지만 저는 다음에 기회가 되면 할게요.”

“이 사람 참. 그냥 돈 줍는 건데. 아쉽게.”

“그러게요. 다음에는 꼭 들어갈게요. 알려 주셔야 돼요.”

자주 오시니까 윤희를 통해 듣는 것도 많았다. 내가 고가의 야구 글러브를 새로 산 것, 후배한테 보험 들은 것, 고등학교 동창 회사 부도난 것, 내가 보는 미드 등등 시시콜콜한 이야기까지 다 하는 것 같았다. 알아도 크게 상관은 없는데 내가 윤희한테 말조심을 하게 되고, 많이 알면 알게 될수록 잔소리나 참견을 더 하게 되니 그리 기분이 좋지 않았다. 그러다가 좀 더 심각한 문제가 생겼다.

“오빠! 이번에 성과급 받으면 차 새로 사고 싶다고 했지? 살 거야?”

“응. 알아보는 중이야. 아기도 생기면 작긴 하잖아. 부모님이랑 장인, 장모님 용돈 좀 드리고, SUV로 바꾸려고 생각 중이야.”

“그럼 지금 타는 차 있잖아. 내 동생 주면 안 될까?”

생각지도 못한 질문이 훅 들어와서 좀 당황했다. 내가 입사해서 처음 산 차로 애지중지하며 조심히 탄 차다. 유학을 간 동안에도 팔지 않고, 아버지께서 관리를 잘해서 뽑은 지 7년이 된 차라고는 상상도 할 수 없을 정도로 깨끗하고 성능이 좋다. 작은 차라 주변에서도 이제 좀 더 큰 차로 바꿔야 하는 것 아니냐는 소리를 많이 듣기는 했다. 나도 차에 대해 관심이 많은 편이라 이미 찍어 놓은 차로 바꿀 타이밍만 보고 있었다. 지금 타는 차 역시 어떻게 할지 생각을 다 해 놓았다. 본가에 있는 동생이 아버지 차를 얻어 쓰고 있어서 여동생을 주기로 했다. 물론 얼마 전에 윤희에게도 이야기를 했었다.

"음…. 그게 나 혼자 산 게 아니고, 아버지가 많이 보태 주신 거라 본가에 보낸다고 이야기했잖아."

"응. 근데 현우가 지금 중고차라도 하나 산다고 알아보고 있다더라고."

"처남은 장인어른 차 쓰지 않아? 회사도 서울이라 지하철 타고 다니고."

"그렇기는 한데 자유롭게 쓸 차가 한 대 필요한가 봐. 아가씨는 차가 필요하대?"

"시골이라 집에서 회사 가는 버스가 자주 없기도 한데 버스가 또 많이 돌아서 가나 봐. 버스로 가는 시간이 자가용 끌고 가는 것 보다 두 배 더 걸려서 계속 차를 쓰고 싶은데 아버지도 계속 쓰시니까 힘든가 봐."

"응. 그러네."

이 정도까지 이야기하고 끝이 났다. 이유도 명분도 본가에 보내는 게 타당하니 크게 생각하지 않았다. 윤희도 더 이상 말을 이어 가지 않았다. 그런데 다음 날 집에 오니 장모님이 계셨다. 윤희랑 소파에 앉아 드라마를 보며 여느 때와 다름없었다.

"장모님, 다녀왔습니다."

"이 서방 오늘도 늦었네. 저녁은 먹었나?"

"네. 먹고 왔습니다."

"힘들 텐데 어여 씻게."

드라마에 열중하며 건성으로 인사하는 평소와 달리 뭔가 목소리가 밝고, 살가운 느낌이 들었다. 갑자기 친한 척하는 그런 느낌이었다. 윤희도 뭔가 부탁을 하기 전에 이런 톤으로 이야기를 한다.

'차 때문인가? 설마.'

말도 안 되는 요구라 아니라고 믿고 싶지만 장모님이 이렇게 살갑게 이야기할 이유는 차 때문일 가능성이 제일 높은 것 같았다. 샤워하며 미리 답을 준비했다. 대충 이야기하다가 넘어간 적이 많아서 딱 잘라서 여지를 주지 않아야 한다는 것을 지난 투자 때 등의 경험을 통해 알고 있었다. 씻고 나와서 물 한 잔을 마시려는데 예상했던 질문이 여지없이 나왔다.

"자네 차 바꾼다면서?"

"예. 장모님. 윤희한테 들으셨군요."

"지금 타는 차는 현우 주는 게 어떤가? 현우가 요즘 출장도 자주 가고, 여자 친구가 생겼는지 자주 차를 가지고 나가더라고."

답을 이미 준비했지만 윤희를 한 번 쳐다보고, 살짝 뜸을 들인 후 자연스럽게 대답을 했다.

"윤희가 말씀을 다 안 드린 것 같은데요. 제가 혼자서 산 차가 아니고 아버지께서 많이 도와주신 부분이 있어서 본가에 보내려고 합니다."

장모님 역시 예상했던 답이라는 듯 바로 말을 이었다.

"자네 여동생 주려고 한다는 말은 들었네. 근데 처남도 동생 아닌가. 현우가 더 필요한 것 같은데 그러지 말고 현우 주게."

평소 말대답도 잘 안 하고, 어른들 말 잘 듣는다고 나를 판단을 하신 것인지 좀 강압적인 말투로 다시 이야기를 하셨다. 물론 어떤 선택을 해도 크게 상관없는 일들은 어른들 말에 잘 따르는 편이다. 생각이 좀 다르더라도 내 생각을 말하기 보다는 일단 수긍하며 대답을 하고 넘어가기도 한다. 하지만 이치에 맞지 않다고 생각하는데 그냥 따르는 일은 거의 없다. 윤희에게 했던 설명을 또 하려다가 이미 이야기를 했을 것 같기도 하고, 언쟁을 하기 싫어서 대답을 안 하고 무언의 부정을 하고 있었다.

"분가를 하고 이 집에서 쓰는 차라 윤희에게도 결정권이 있는데 자네가 그냥 동생 주기로 결정을 하면 안 되지. 윤희 의견도 좀 듣고, 다시 한 번 잘 생각해 보게."

본가랑 내가 돈 모아서 산 차를 다시 본가에 돌려보낸다는 것인데 이게 왜 문제가 되며 지금 내가 왜 장모님한테 이런 이야기를 듣고 있어야 하는 것인지 모르겠다. 이번에는 짜증이 나서 기분이 상한 표정을 감추지 못하고 대답을 했다.

"예. 윤희랑 이야기해 보겠습니다."

대답하면 끝날 줄 알았는데 장모님은 사족을 더 다셨다.

"나도 요즘 윤희 도와주러 자주 오고, 자네는 장인이랑 술도 자주 마시지 않나. 멀리 있는 동생도 중요하지만 자주 보는 처남 생각 좀 해 주게."

'아니 뭘 도와주러 오신다는 거지? 장인어른 연설은 내가 들어 주는 건데. 와서 밥만 먹고 도망치듯 가는 처남을 뭘 생각해 주라는 건가.'

이런 일들이랑 자동차랑 무슨 상관이 있다는 것인지도 모르겠고, 이번 일은 이미 답이 정해져 있는 것이다. 무리하게 요구를 한다고 해서 바꿀 수 있는 사소한 문제도 아니었다. 윤희는 내 반응을 보고 안 된다고 느꼈는지 다시 이야기를 꺼내지 않았다. 장인어른이 집에 와서 술을 한잔하며 섭섭하다는 표현을 잠깐 한 후 이 일은 다시 언급되지 않았다. 일장 연설을 각오했었는데 그나마 수월하게 넘어간 걸 다행으로 생각했다. 성과급이 나오고 양가 부모님께 용돈을 챙겨 드린 후 봐 두었던 SUV를 새로 샀다. 그리고 타던 차는 여동생에게 보내며 이번 일은 마무리가 되었다. 내가 잘못한 것이 없다고 생각하는데도 뭔가 찜찜했다. 미안한 것도 아닌데 뭔가 보상을 해 줘야 할 것 같은 정확하게 설명할 수 없는 이상한 기분이 남았다. 장모님이 지적하는 행동은 웬만하면 하지 않게 됐고, 장인어른과 술자리가 더 잦아도 불평 없이 함께 했다. 점점 처가 식구들에 내가 녹아들어 가는 그런 느낌이었다. 그러다 내가 녹아드는 것이 아니고 늪에 빠지는 것이었다는 생각을 하게 만든 일이 생겼다. 아니 터져 버렸다.

8

통장내역을 보는 가장 확실한 방법은 통장을 가지고, 은행에 가서 통장 정리를 하는 것이다. 제일 클래식하고, 정확한 방법이다. 통장은 안방 서랍 속에 있고, 윤희가 씻으러 가거나 자리를 비우면 꺼내서 내 가방에 넣으면 된다. 5초면 충분한 일이고, 마음먹은 당일 밤에 바로 시행해서 성공했다. 이것도 도둑질이라고 두근거리기는 했지만 어렵지 않았다. 그 후에 잠자리에 들 때까지 아무 일도 없었다는 듯 연기하는 것이 더 어려웠다. 도둑질도 아무나 하는 게 아니라고 새삼 느꼈다. 다음 날 점심을 먹고 근처 은행에 가서 통장을 기계에 넣고 정리를 시작했다. 요즘은 인터넷이나 스마트 폰으로 거래내역이나 잔고를 확인하고, 통장은 거의 쓰질 않으니 정리하는 데 6번이나 페이지를 넘겼다. 정리가 다 끝난 통장을 회사로 가져와 첫 장부터 보기 시작했다. 결혼하기 1년 정도 전부터 거래 내역이 시작되었다. 월급이 들어왔던 것으로 보아 월급통장을 아직도 쓰고 있는 것 같았다. 특이한 점은 월급이 고스란히 카드 값으로 나가고, 다른 지출은 거의 보이지 않았다. 아니 전혀 없었다. 월급은 통장을 스쳐 지나가는 것이라는 말과 딱 들어맞는 통장 내역이었다. 퇴직금을 정산 받은 것으로 보이는 큰돈이 들어왔다가 혼수 때문인지 카드 값으로 다시 다 나가고, 결혼 후에는 윤희의 월급에 내가 보내 주는 500만 원이 매달 들어온다. 결혼하고 경제권은 여자가 가져야 한다는 우리 엄마의 주장 때문에 나나 윤희의 의사는 전혀 반영되지 못하고, 내 월급의 80% 정도를 윤희에게 주게 되었다. 엄마에게 윤희의 씀씀이를 말하고, 월급을 따로 관리하고 싶었으나 결혼도 하기 전에 고부간에 나쁜 인식을 심어 주고 싶지 않아 일단 내가 한발 물러섰다. 이렇게 고양이는 생선을 아무 방해 없이 손에 쥐게 되었다. 그런데 생선을 더 많이 확보한 윤희의 카드 값이 오히려 줄어드는 기이한 현상이 나타났다. 더 이상한 것은 윤희의 월급 정도 되는 금액이 매달 빠져나가기 시작한 것이다.

'결혼을 하고 경제관념이 극적으로 바뀌어 적금을 들고, 카드 값을 줄인 것인가? 내가 괜한 걱정을 했던 것인가?'

이렇게 생각하는 찰나에 카드 값이 다시 늘어났다. 시기를 확인해 보니 퇴직을 하고 난 후부터 다시 증가하기 시작, 세 달째부터는 내 월급이 모두 카드 값으로 나가기 시작했다. 그러면 그렇지. 붓고 있던 적금(?)도 회사를 그만 두면서부터 나가지 않았다. 그리고 내가 이 통장을 보게 된 결정적인 이유인 성과급을 받고, 우리 부모님께 송금을 한 내역을 확인했다. 200만 원은 장인, 장모님께는 내가 직접 드리고, 우리 부모님께는 윤희가 송금을 하기로 했었다.

'어머님 50만 원.'

예상을 하고 본 것이니 크게 놀라지는 않았다.

'진짜 이런 거도 빼돌리냐?'

통장 내역을 확인하자 도대체 카드는 어디에 쓰고 있는 것인지도 궁금했다. 통장내역만으로는 이 집의 경제가 어떻게 돌아가는지 정확히 알 수 없다. 카드 사용 내역이 핵심이다. 그냥 통장내역을 보여 주면서 카드 내역도 보자고 하면 이 핑계 저 핑계 대며 안 보여 줄 수도 있다. 일단 몰래 보는 방법을 생각해 봐야 한다. 내역이 우편으로는 오지 않는 것 같은데 카드사 사이트에 들어가서 보려면 로그인이 문제다. 3일 정도 이리저리 머리를 굴려 봤는데 답이 없었다. 이렇게 쉽게 알아내면 카드사 보안에 문제가 있는 것이긴 하다. 그런데 해답은 의외로 쉬운 곳에 있었다. 저녁 먹고 집에서 TV를 보는데 스마트폰에 메일 알림이 떴다.

'이 늦은 저녁에 누가 메일을 보낸 거지? 급한가?'

스마트폰으로 메일을 확인하려는 순간 머릿속에 한 줄기 빛이 스쳐 갔다.

"아!!"

나도 모르게 육성이 터졌다.

"왜? 무슨 일 있어?"

옆에서 같이 TV를 보던 윤희가 내 소리에 반응을 했다.

"응, 아니야. 이 시간에 메일이 와서 봤거든. 회사 일이야."

급하게 둘러대면서도 왜 이런 생각을 진작 못 했는지 자책했다.

9

눈이 번쩍 떠졌다. 시간을 확인하니 새벽 2시 20분. 소변이 마려워서 깼다. 알람이 없이 새벽에 깨는 방법 중 최고는 물을 세 컵 정도 마시고 자면 된다. 물론 둔감하거나 아주 피곤한 날은 다 큰 어른이 대참사를 일으킬 수 있으나 보통의 어른이면 소변이 마려워 깨게 된다. 평소 같으면 신경 안 쓰고 훽 일어나겠지만 윤희가 혹시나 깰까 조심스레 이불을 들어 천천히 일어난다. 화장대 위에 충전하고 있는 내 폰과 윤희의 폰이 녹색 빛을 내고 있다. 소리 없이 다가가 두 개 모두 충전기에서 분리한다. 열려있는 방문을 빠져나와 화장실로 간다. 일단 변기에 앉아 급한 생리현상을 해결한다. 물은 내리지 않는다. 윤희의 폰 화면을 터치한다. 잠금이 되어 있지만 1년을 같이 살면 잠금 패턴 정도는 자연히 알게 된다. 패턴을 풀고 메일 어플로 들어가 윤희가 쓰는 카드사를 검색했다. 광고가 조금 섞여 있지만 카드 결제 내역들이 최신 것부터 차례대로 수신되어 있었다. 가장 최신 것부터 명세서를 클릭하고, 첨부파일을 열었다. 비밀번호는 윤희 생년월일. 내역이 나오면 전체가 잘 나오도록 화면을 찍어 저장했다. 12번을 반복하고, 1년 치를 확보해서 내 메일로 전송을 했다. 폰에 저장한 사진과 내게 보낸 메일의 흔적을 지워 버렸다. 내 폰에 온 메일을 열어 12개의 파일이 잘 포함되어 있는 것까지 확인했다.

"후."

한숨이 그냥 나왔다. 내가 지금 뭐 하고 있는 건가 싶다. 잘 하고 있는 것인지도 모르겠고, 앞으로 심상치 않은 일이 일어날 것 같은데 감당은 할 수 있을 것인지. 이런 저런 생각들이 스쳐 지나가며 잠시 멍 때리고 있었다. 변기 물을 내리고 나와 윤희 폰을 원위치시킨 후 잠자리에 들었다. 내일을 위해 바로 잠들고 싶어 눈을 감았다. 아무 생각도 하지 않으려고 했지만 잠이 잘 오지 않았다. 심장이 뛰는 것이 느껴진다. 마음 같아선 전송된 파일을 수십 번도 더 열어 봤지만 내일 사무실 책상에서 혼자 열어 보기 위해 참고 또 참았다.

"성 대리 벌써 왔어?"

"안녕하세요. 일찍 오셨네요. 전 거의 이 시간에 와요. 30분 늦게 나오면 1시간 늦게 도착하거든요."

사무실에 30분 정도 일찍 도착했더니 항상 1등으로 오는 성 대리가 이미 사무실을 지키고 있었다. 자리에 가방을 놓고, 컴퓨터를 켰다. 바로 메일을 열고 파일을 12개 모두 다운 받았다. 드디어 시작이다. 가장 오래된 것부터 천천히 확인해 나갔다. 진짜 앞에 6개월은 전혀 이상한 것이 없다. 사용 빈도가 낮고, 거의 밥, 커피이고 마트나 필라테스, 약국 정도가 다였다. 윤희가 퇴직을 하고부터가 진짜 내가 보고 싶은 부분이 시작됐다. 확실히 식당이나 배달음식에 쓰는 돈이 두 배 이상 증가했다.

명품 S매장 약 500만 원

명품 L매장 약 400만 원

백화점 남성 정장 브랜드 약 150만 원

가구 매장 3개월 할부로 약 700만 원

전자제품 약 300만 원

금액이 큰 지출은 이 정도였다. 명품을 다시 사는 것은 쉽게 예상이 된 것이지만 가구, 전자제품은 집에 새로 들어온 것이 없었다.

'남성 정장? 윤희가 샀는데 우리 집에 없다면 어디 있을까?'

너무 쉬운 문제다. 장인어른 아니면 처남일 것 같은데 아마도 처남일 확률이 높다. 취업 시기랑 맞아 떨어지는 것 같다. 그리고 가구는 몇 달 전에 장모님이랑 윤희가 소파 이야기를 했던 것이 어렴풋이 생각났다. 정확히 기억은 안 나는데 아마도 이 가구 매장에서 긁은 것이 그것인 것 같다. 어디선가 봤던 처자식을 짊어진 아버지의 그림이 갑자기 생각났다. 그런데 내가 짊어지고 있는 것은 처가 식구였다. 내 어깨 위에 무거운 처가 식구들이 자리하고 있는 것이다. 특별히 효자는 아니지만 나이

서른 다 돼서 본가 등골 뽑아 유학까지 갔다 온 것을 항상 부모님께 감사드린다. 유학뿐만 아니고 장남이라고 받은 식구들의 관심과 혜택으로 알게 모르게 피해 본 동생한테도 미안한 마음을 갖고 있다. 내가 이렇게 어린 나이에 적지 않은 돈을 버는 것도 다 본가에서 지원을 아끼지 않았기 때문인데 그게 다 처가로 들어가는 것이 말이나 되나? 부모님에게서 나온 돈이 나를 통해 처가로 들어가고 있는 흐름이 머릿속에서 자연스럽게 그려지기도 했다. 이대로는 안 된다. 아직 내가 주는 돈을 많이 오버하지 않는 상황이지만 카드값이 점점 늘어나고 있어 하루 빨리 손을 써야 한다. 카드 내역을 일단 프린트했다. 고양이가 생선을 순순히 돌려주지 않겠지만 이 정도 자료면 충분하다. 통장과 함께 보여 주고 윤희의 변명을 들어 준 후 경제권을 가져와야 한다. 언제 어떻게 말을 해야 할지 생각하니 일이 눈에 들어오지 않았다. 일뿐만 아니고, 다른 생각을 할 수가 없었다. 오전 내내 일을 하나도 못 하고 정신이 빠져 있다가 반차를 냈다. 빠르면 빠를수록 좋다.

'오늘이다.'

10

'여기다 차를 세워 놓으면 어떻게 해.'

사거리에서 우회전을 해야 하는데 비상등을 켜 놓은 차가 우회전 차로 끝에 서 있다. 우회전하려는 차들이 직진차로로 끼어들어서 세워진 차 앞으로 우회전을 할 수밖에 없는 상황이라 직진차로도 같이 막히고 있다.

'비상등만 켜 놓으면 아무 데나 세워도 되는 건가?'

신호를 세 번 받았는데도 우회전을 못 하고 서 있는데 비상등이 켜진 차로 하얀 바지에 선글라스를 쓰고 한껏 멋을 낸 아주머니가 다가와 차 문을 열었다.

"아줌마, 차를 거기다 세우면 어떻게 해요?"

내 앞 차에서 내가 하고 싶은 말을 했지만 아줌마는 들은 척도 하지 않고 그냥 출발해 버렸다. 뭐 서울에서 운전하면 어이없는 경우가 한두 번이 아니지만 오늘은 기분도 별로고 더 짜증이 난다. 벌써 흥분하면 안 된다. 오늘은 차분히 조목조목 물어볼 예정이다. 그렇게 마음을 가다듬으며 집 근처까지 와서 상가 앞을 지나는데 약국에서 윤희가 나왔다. 스쳐 지나친 것이라 잘못 본 것인지 싶어 사이드 미러를 통해 윤희가 맞나 확인을 했다. 손에 빨간색 약을 들고, 살짝 흩뿌리는 비를 피하려 우산을 펴고 있었다. 확실히 윤희였다. 이미 지나치기도 했고, 집이 코앞인데 굳이 불러서 같이 갈 필요는 없을 것 같아 그냥 아파트단지 안으로 들어갔다. 주차장이 아파트 입구 반대편이라 그냥 걸어오는 길이 더 짧아서 주차하는 시간까지 더하면 윤희랑 비슷하게 도착할 것 같았다. 차에서 내려 윤희가 오는 쪽을 주시하며 걷는데 코너를 도는 윤희가 보였다. 우산이 없어 뛰듯이 걸어가 아파트 현관에서 비를 피하며 윤희를 기다리고 있었다. 무슨 생각을 하는지 거의 다 와서야 나를 발견한 윤희는 화들짝 놀라 물었다.

"오빠! 왜 벌써 왔어?"

들고 있던 약을 급하게 주머니에 넣는 것이 보였다. 나한테 숨기려는 의도가 다분해 묻지 않을 수 없었다.

"무슨 약이야?"

"응? 뭐? 아, 약? 아무 것도 아니야, 두통약이야."

뭔가 얼버무리려는 느낌이 너무 강했다. 그리고 두통약인데 나한테 숨길 이유는 전혀 없다.

"뭐 놓고 가서 가지러 왔어?"

말을 돌리려고 하는 것만 봐도 수상하다.

"아니, 퇴근한 거야. 일찍 끝났어."

일단 집으로 들어가서 본론을 이야기를 해야 하는데 이제는 무슨 약인지도 궁금해졌다.

"이럴 때도 있구나. 오빠 만나고 처음인 것 같다. 저녁 먹으러 나갈까?"

"좋지. 맛있는 거 먹으러 가자."

"응. 오늘 엄마도 안 오는데 오빠 일찍 와서 좋네."

"장모님 어디 가셨어?"

"야유회 가신댔어."

"와~ 어디 좋은 데 가셨나 보네."

같이 엘리베이터를 타고 자연스럽게 행동했다. 화를 내기보다는 잘 타일러서 모든 것을 알아내려는 것이다. 집에 들어와서 일단 거실 소파에 앉았다. 내가 옷을 갈아입으러 방으로 들어가면 약을 어딘가에 숨길 것 같아서다. 기지개를 켜며 피곤하다는 듯 자연스럽게 소파에 기댔다. 물론 시선은 윤희를 보고 있지 않았지만 눈의 흰자로 보듯 계속 보고 있었다.

"옷 안 갈아입어?"

윤희는 나를 힐긋힐긋 쳐다보며 내가 방으로 들어가길 기다리는 것 같았다.

"응. 잠깐만 앉아 있다가."

내 눈치를 보던 윤희가 방으로 발걸음을 옮기기 시작했다. 나의 호기심이 한계에 다다랐다. 무슨 약인지 빨리 알아야겠다는 생각이 앞서 윤희를 따라 방으로 성큼성큼 걸어갔다.

"도대체 무슨 약인데 그래?"

나는 재빠르게 그리고 거칠게 주머니에 손을 넣어 약을 꺼냈다.

"어, 어! 왜 이래!"

다시 약을 잡으려는 윤희를 한 손으로 잡고 고개를 반대쪽으로 돌려 약의 포장지에 쓰인 내용을 읽었다. 두 글자. 딱 한 단어가 눈에 들어왔다.

'피임'

"피임약이라고? 피임약 먹어?"

목소리가 커질 수밖에 없었다. 손을 놓고 윤희를 정면으로 바라봤다. 윤희는 벌써 울고 있었다.

"울지 말고 말을 해 봐!"

여자들은 울면 일단 50%는 먹고 들어간다는 사실을 알고 있다. 그래도 윤희가 우는 건 처음이라 약간 당황했다. 눈물의 힘은 강했다. 계속 울고 있는 사람한테 화를 낼 수가 없어 마음이 약해지고, 달래는 말투로 바뀌었다.

"나도 놀래서 그런 거잖아. 울지 말고."

윤희는 그렇게 10분 이상을 계속 울기만 하다 한마디 했다.

"무서워서 그랬어. 막상 임신하고 아기 낳고 해야 한다니까 무섭잖아."

내가 여자가 아니라 이해를 못 하는 것일 수도 있지만 임신이 그렇게 무서운가? 그냥 핑계 대고 있는 것 같은데 일단 이해하려고 노력을 좀 해 봤다.

“아무리 무서워도 나랑 상의는 했어야지.”

대단한 이유는 아닌 것 같아서 나무라는 투로 이야기했다.

“임신한다고 퇴직까지 했는데 내가 어떻게 쉽게 이야기 해. 놀려고 퇴직한 사람 같잖아.”

진짜 놀려고 퇴직한 것 같은데 차마 입 밖으로 꺼내지는 못 했다.

“언제까지 이렇게 피임만 하고 있으려고 그랬어?”

“나도 많이 힘들었어. 말을 할까? 그만 먹고 시도를 해 볼까? 계속 임신 안 되면 곧 병원 가 보자고 할 것 같은데 어떻게 해야 하나? 그냥 속편하게 놀고먹은 것 아니라고.”

“아니 나는 놀고먹었다고 안 했어. 그냥 나랑 상의를 했어야 한다는 거지.”

“미안해 오빠. 실망할 것 같기도 하고, 계속 말해야지 했는데 입이 안 떨어지더라고. 오빠는 아기 낳아도 회사 다니고, 저녁이랑 주말에만 보니까 부담이 덜하잖아. 난 내 배 속에 생명을 넣고, 10달을 있어야 하는데 낳는 것도 아프다고 하지. 키우는 것도 내 책임이 크잖아. 부담이 많이 되고 무서웠단 말이야.”

울면서 이렇게 쏟아내니 더 이상 다그칠 수도 잘못을 지적할 수도 없었다. 임신을 하겠다며 속이고 피임약을 먹은 잘못보다는 임신의 두려움을 알아주지 못하는 내가 이해심이 부족한 사람 같아 보였다. 사귈 때도 사소한 거짓말을 하다가 들통이 나곤 했었다. 나한테도 그렇지만 다른 사람들에게 어떻게 보일까를 먼저 생각하는 편이라 남들에게 보기 좋게 포장하려니 거짓말도 하고 그랬다. 몇 번 사소한 것에 왜 거짓말을 하냐고 다그쳐 보기도 했는데 그때마다 '내가 싫어할까 봐 그랬다.'라는 변명을 했다. '거짓말은 본인이 했지만, 이유는 나한테 있다.'라는 논리다. 이런 식으로 나를 위해 그랬다고 변명을 하면 화를 낼 수가 없다. 게다가 가끔 역공을 당하기도 한다. 대화가 길어지면 길어질수록 이상하게 내가 불리해진다.

"응, 윤희도 많이 힘들었구나. 내가 이해를 못 했네."

이 시점에서 카드 내역이나 통장에 대한 것들은 이미 머릿속에서 사라졌다. 일단 윤희를 달래는 것이 우선이었다. 그렇게 한 시간 이상 윤희를 달래고, 마음 편히 갖고 대화를 많이 하자는 결론을 내렸다. 아기 이야기는 당분간 하지 말고, 윤희가 준비가 되면 그때 갖자고 했다.

'마음이 약하면, 그리고 상대방에게 휘둘려서는 절대 내가 원하는 방향으로 싸움을 할 수 없다. 결론적으로 난 싸움을 잘 못하는 사람이다. 당연히 윤희에게 절대 이길 수 없다.'

다음 날 집 앞 약국이름이 카드 내역에 있던 것이 생각나서 카드 내역을 다시 찾아봤다. 결혼 직후부터 정기적으로 같은 금액의 집 앞 약국 이름 내역이 존재했다. 피임은 결혼 직후부터 시작되었던 것이었다. 그리고 나중에 안 사실이지만 처음에 적금처럼 빠져나갔던 윤희의 월급은 윤희의 카드빚을 갚았던 것이다. 카드빚을 다 갚고 나서 퇴직을 한 것이다. 윤희는 다 계획이 있었다.

“이런 이야기를 왜 이제야 하니?”

조용히 듣고만 있던 엄마가 나무라듯 말씀하셨다.

“조금 참고 살면 다 같이 행복하잖아요. 이래저래 저만 알고 있으면 잡음 생길 일도 없고, 다 잘될 줄 알았죠.”

“웬만해야 나도 그냥 고쳐서 잘 살라고 하겠는데 그 집은 상식이 없는 거 아니니? 남의 귀한 자식 데려다가 쪽쪽 빨아먹고 있네.”

엄마도 화가 나신 게 확실하다.

“정리할게요. 저도 더는 못 참아요.”

“아버지한테도 잘 말씀드리고. 진짜 말로만 듣던 일이 실제로 나한테 일어나네.”

“죄송해요.”

더 할 말이 많지만 더 하지 않으시는 것 같았다. 동네에도 내가 이혼했다고 머지않아 소문이 퍼질 게 뻔하다. 부모님이 당분간 동네에서 고개를 들고 다니지 못하실 것을 생각하니 너무 죄송했다.

“그래서 이혼하기로 했어? 와이프가 그냥 안 있을 것 같은데?”

얘기를 가만히 듣고 있던 성준이 형이 먼저 말을 꺼냈다.

“전화로, 톡으로 몇 번 얘기를 했는데 말이 안 통해요. 절대 이혼 못 한다고 했다가, 위자료로 아파트를 달라고 했다가. 변호사한테 물어보니 몰래 피임약 먹은 것 갖고도 이혼 사유가 된대요. 돈 마음대로 다 쓴 것도 저한테 유리하고, 위자료는 반대로 받아야 할 것 같다던데요.”

“에고. 고생이 많다. 네 맘은 오죽하겠냐.”

“처음에는 저도 내 인생 망했다. 한탄 많이 했는데. 이제는 그냥 재미나게 살려고요. 애가 없는 것도 다행스럽고, 아직 젊잖아요. 다음 주에 휴가 내고 철원 친구네 놀러 가려고요.”

“철원? 친구 군인이야?”

“아니요. 대학교 동창인데 거기 토박이 있어요.”

“좋네. 가서 잘 쉬다 와. 그 다음 주에 게임 있는 거 잊지 말고.”

이 정도로 이야기를 마무리하고 헤어졌다. 형철이가 생각보다 잘 극복하고 있는 것 같아 크게 걱정은 하지 않았다. 다음 게임에 참석하지 않아도 그러려니 했다. 그런데 갑자기 며칠 후 이런 문자를 받았다.

〉부고〈

이형철 님께서 오늘 소천하셨습니다.

서울강남병원장례식장 202호.

11

'삑'

교통카드를 찍고 지하철 개찰구를 통과했다. 7시 반이니 출근 시간 피크 타임이다. 계단을 내려가서 어느 줄인지 모르겠지만 그냥 제일 뒤에 선다. 어제 장례식장에 가느라 차를 안 가지고 와 오랜만에 차 없이 출근 중이다. 새벽 1시가 넘게 술을 마셔서 몸도 피곤한데 지하철 안은 사람으로 꽉 차서 공기도 안 좋다. 이리저리 밀고 밀리고 정신을 차릴 수가 없었다. 출입문 근처에서 내리고 타는 사람에 치이고 있는데 눈앞에 자리가 났다. 원래는 사람 많을 때 자리에 잘 앉지 않는다. 어르신들이나 몸이 불편한 분들이 타면 비켜 드리는 것이 정상적인 젊은이라 생각해서 계속 주변을 살피느니 그냥 서서 가는 것을 택한다. 그런데 오늘은 너무 힘들어서 간절하게 자리에 앉고 싶었다. 자리 쪽으로 몸을 이동하는데 자리 바닥이 분홍색인 것을 뒤늦게 확인했다. 임산부 보호석이다.

'그래도 저기 앉을 수는 없지.'

포기하고 서 있는데 전혀 임산부로 보이지 않는 젊은 여자가 와서 앉자마자 등을 기대더니 눈을 감고 잠을 청한다. 혹시나 하고 가방을 봐도 임산부 배지 같은 것은 없다.

'어떻게 이렇게 당당하게 앉아서 잘 수가 있지? 이러면 임산부가 와도 비켜 줄 수가 없지 않나?'

비어 있으면 앉을 수도 있지만 혹시 임산부가 타는지 주시는 해야 하는 것이 기본이다. 임산부의 마음은 같은 여자들이 더 잘 알 텐데 앉아 있는 사람의 대부분이 여자라는 것도 이해가 잘 안 된다. 잠시 딴 생각을 했지만 어제부터 갑작스런 형철이의 죽음이 머릿속을 떠나지 않고 있다. 힘든 상황인 것은 얼마 전에 들어서 알고 있었지만 잘 이겨 내고 있는 것 같았는데 '설마 자살인가?'라는 생각이 제일 먼저 들었다. 놀라기도 했고, 궁금하기도 해서 곧바로 장례식장에 가서 원인부터 알아봤는데 원인을 몰라서 부검에 들어갔다는 것이다.

"휴가를 갔다 왔는데 안색도 안 좋고 피곤해 보였대. 그래서 회사 사람들이 쉬다 온다더니 도대체 뭘 하고 온 거냐고 했다는 거야."

"그래서 뭐 하고 왔다는데?"

"그냥 쉬다 왔는데 형철이도 이상하게 피곤하다고 했대. 그리고 집에 갔는데 다음 날 출근도 안 하고, 전화도 안 받더래. 그래서 본가에 전화하고 본가에서도 전화가 안 되니까 저녁 때 경비실에 말해서 비상키로 문을 열고 들어갔나 봐. 그랬더니 집 침대 위에 죽어 있었대."

먼저 도착해서 형철이 여동생한테 내용을 들은 지혁이가 우리들에게 브리핑을 해 줬다. 부검 결과가 나올 때까지 뭐라고 할 수는 없지만 자살은 아닌 것 같았다. 철원에 갔을 때 뭔가 일이 있었을 가능성이 높다. 그 철원 친구를 찾아 몇 가지 물어보고 싶었지만 장례식장에서 그럴 수는 없었고, 부검이 끝나면 한번 만나 봐야 할 것 같다.

"아, 이런 날은 꼭 출동하게 되더라. 얼마나 걸리지?"

사망 사건이다. 자살 같은데 처음에 살인으로 신고를 해서 일단 현장 출동 명령을 받았다. 장례식장과 지옥철에 시달려 일단 좀 버티다 땡땡이를 치려고 했는데 출근하자마자 부장님한테 호출됐다. 그래도 다행인 건 민석이랑 같이 나왔다.

"30분 정도 걸릴 것 같습니다."

"나 좀만 잘게. 도착하면 깨워라."

"넵."

그렇게 눈을 감았는데 감자마자 민석이 목소리가 들렸다.

"다 왔습니다."

"뭘 벌써 다 와?"

"지금 30분 넘었습니다."

"아 진짜? 눈만 감았다 뜬 거 같은데."

"많이 피곤하신가 봐요."

눈을 뜨니 진짜 아파트들이 보였다. 서울 목동의 A아파트 야외 주차장이다.

"으…아."

기지개를 길게 한 번 켰다. 차에서 내려 올려다보니 최근에 지어진 브랜드 아파트는 아니고, 15년 이상은 된 아파트인데 얼마 전에 도색만 다시 한 것 같았다. 주민들이 삼삼오오 무리지어 수군거리고 있는 상황이야 사망사고에는 언제나 따라다니는 흔한 풍경이다. 현장으로 올라가며 민석이가 사망자의 간단한 신상을 읽어 줬다.

"사망자는 52세. 이름, 김현민. 16년 동안 다니던 중견 무역회사를 얼마 전에 퇴직하여 현재 무직으로 50세 아내, 중학생 딸과 함께 살고 있습니다."

"사망 장소가 집이지? 그럼 자살 아니야? 왜 신고를 한 거야?"

"가족들은 자살이라고는 생각도 안 하고 있어서 바로 경찰에 신고한 것 같습니다."

현장에 도착하니 감식반은 이미 와서 열일을 하는 중이었다.

"뭐 나온 거 있어?"

감식반 오 박사님은 평소 나랑 형 동생 하는 사이이다.

"전혀 없어. 너무 깨끗해서 이상할 정도다. 음독자살이면 약봉지가 있거나 컵이라도 있어야 하는데 전혀 없어. 그냥 자다가 죽은 것 같아."

"출입 흔적은?"

"그런 것도 전혀 없고, 현재는 돌연사인 것 같은데 부검을 해 봐야지."

"유서도 없고, 가족들은 타살이라고 할 만하네. 스트레스가 많았나? 나이가 많지는 않은데. 52살이면 한창이지."

"요즘 종종 있어. 이런 돌연사가."

"그래도 할 건 다 해야지. 민석아, 가족들 좀 잠깐 뵙자고 해."

안방에서 사망자의 아내와 딸이 나와 소파에 앉았다. 다가가 인사를 하고, 나도 앉았다.

"안녕하세요. 양천경찰서 강현석입니다."

"안녕하세요. 이민석입이다."

사망자의 아내와 딸이 손을 맞잡고 있었다. 우리가 인사를 하자 일어서서 목례만 한 후 다시 앉았다. 둘 다 자다가 옷만 갈아입은 간편한 차림이었다. 사망자의 아내는 단발머리로 165㎝가 넘는 키에 펑퍼짐한 옷을 입었지만 날씬한 게 느껴졌다. 나이보다 10년은 젊어 보였다. 딸은 안경을 써서 정확하진 않지만 엄마보다는 아빠를 더 닮은 것 같았다. 멍한 얼굴은 하고 있지만 심하게 울거나 하진 않아 보였다.

"충격이 크시겠지만 어젯밤에 가족 두 분만 같이 있으셨다고 해서 잠깐 몇 가지 여쭤보겠습니다. 어제 있었던 일을 생각나는 대로 말씀해 주세요."

아내와 딸이 서로 한 번 쳐다보고 잠시 머뭇거리다 아내가 말을 꺼냈다.

"크게 다른 건 없었어요. 그 일 있고 나서 밖에 잘 안 나갔어요. 어제도 그냥 저쪽 방에서 하루 종일 있다가 저녁 같이 먹고, 뉴스 보고, 다시 방에 들어갔는데 오늘 새벽에 가 보니 의자에 앉아서 자고 있는 거예요. 그래서 깨우려고 흔들었는데…."

아내는 말을 잇지 못했다.

"평소에 저 방에서 주무시나요?"

"아니오. 잘 때는 안방으로 오는데 어제는 안 와서 새벽에 제가 가 본 겁니다."

"어제 특별히 이상한 점은 없었단 말씀이신 거죠?"

몇 초간 말없이 뭔가를 생각한 후 아내는 대답을 했다.

"없었어요."

"따님은 혹시 기억나는 것은 없으시고요?"

기다렸다는 듯이 바로 대답이 나왔으나 목소리가 너무 작아 집중해야 간신히 알아들을 수 있었다.

"저는 학원에서 돌아오니 아빠가 TV를 보고 있었어요. 그리고 제 방에 들어가서 아침에 엄마가 깨워서 알았어요."

어제는 특별한 일이 없었거나 두 사람이 거짓 진술을 하고 있거나 둘 중 하나인 것 같았다.

"그런데 그 일이 있고 난 후라고 하셨는데, 그 일은 무슨 일이죠?"

내가 질문을 하자 아내와 딸 모두 내 눈을 똑바로 바라본 후 시선을 돌렸다. 원망하는 눈빛을 보내고는 시선을 피하며 말하고 싶지 않은 표정을 풍겼다. 그리고는 아내가 다시 말문을 열었다.

"저는 다 알고 오신 줄 알았는데. 저이가 성추행으로 고소를 당했는데 얼마 전에 유죄 판결을 받았어요."

'이런 정보를 왜 안 준 거야.'

민석이를 한 번 째려보니 민석이도 몰랐다는 듯이 눈을 크게 뜨고 고개를 살짝 저었다. 자살일 수도 있다는 생각이 다시 들었다.

"그럼 최근에 상심이 좀 크셨겠네요. 최근 자책을 하신다거나 우울증 같은 증상은 없으셨고요?"

"우울증은 없었어요. 무죄가 나올 줄 알았는데 상심은 좀 컸지만 항소를 해서 무죄를 입증하겠다는 의지가 컸어요. 자살하거나 그럴 사람이 아니에요. 아침에 경황이 없어서 주변을 살필 여유도 없었지만 그래서 살인이라고 바로 신고를 한 겁니다."

자살을 할 사람이 항소를 하지는 않을 텐데 일단은 부검 결과를 기다려 봐야겠다.

"예, 감사합니다. 수고하셨고요. 또 물어볼 것이 있으면 연락드리겠습니다."

"예, 수고하셨어요."

이상한 죽음이긴 하다. 어제 형철이도 그렇고 이런 모호한 죽음은 흔하지 않다. 현장만 봐도 자살인지 타살인지가 바로 나오는 경우가 대부분이다. 이런 사건들은 더 기분이 좋지 않고, 뭔가 개운하지가 않다.

"민석아! 성추행 사건 자료 좀 뽑아서 가져와라. 밥 먹고 좀 봐야겠다."

"네."

"일단 밥부터 먹자."

12

주 문

피고인을 징역 6개월에 처한다.

피고인에게 40시간의 성폭력 치료 프로그램 이수를 명한다.

피고인에 대하여 아동, 청소년 관련기관 등에 3년간 취업제한을 명한다.

이 유

범죄사실

피고인과 피해자는 서로 모르는 사이로, 2018. 5. 25. 서울시 서초구 서초동 불난닭갈비 식당에서 각자의 일행들과 모임을 갖고 있었다. 피고인은 2018. 5. 25. 11:20경 위 식당 화장실 근처에서 피고인의 일행을 기다리는 중, 피해자를 보고 피해자의 옆을 지나가면서 손으로 피해자의 좌측 엉덩이 부위를 움켜잡았다.

이로써 피고인은 피해자를 강제로 추행하였다.

증거의 요지

1. 피해자 오여림의 법정진술

1. CCTV 영상

피고인 및 변호인은, 피고인이 피해자의 엉덩이를 움켜잡은 사실이 없다고 주장한다. 그러나 피해자가 피해 내용, 피고인의 범행 후 과정 등에 관하여 일관되고 구체적으로 진술하고 있다. 또한 피해자가 손이 스친 것과 움켜잡힌 것을 착각할 만한 사정도 없어 보인다. 피고인 및 변호인의 주장은 이유 없다.

법령의 적용

1. 범죄사실에 대한 해당법조 및 형의 선택

형법 제298조, 징역형 선택

1. 이수명령

성폭력범죄의 처벌 등에 관한 특례법 제16조 제2항

1. 취업제한명령

아동,청소년의 성보호에 관한 법률 제56조 제1항, 제2항

양형의 이유

피고인이 자신의 잘못을 반성하지 않고 있고, 피해자에게 용서를 구하지도

않았다. 피해자가 이 사건으로 인해 느꼈을 수치심이 상당해 보이고, 피고인의 엄벌을 탄원하고 있다. 피고인이 초범이라는 점을 고려하더라도 범행 후의 정황 등을 고려하면 엄중한 처벌이 불가피해 보인다. 이 사건 공판 과정에 나타난 여러 양형 조건들을 종합하여 주문과 같이 형을 정한다.

점심 먹고 한잠 자고 일어나 민석이가 가져온 판결문을 먼저 읽었다. 길지만 판결의 이유가 피해자의 진술이 일관성이 있다는 한 가지뿐이다. 그럼 피고인의 증언은 일관성이 없었나? 판결문만 가지고는 자세히 알 수 없었다.

"민석아! 이거 다른 자료도 더 있지?"

"네. 기사도 있고요. 조서도 있습니다. 프린트 중입니다."

"웅, 그래. 너도 읽어 보고."

"이 사건 인터넷에서는 나름 유명했었던 것 같습니다. 같이 있던 지인 중에 한 명이 인터넷 카페에 내용을 올렸나 봐요. CCTV도 유튜브에 있어요."

"아 그래?"

"네. 유튜브 주소도 적어 놨습니다."

사건의 전말은 이랬다. 사망자이자 김현민이 회사 동료들과 닭갈비집에서 술을 마셨다. 같이 담배를 피우러 나가다가 화장실에 간 동료를 기다리고 있었다. 다른 동료 두 명과 같이 기다리는 중 피해자인 오여림이 두 사람과 스쳐 지나갔다. 잠시 후 오여림이 일행들과 같이 와서 '왜 엉덩이를 만지냐' 하고 따지며 욕을 하고 멱살을 잡았다. 몸싸움이 일어나서 말리는 사람들도 섞여 아수라장이 되었고, 경찰이 출동하여 연행됐다. 피의자와 피해자 모두 엇갈린 주장을 일관되게 하였다. CCTV도 두 곳에서 촬영이 되었으나 스쳐 지나가는 순간 엉덩이를 만지는 장면이 나오지는 않았다.

"민석아 다 봤어?"

"네."

"이게 어떻게 유죄가 나오지?"

"무죄추정의 원칙이 적용 안 되는 사례입니다."

"말이 안 되는 것 같은데. 진짜 억울하겠네."

"아무리 성추행이 증명하기 힘들다고 해도 피해자의 주장만 가지고 유죄를 내리는 건 너무한 것 아냐? 나쁜 마음먹고 거짓말하면 남자는 무조건 당하는 건데?"

"안 그래도 요즘 지구대에 많이 온다고 합니다. 피해자가 만졌다고 우기면 증거가 없어도 유죄가 나와서 변호사들도 합의를 권유합니다. 옆에 일행이 있어서 만지는 거 봤다고 증언이라도 하면 그냥 게임 끝입니다."

민석이가 이런 사례를 많이 봤는지 목소리를 높이며 이야기를 했다.

"너 왜 이렇게 흥분하고 그러냐?"

"아, 죄송합니다. 얼마 전에 제 친한 친구가 이런 경우는 아닌데 신종 꽃뱀한테 걸려서 제대로 돈 뜯긴 적이 있습니다. 그 생각이 갑자기 나서 흥분했나 봅니다. 완전히 작정하고 덤빈 것 같은데 방법이 없습니다. 제가 경찰이니 연락받고 갔었는데 변호사가 합의하라고 해서 돈 주고 끝냈습니다."

"뭐 어떻게 걸렸는데 그래?"

"친구가 클럽에 가서…."

13

"너무 늦은 거 아냐?"

"원래 1시 넘어야 피크야. 아직 11시도 안 됐잖아."

오랜만에 오는 클럽이라 잘 알지도 못하면서 석현이를 졸라 대는 중이다. 석현이는 클럽에 자주 다니는 일명 죽돌이다. 내가 대학교 졸업하고 클럽에 한 번도 안 갔다니까 같이 한번 가자고 해서 오늘 만났다. 자주 만나는 사람 중에 클럽을 다니는 사람이 없으면 클럽을 혼자 가지는 않게 되는데, '고기도 먹어 본 놈이 먹는다.'라고 어쩌다 한 번씩 가니 어떻게 놀아야 할지 알 수가 없다. 그런 이유에서인지 재미도 없어서 잘 안 가게 됐다. 얼마 전 자주 보는 고등학교 동창들 모인 술자리에 석현이가 나타났다. 우리랑 친하지는 않지만 모임에 자주 오는 재민이의 절친이다. 고등학교 동창이라 친하지 않더라도 거부감이 없어서 시간 되면 오라고 그 전 모임 때 던졌는데 바로 왔다. 고등학교 때부터 서글서글한 성격에 같은 반이 아니어도 두루두루 아는 애들이 많았을 뿐만 아니라 여자 친구를 끊임없이 사귀는 것으로도 유명했던 녀석이다. 원래 새로운 사람이 모임에 나오면 매번 보는 애들보다는 질문도 많이 하고, 그 사람 이야기에 집중이 되긴 하는데 그날 모두가 석현이의 클럽 이야기에 푹 빠져 들었다. 여기 모임 애들은 거의 다 삼겹살에 소주나 마시는 부류여서 클럽 이야기가 신기하고, 재밌게 느껴졌다.

"나야 거의 매주 가지. 금, 토 다 갈 때도 있어."

석현이가 클럽 죽돌이인 것이 자랑인 듯 이야기했다.

"강남으로 가냐? 홍대로 가냐?"

"예전에는 다 다녔는데 나는 이태원이 좋더라고."

"그래? 이태원이 물이 제일 좋아서?"

"스타일이 다 다르지. 그런데 홍대나 대학가에 있는 것들은 대학생들이 많아서 연령대가 좀 낮아."

"어리면 좋은 거 아냐?"

내가 질문을 하자 석현이는 '역시 네가 뭘 모르는 구나'라는 듯이 표정을 지으며 말을 이었다.

"장단점이 있는데 어리면 꼬시기가 어려워. 클럽에서 같이 나가기도 힘든데 나가도 술 좀 먹다 집에 그냥 가는 애들이 많아."

"강남은?"

"강남도 나쁘진 않은데 난 분위기가 이태원이 더 좋더라고. 이태원 프리덤 모르냐?"

우리가 질문을 하면 석현이가 대답을 하며 대화가 이어졌다. 진짜 새로운 세상이었다.

“공식은 없어. 그냥 눈빛 주고받고, 슬쩍 건드리다가 괜찮으면 좀 더 진하게 가는 거지. 누구랑 왔는지부터 물어보고, 부비부비는 알지?”

“알긴 아는데 그렇게 몸을 문질러도 괜찮아?”

“답은 없어. 눈치를 보고, 그때그때 판단을 하는 거야. 그냥 한 번 따라와 봐.”

“진작 그렇게 나왔어야지. 난 아까부터 나 좀 데려가라고 말하고 싶었는데 네가 귀찮아할 것 같아서 말 못 하고 있었어.”

“나야 매주 가는데 하루 같이 가는 게 뭐가 부담스러워. 대신 너무 나대지 말고 나 하는 대로 잘 따라와야 돼.”

“당연하지. 시켜도 안 할 수는 있어도 안 시킨 짓은 못 한다.”

“이태원에서 또 하나 생소할 수 있는 게 남자, 여자가 아닌 다른 성이 존재한다는 거야.”

“게이?”

“게이는 딱 봐도 남자잖아. 조심할 게 뭐가 있어.”

“성별을 바꾼 사람들이 있다고. 키가 좀 크고 어깨가 넓은 여자는 혹시 몰라.”

“나는 모르겠고. 너만 믿는다.”

“그래 아까도 말했지만 일단 따라 와 봐.”

“그래, 같이 가 보자.”

"나도 간다."

그렇게 다섯 명이 다 같이 가기로 약속을 했다. 날짜는 추후에 잡기로 했는데 그 후로도 석현이의 클럽 무용담을 들으며 시간 가는 줄 모르고 놀다 헤어졌다. 그날 석현이의 이야기에 취해 다들 클럽에 가기로 했지만 결국 여자 친구가 못 가게 한다며 다 빠지고 솔로인 나만 따라나서게 됐다. 금요일의 이태원은 역시 한밤에도 사람으로 넘친다. 화려한 LED 간판들이 가게마다 환하게 빛을 내고, 거리 쪽 면을 완전히 개방한 가게들에서 음악과 조명 빛이 흘러나와 거리를 가득 메운다. 이런 풍경은 해가 지고도 새벽까지 계속되어 날이 밝기 전까지는 몇 시인지 전혀 가늠할 수가 없다. 하지만 이태원의 하이라이트는 조명도 음악도 아니고, 사람이다. 강남, 홍대, 신촌 등 서울의 다른 번화가는 수업을 마친 학생이나 퇴근한 직장인들이 주를 이루지만 이태원에는 노는 것을 목적으로 온 사람들이라 복장과 메이크업에 제대로 신경을 쓴 티가 난다. 파티에나 입을 것 같은 화려한 옷과 나의 눈을 자극하는 과감한 의상들, 다른 곳에서 봤다면 과하다 싶은 의상들이 전혀 어색하지 않았다.

"예쁜 애들 왜 이렇게 많아."

홍분이 된 목소리로 진심을 담아 말했다. 아니 소리 질렀다.

"큭큭, 승현이 신났네. 클럽 들어가면 더 많아."

"그러냐? 좋네."

"맨날 사내놈들이랑 소주나 퍼먹지 말고 이런 데를 오라고. 소주 먹어봐야 영양가도 없이 몸만 축나."

"진작 네가 좀 데리고 다녔으면 되잖아. 다 너 때문이야. 인마!"

"그래, 내가 잘못했다. 이제부터라도 잘 따라다녀라."

11시가 넘어서야 펍을 나와 대로 쪽으로 10분 정도 걸어서 클럽에 도착했다.

"오늘은 줄이 없네. 오늘 물 괜찮아요?"

석현이는 문 앞 가드들과도 친하게 인사를 했다.

"물 안 좋았던 적 있어?"

"가끔 있지 뭘. 오늘 친구 데려와서 좋아야 되는데."

"오늘 좋아. 빨리 들어가 봐."

팔목에 도장을 찍고, 음료 티켓을 받아 좁은 입구를 통해 클럽 안으로 들어갔다. 입구에서부터 내가 알 수 없는 클럽음악이 들려 왔다. 클럽 안으로 들어가는 순간 몇 배 증폭된 음악 소리가 내 가슴을 쳤다. 새로운 경험에 두근거리던 내 가슴이 음악에 의해 더 크게 뛰며 흥분을 고조시켰다. 기분이 업되어서 자연스럽게 몸을 흔들게 만들었다. 그래도 낯선 환경에 두려움은 감출 수 없는지 음료를 받기 위해 바로 향하는 석현이를 바짝 따라붙었다.

"버드요."

"같은 걸로 주세요."

맥주를 받아 들고, 바에 기대서 클럽 안을 한 번, 아니 여러 번 스캔했다. 석현이는 뭔가 여유가 있었다. 클럽과 하나가 되어 즐기는 것 같은데 나는 필요 이상으로 흥분을 하고 있었다. 클럽 안이 거의 꽉 찼다. 남자 여자 비율은 거의 50대 50으로 반은 남자였지만 내 눈에 남자는 보고 싶지도 보이지도 않았다. 밖에서 보았던 예쁜 여자들에 어둠과 조명까지 더해져 매력이 +20 정도 된 미녀들이 즐비했다.

"여기가 천국이구나."

"오늘 물 괜찮네. 춤추러 가 볼까?"

석현이를 따라 사람들이 많은 스테이지 쪽으로 걸어가며 다른 남자들은 어떤 춤을 추나 관찰에 들어갔다. 내 걱정을 눈치 채고 석현이가 팁을 줬다.

"그냥 편하게 흔들면 돼. 여기 춤 잘 추는 사람 몇 명 없어."

석현이 말대로 몸동작이나 팔을 크게 하며 댄서처럼 춤을 추는 모습은 볼 수 없고, 대부분 자유롭게 흔드는 정도가 다였다. 나랑 크게 차이가 없었다. 사람들은 점점 많아져 진짜 클럽 안이 꽉 찼다. 주변 사람을 신경 쓰지 않으면 춤을 출 수 없는 정도가 되었다. 갑자기 석현이가 움직였다. 나에게 따라오라는 눈짓과 함께 자리를 이동했다. 사람들 틈을 비집고 들어가다 마주 보며 춤을 추고 있는 여자 둘 옆에서 이동을 멈췄다. 한 쪽 어깨가 보이게 목이 넓은 흰색 티셔츠와 흰색 바지를 입고, 동그란 얼굴에 까무잡잡한 피부, 웃으면 반달이 되는 눈을 가진 귀여운 스타일의 여자애가 먼저 눈에 들어왔다. 다른 애는 긴 머리에 눈이 작고, 흰색 블라우스에 장식이 많은 청바지를 입은 센 언니 느낌이었다. 둘은 마주 보고 뭐가 좋은지 계속 웃으며 춤을 추고 있었다. 나와 석현이가 자연스럽게 다가가 양쪽에 여자애들을 두고 사각형을 만들어 춤을 추기 시작했다. 두근거렸다. 처음 있는 일이어서인지, 뭔지 모를 기대감인지, 그냥 음악 소리에 가슴이 울리는 것인지, 나도 모르겠지만 두근거리는 이 느낌이 나쁘지 않았다. 석현이가 귀여운 애 쪽으로 살짝 다가가 부비부비를 시도했다. 그러자 둘은 눈빛을 주고받고는 자리를 피해 버렸다.

"원래 다 이래. 쫄 거 없어. 여자는 많아."

"오케이. 근데 그냥 옆에서 춤만 추는데도 좋더라."

"뭐래. 병신아! 크크크, 무슨 군바리야?"

"크크크, 너무 오랜만인가 봐."

"따라와. 여자는 많다."

'역시 믿음직스럽다. 석현이만 믿고 가 보자.'

우리는 두 시간 정도를 그렇게 여자들 사이에 끼어들며 놀았다. 이래서 클럽을 오는 거였구나. 어찌할 줄 몰라 춤만 추다가 돌아갔었던 예전과 달리 계속 여자애들에게 들이댔다 까였지만 이상하게 재미있었다. 신이 났다는 표현이 더 적절한 것 같다. 옆에 가기만 해도 그냥 가는 애들, 같이 춤을 잘 추다가 말 걸면 가는 애들, 일행이 있어서 안 된다는 애들 등 다양한 방법으로 거절을 당했다. 석현이 말로 강동원이 와도 한 번에는 성공하기 어렵다고 한다. 그래도 강동원은 한 번에 성공하지. 자꾸 실패하니까 쪽팔려서 한 말 같다. 계속되는 거절에도 여자애들한테 계속 접근하는 석현이가 있어 마음도 편했다. 시간이 갈수록 나도 여자애들 무리에 먼저 섞여 들어가며 과감해졌다. 클럽의 매력에 푹 빠져든 것이다. 결국 석현이가 둘이 온 애들이랑 얘기가 잘 돼서 같이 나가기로 했다. 작은 키에 몸에 딱 붙는 티셔츠를 입고, 눈이 큰 애가 딱 내 마음에 들었다, 다른 애는 키가 크고 긴 생머리를 한 청순한 스타일이었다. 우리는 클럽을 나와 근처 실내 포차 같은 곳으로 들어갔다.

"누가 더 마음에 들어? 쟤네가 고를 수도 있지만 일단 내가 밀어 줄게."

들어가며 석현이가 작게 물었다.

"작은 애."

나도 작게 바로 대답하자 석현이가 눈을 마주치며 아주 살짝 고개를 끄덕였다. 시간은 이미 새벽 3시를 넘겼지만 언뜻 보기에도 20개가 넘는 테이블이 거의 다 차 있었다. 밝지 않은 조명에 빠른 음악이 크게 틀어져 있었지만 클럽에서 막 나온 내가 듣기에 상대적으로 크지 않게 들렸다. 자세히 보지는 않았지만 거의 다 클럽에서 같이 나온 남녀들인 것 같았다. 내 눈에만 그렇게 보인 것일 수도 있다. 원탁에 자리를 잡고 앉았다.

"클럽에 언제 왔어요?"

석현이가 자리에 앉자마자 대화를 주도한다.

"두 시간 정도? 오빠들 몇 살이야?"

"우리 28살. 친구야."

"진짜? 생각보다 많네. 25살 정도일 줄."

"아이고 고맙네. 너네는 왜 고삐리가 클럽을 와 있어!"

"하하하, 이 오빠 웃기네."

내 생각에 딱히 센스 있는 말은 아닌데 어려서 그런지 그냥 빵빵 터진다.

'어렵지 않은데. 나도 할 수 있겠는데.'라는 생각이 들어 좀 더 적극적으로 대화에 참여했다.

"게임하자, 게임. 친해지기는 게임이 최고지."

잠깐 동안 깊지 않은 대화가 오가고 석현이가 게임을 제안했다.

"게임은 섞어 앉아서 해야 돼."

석현이가 자연스럽게 내가 지목했던 귀여운 아이를 내 옆으로 보내며 게임을 시작했다.

"일단 숟가락부터 들어. 이거 놓으면 소주 한 잔 마시는 거다. 랜덤 게임 알지? 걸리는 사람이 다음 게임 정하는 거야."

벌칙으로 마시는 소주는 우리를 더 친숙하게 만들었고, 술이 들어가며 벌칙의 강도도 강해졌다. 러브 샷에 스킨십도 하며 1시간 정도 게임을 했다. 솔직히 정확히 기억이 나지 않는다. 어느 순간부터 내 팔은 연우라는 여자애 허리를 감싸고 있었다. 석현이는 한발 더 나가 우리가 보는 앞에서 키스를 하고 있었다. 더 이상의 게임은 필요하지 않았다.

"오빠 우리 나갈까?"

연우가 조용히 웃으며 말했다.

'나야 땡큐지.'

석현이는 어떻게 하려나 쳐다보니 우리는 전혀 안중에 없는 듯 키스에 열을 올리고 있었다. 난 연우를 보고 슬쩍 고개를 끄덕인 후 잡은 손을 끌어 자리에서 나왔다. 석현이도 이름이 잘 기억나지 않는 연우의 친구도 어디 가냐고 묻지 않았고, 잘 가라는 인사도 없었다. 술집을 나와 모텔로 향했다. 이태원은 잘 모르지만 이미 석현이가 추천해 준 모텔의 위치를 기억해 놓았다. 걷는 동안 연우는 내 팔을 인형 안듯이 감싸 안았다. 손을 잡거나 팔짱을 끼는 것보다도 더 연인 같았다. 찰싹 달라붙어서 진짜 나를 좋아한다고 착각을 할 정도였다. 외모도 귀여운데 행동이나 말투도 애교가 흘러넘친다. 취하기도 했지만 이미 난 사랑에 빠져 있었다.

"오빠 여기 클럽 자주 와?"

"아니. 나 친구 따라서 처음 왔어."

"진짜? 처음 아닌 것 같은데. 하긴 오빠 친구가 잘 노는 것 같기는 하더라."

"웅. 좋은 친구의 꼬임에 빠져 왔어."

"좋은 친구래. 킥킥. 처음 왔는데 나 만났으니 좋은 친구긴 하지."

조잘조잘 말도 잘하고, 웃는 것도 어찌나 귀여운지 빠져들지 않을 수가 없었다. 모텔도 멀지가 않아 몇 마디 안 한 것 같은데 도착을 했다.

"방 하나 주세요."

여자들은 카운터에서 계산할 때 살짝 떨어져서 기다리곤 하는데 얘는 누가 보든지 말든지 딱 붙어 있다.

'이런 느낌 진짜 오랜만이다. 오늘 하룻밤이 아니고 계속 만나고 싶다.'

엘리베이터 안에서부터 키스를 시작했다. 방까지 걸어가면서도 입을 떼지 않았다. 방에 들어와 키스를 하며 딱 붙은 티셔츠 안으로 손을 넣었다.

"간지러워, 오빠."

연우가 몸을 살짝 틀며 웃음기 섞인 목소리로 말했다. 내 귀가 더 간지러웠다. 우리는 그대로 불타올랐다. 내가 공격을 주도했지만 연우도 지지 않으려는 듯 방어와 공격을 교묘하게 섞었다. 속궁합도 이렇게 잘 맞을 수가. 모든 것이 완벽하다. 연속 두 번의 거사를 무사히 마쳤다. 연우도 만족하는지 '좋아'를 연발하는 것도 나를 흡족하게 만들었다.

'연우랑 사귀자고 할까?'

'연우는 그냥 원나잇을 즐기는 게 아닐까?'

'자주 원나잇을 할까?'

'그냥 원나잇으로 끝내고, 석현이 따라서 클럽이나 자주 다닐까?'

연우랑 좋은 시간을 보내고 난 후 생각이 많아졌다. 나 혼자만의 착각이 절대 아니란 확신을 가진 채 연우와 딱 붙어서 여운을 즐기며 잠들었다.

14

'따라라란~'

폰의 벨소리가 들리더니 연우가 침대를 빠져나가는 느낌이 들어 잠에서 깼다. 술도 마시고 오랜만에 무리를 해서 그런지 화장실로 들어가는 연우를 보고 다시 잠이 들었다. 전화를 받는 것 같았는데 정확히 통화내용을 들을 수 없었다. 일어나고 싶었지만 정신을 차릴 수 없었다.

"김현민 씨! 김현민 씨! 일어나서 옷 입으세요."

"어! 누구세요?"

누군가 나를 깨우는 소리에 눈이 번쩍 떠졌다. 낯선 장소에 낯선 사람.

'여긴 어디? 너는 누구?'

잠시 정신을 못 차리고 있는데 놀라운 소리가 들려왔다.

"경찰입니다. 신고가 들어와서 같이 서로 가셔야 할 것 같습니다."

너무 놀라서 정신이 확 들며 나도 모르게 다시 물었다.

"경찰이요?"

"네. 옷 먼저 입으시고. 같이 좀 가서야 할 것 같습니다."

"네. 그러니까 무슨 일로…."

"성폭행 신고가 들어왔습니다. 자세한 건 서로 가서 말씀 나누시죠."

옷을 입으며 상황파악을 했다. 연우가 없다. 성폭행이라면 설마 연우가 신고를 했다고?

"성연우가 신고한 건가요?"

"맞습니다. 모텔 방 번호도 성연우 씨가 알려 주셨습니다."

헛웃음이 나왔다.

'이게 꿈인가? 아니면 어젯밤에 있었던 일이 꿈인가?'

"아니 이게 무슨. 어제 같이 들어와서 합의하에 한 건데요."

"예. 일단 서로 가서 말씀하시죠."

"연우는 어디 있는데요? 직접 만나서 물어보면 알아요. 같이 방으로 들어왔는데 무슨 말이세요?"

나는 언성을 높이며 말했지만 내 손에 수갑이 채워졌다. 몸부림을 살짝 쳐 봤지만 경찰의 힘에 눌려 바로 포기를 하고 차에 탔다. 쪽팔리게 주변 상인들과 지나가던 사람들이 차를 둘러싸고 내가 연행되는 것을 바라보고 있었다. 나를 마치 중범죄를 저지른 사람마냥 쳐다봤고, 나 역시 고개를 숙이고 시선을 피하는 게 영락없는 범죄자였다. 내 기억 속에서 가장 치욕스러운 경험으로 자리 잡아 아직도 생생하게 남아 있다. 이런 반전이 일어나려고 어젯밤에 그렇게 좋기만 했던 것인지 소설《운수 좋은 날》의 주인공이 된 듯했다. 경찰서에 가서 지난밤에 있었던 일을 생각나는 대로 다 이야기했다. 나만 흥분해서 목소리도 커졌다. 설명하는 중간중간 억울하다는 이야기를 섞었지만 전혀 먹히지 않는 것 같았다. 태어나서 처음으로 조서를 작성했다. 그것도 성폭행. 한 점 부끄러움 없이 살았다고는 말 못하지만 남에게 손가락질 받을 일은 하지 않고 살았다. 내가 저지른 잘못이 있다면 마땅히 처벌을 받겠지만 나는 전혀 잘못을 한 것이 없다. 당장 연우를 만나서 이야기하고 싶었다. 무슨 불만이 있는 것인지, 진짜 돈을 노리고 이런 것인지 따져 묻고 싶다. 당장 어떻게 대처를 해야 하는지도 알 수 없다. 경찰서에서 나와 석현이한테 연락을 했다.

"그래. 고맙다고는 그만해도 돼."

전화를 받자마자 석현이 다운 농담이 나왔다.

"지금 장난 아니야. 나 경찰서에서 조서 쓰고 나왔어."

"뭐? 진짜? 장난치는 거 아니고?"

"아니야."

석현이는 분위기를 실감한 듯 다급하게 물었다.

"왜 그래? 어제 걔랑 싸웠어?"

"차라리 싸웠으면 억울하지나 않지. 진짜 나도 모르겠다. 모텔까지 같이 와서 잘 했지. 근데 경찰이 날 깨우더라. 이 년은 아침 일찍 사라지고."

"뭐야? 섹스하고 같이 잠들기는 했어?"

"그래. 끌어안고 잤는데 중간에 일어나는 것 같더니 없어졌다니까. 그러고 성폭행으로 고소를 했대. 진짜 어이가 없다."

"그래서 경찰서에서 만났어?"

"아니 나 만나기 싫다고 한대. 너는 괜찮아?"

혹시 계획된 범죄라면 성현이도 당했을 것 같아 물었다.

"난 좀 전에 해장도 같이 하고 헤어졌는데. 이게 무슨 날벼락이냐 진짜. 그래서 어디야? 경찰서야?"

"지금 막 나왔다. 너도 혹시 당한 것 아닌가 해서 연락한 거지. 알았어. 일단 집에 가서 생각해 봐야지. 뭐가 어떻게 돌아가는 건지 정신이 하나도 없다."

"너 집 어디지? 자세히 이야기 좀 해 봐. 내가 갈게."

전화를 끊고 석현이가 집 앞까지 찾아왔다. 둘 다 고등학교 때 살던 곳에 그대로 살아서 집에 있던 석현이가 나보다 먼저 도착해 기다리고 있었다. 평소에는 하지도 않는 욕을 섞어 가며 석현이랑 30분 정도 이야기를 했다. 어제 포차에서 나온 후에 있었던 이야기를 경찰서에서 했던 것과 거의 똑같이 했다. 경찰과 달리 내 이야기를 100% 믿는 석현이는 분통을 터트렸다. 경찰서에서는 벽에다 대고 이야기하는 느낌이었는데 공감해 주는 상대와 이야기를 하니 답답함도 풀리며 한결 마음이 가벼워졌다. 처음 따라 왔는데 똥 밟았다고 웃으며 미안하다는데 진심으로 석현이가 잘못한 것은 하나도 없다고 생각한다. 석현이한테도 그렇게 이야기를 했다. 석현이가 지인들을 통해 연우에 대해 알아보고, 연우 친구한테도 연락을 해 본다며 집으로 돌아갔다. 벌써 저녁 시간이 되었다.

“다녀왔습니다.”

아버지, 어머니는 거실에서 TV를 보고 계셨다.

“우리 아들은 뭐가 그렇게 재밌어서 연락도 없이 이렇게 늦으셨을까?”

“아까 늦는다고 했잖아요.”

부모님께도 말씀을 드려야 할 것 같은데 어떻게 말을 꺼내야 할지 모르겠다.

“저녁은 먹었어?”

오늘 한 끼도 먹지 않았다는 것이 이제야 생각이 났다. 갑자기 배가 고픈 것 같다.

“안 먹었어요.”

“뭐 했는데 저녁도 안 먹고. 잠깐만 기다려, 지금 차려 줄게.”

된장찌개, 장조림, 김, 계란프라이, 김치. 다 내가 좋아하는 반찬들이다. 우리 엄마 된장찌개는 어디에 내놓아도 손색이 없다. 일단 먹고 말씀드리자. 너무 맛있게 먹는 내 모습이 방금 출소한 사람처럼 느껴졌다.

“먹은 거 그냥 싱크대에 놔. 아까 먹은 거랑 같이 설거지 하게.”

“네.”

밥을 다 먹었다. 내일 말씀드릴까도 생각을 했는데 일찍 말하는 게 나을 것 같기도 하고, 내일이 되면 더 말을 꺼내기 힘들 것 같아서 바로 말씀을 드렸다. 너무 큰일이여서 그런지 부모님은 나무라는 말도 없이 변호사를 선임하셨다. 죄송하고 너무 죄송해서 고개를 들지 못할 정도였는데 그래도 부모님은 내 기분부터 챙기셨다. 있을 수 있는 일이고, 네가 떳떳하니 무죄로 나올 것이라며 힘을 북돋아 주셨다. 죄송한 마음에 무죄를 받고자 이리저리 최대한 정보를 얻으러 다녔다. 연우의 증언은 이랬다.

'술을 마시러 나간 것은 기억이 나지만 포차에서 나와 모텔에 들어간 것은 술에 취해서 기억이 나지 않는다. 전화벨 소리에 깨어나 보니 나와 자신이 침대에 옷을 벗고 누워 있었다. 옷을 입고 나와 바로 경찰에 신고를 했다.'

'아니 걸어가면서 대화를 얼마나 많이 했는데 좀 취하긴 했지만 혀 꼬인 목소리도 아니었다. 그렇게 찰싹 붙어서 같이 들어갔는데 무슨 말도 안 되는 소리를 하고 있어. 모텔 안에서도 그렇게 격하게 섹스를 했는데 기억이 나지 않을 수가 있다고?'

그때까지만 해도 난 무죄가 당연하다고 생각을 했다. 모텔 CCTV가 모든 것을 증명할 것이고, 카운터 아저씨한테 물어보면 그냥 답이 나올 줄 알았다. 그런데 CCTV 확인 결과 나와 연우가 딱 붙어서 들어간 것이 확인되었지만 연우가 의식이 확실히 있었다는 증거가 될 수 없다는 것이었다. 오히려 술에 취해 나한테 기대 있는 것이며 다음 날 아침 연우가 빠르게 모텔을 빠져나간 것이 정황상 연우의 증언에 힘을 실어 주었다. 모텔 카운터 아저씨는 늦게 남녀가 들어온 것이 기억은 난다고 했다. 정확히 둘이 같이 온 건 맞는데 여자가 말을 하지 않아서 취했는지 의식이 있었는지는 모르겠다는 증언을 했다. 이 역시 말을 하지 않았다는 것으로 술에 취해 의식이 없었다는 연우의 증언을 타당성 있게 만들어 주었다. 내 예상과 달리 CCTV와 아저씨의 증언으로 더욱 불리한 상황으로 몰리게 되었다. 연우 친구는 술 게임을 하면서 석현이가 무리하게 술을 많이 마시게 했다며 연우의 평소 주량이 소주 반병인데 이 날 한 병을 넘게 마셨다고 증언을 했다. 결과적으로 불리한 내 상황에 결정타를 날리며 나를 좌절시켰다. 변호사님은 요즘 이런 일들이 많이 일어나는데 남자가 무혐의를 받는 경우는 극히 드물어서 일단 합의를 하고 선처를 바라는 방법이 제일 현명하다고 권했다. 연우의 증언을 뒤집을 만한 결정적인 증거가 나오지 않으면 일관된 증언을 하고 있어 무죄를 받기는 힘들다는 것이다. 아니, 전혀 가망이 없다고 했다. 내 증언도 일관적인데 왜 연우 말만으로 판단을 내리는 것인지 이해가 되지 않았다. 스트레스에 잠도 안 왔다. 이런 일이 얼마나 많은지 인터넷 카페도 있다는 것을 처음 알았다. 1,000개가 넘는 사례들을 밤새워 가며 다 정독했다. 남자들이 실제 고소를 당한 사례를 쓰면 변호사가 답변을 달아 주는 카페인데 하루에도 수십 개씩 글이 올라왔다. 평소 알고 지내던 사람과 하룻밤을 보내고 성폭행범이 된 사연, 직장동료에게 고백을 받았는데 거절했더니 성추행범으로 몰린 사연, 전혀 알지도 못하는 동네 사람에게 고소를 당한 사연 등 정말 다양한 사연들이 있었다. 실제로 만나지도 않았던 것이 증명된 사건을 빼고는 남자가 승소를 한 케이스를 찾을 수가 없었다. 처음에는 증거도 없는데 어떻게 이런 판결이 나올 수 있나 분개를 하며 읽었지만 계속 그런 판결이 나는 것을 보며 천천히 단념을 하게 되었다. 댓글을 달아 주는 변호사도 대부분의 사건에 합의를 권하고 있어 읽으면 읽을수록 나도 합의를 하는 것이 제일 현명한 방법이라는 생각을 자연스럽게 갖게 되었다. 경찰인 친구, 변호사 사무실 사무장이신 5촌 친척 등 법적으로 도움이 될 것 같은 사람들을 지푸라기라도 잡는 심정으로 여러 번 만나 상의했지만 결론은 합의하는 것밖에 없었다. 결국 3000만 원에 합의를 했다. 처음에 5000만 원을 요구했었다고 한다. 합의하는 자리에 나는 보고 싶지 않다고 해서 나가지 못했는데 연우가 남자친구랑 같이 나왔다고 한다. 얼마를 받을 수 있는지 사례들도 많이 알고 있었고, 공부를 많이 하고 나온 것 같았다고 한다. 내가 아직 학생인데다 클럽에 처음 가서 술도 많이 취한 상태인 것을 이유로 합의금을 줄여 줄 것을 설득해서 얻어 낸 결과였다. 합의금 외에 변호사 비용도 천만 원 정도 들어갔다. 나중에 석현이가 클럽에서 만난 지인을 통해 알아보니 전체적인 스토리는 이랬다. 연우는 다른 클럽에 거의 매일 오던 죽순이인데 새로 만난 남자친구가 클럽을 못 가게 했다고 한다. 그래서 다니던 클럽에는 가지 못하고, 우리가 만난 클럽에 몰래 몇 번 왔는데 그날 술집에서 나랑 나가는 것을 남자친구 지인이 목격을 해서 남자친구에게 연락을 한 것이다. 아침에 일어나 톡을 확인한 남자친구가 연우에게 했던 전화가 내가 잠결에 들은 그 전화벨 소리였다. 연우는 당황해서 어떻게 모텔에 왔는지 기억이 안 난다고 남자친구에게 말했다가 남자친구가 경찰에 신고하며 일이 커져서 강간이 된 것이다. 어이가 없게도 자기가 바람피운 사실을 숨기려고 애먼 사람을 강간범으로 만들었다. 카페에도 이런 사례들을 몇 개 읽은 기억이 있다. 내가 그 피해자가 되다니. 궁금했던 정황을 알면 뭔가 편해질 줄 알았는데 반대로 억울함이 더 커졌다.

하룻밤 재미나게 즐겼다고 하기에도, 좋은 경험했다고 하기에도, 액땜했다고 하기에도 너무나 큰일이었다. 4000만 원이면 정말 적은 돈이 아닌데 그것보다도 나의 억울함이 내가 감당할 수 있는 것이 아니었다. 난 죄가 없다.

'왜 나한테 이런 일이 생긴 것인가.'

'역시 클럽은 나랑 안 맞아.'

'가지 말았어야 돼.'

'석현이를 만난 술자리에 안 갔어야 하나?'

꼬리에 꼬리를 무는 생각들이 나를 괴롭혔다. 어떻게 하면 잊을 수 있을까? 생각이 날 때마다 가슴에 무엇인가 가득 차서 숨쉬기를 방해하는 것 같았다. 그렇게 나는 공황장애를 앓기 시작했다. 회사에 6개월 병가를 내 치료를 받았다. 정말 다행인 것은 회사에는 알려지지 않아 징계는 받지 않았다. 6개월 동안 약을 열심히 먹으며 운동도 하고, 병원에도 꾸준히 다녀서 거의 정상에 가깝게 완치할 수 있었다. 여전히 그때의 트라우마가 있어 클럽은 근처에도 못 가고, 가까웠던 여자들과의 연락도 다 끊어졌다. 여자가 무섭거나 거부감이 들지는 않았는데 불편했다. 자연스럽게 대화가 되지 않아 대화가 이어지지 않으니 관계를 이어 나갈 수가 없었다. 회사에서도 여직원들과 업무 이야기 외에는 말을 하지 않게 되었다. 그 전에도 그렇게 친한 사이는 아니라 그냥 6개월 쉬는 동안 더 멀어진 것이라 생각을 했을 것이다. 회사에 적응해서 거의 정상적인 생활을 하고 있을 때 석현이와 술을 한잔하게 되었다. 이놈도 쓸데없이 마음고생을 많이 한 것 같았다. 본인이 클럽에 데려간 책임이 있다고 생각하는 것이다. 술이 조금 올라오자 석현이가 이제는 내가 다 떨쳐냈다고 확신을 했는지 스마트폰을 꺼내 사진 한 장을 보여 줬다.

"이건 진짜 너한테 안 보여 주려고 했는데 그래도 알고는 있어야 할 것 같아서 보여 준다."

폰 안에는 해변에서 비키니 차림으로 남자친구를 안고 있는 연우의 사진이 있었다. 석현이가 한마디를 덧붙였다.

"하와이래."

"진짜 무서운 세상이다. 그 커플 하와이 여행 보내 준 샘이네. 아니 그러고도 돈 많이 남았겠네."

민석이 친구의 이야기를 다 듣고 기가 차서 내가 한마디 했다.

"친구가 말해 준 성폭력 어쩌고 하는 카페에 저도 가입했는데요, 사례들 읽어 보면 너무 어이가 없습니다. 모텔 들어가기 전에 합의한다고 녹음이라도 해야 할 판이에요. 글도 진짜 매일 수십 개씩 어마어마하게 올라옵니다."

"미투로 난리더니 이제 무서워서 혼전순결 해야겠네. 나야 결혼했으니 괜찮은데 민석아 너는 조심해라. 큰일 난다."

"반대 아닙니까? 저야 결혼 안 했으니 벌금 물면 끝인데요."

"하하하, 그러네. 근데 왜 욕이 나오려고 하냐?"

웃으며 이야기했지만 웃을 일이 아닌 것 같다는 생각이 스쳐 지나갔다. 얼마 전 대한민국에 미투 열풍이 불었다. 성폭력을 당하고도 사회적인 힘이 약해 감히 대응을 못 하던 여성들에게 폭로할 수 있는 용기를 준 것은 사실이다. 사회적 지위를 이용해 성적으로 여성을 유린하는 남성들에게 경고의 메시지를 주어서 긍정적인 역할을 했다는 것에도 동의한다. 하지만 미투 운동이 확실한 증거도 재판도 없이 한 사람을 사회적으로 매장시킬 수 있다는 것은 악용의 소지가 너무 크다. 일단 회사에서 잘리는 것을 기본으로 같이 일하던 동료에게 손가락질을 받으며 소외당하게 된다. 가족들 역시 감싸 주기도 하지만 이혼을 당하기 일쑤고, 자식들에게도 미움을 받는 처지가 된다. 사회적으로 거의 회생불능의 상태가 된다. 그만큼 해서는 안 되는 심각한 범죄인 반면에 누명을 쓰게 되면 억울하게 인생을 망치게 되는 것이다. 실제로 악용을 한 사례들이 밝혀지고 있을 뿐만 아니라 무고죄도 증가하고 있다. 무고를 한 여성들은 무고죄로 밝혀지더라도 거의 처벌을 받지 않는 현실 또한 무분별한 미투와 성폭력신고를 부추기는 이유이다. 신고를 했다가 아니라고 밝혀져도 전혀 손해 볼 것이 없는 것이다. '10명의 도둑을 놓치더라도 한 명의 억울한 사람을 만들지 말라.'라는 법률의 격언이 있다. 확실해 보이는 경우가 아니라면 이런 언론에 의한 재판은 자제되어야 하는 것이 맞다. 생물학적 관점에서 보면 거의 모든 동물의 수컷이 암컷에게 구애를 한다. 인간도 남자가 하는 경우가 대부분이다. 사람마다 방법은 달라서 좀 더 적극적인 방법을 사용하는 사람이 있을 수도 있는데 마음에 들지 않는 남성의 적극적인 구애를 성폭력이라고 오해하는 경우도 적지 않다. 연구에

의하면 남성의 성욕이 여성의 성욕의 7배라는 결과가 있다. 이것도 남성이 계속해서 여성에게 접근하는 이유이다. 이런 이유들이 폭력적이나 강압적인 방법을 사용하는 것에 대한 변명이 될 수는 없지만 종족보존을 위해 남성이 더 적극적으로 구애를 하는 행동은 자연의 섭리인 것을 알 수 있다. 권위에 의해 강압적으로 여러 여성에게 성적 폭력을 행사하는 것은 비난받고, 처벌받아야 마땅하지만 적극적으로 성관계를 요구하는 것 정도를 성폭력이라고 말해서는 안 된다. 여성들도 거부를 할 때는 확실히 부정의 의사를 전달해야지 '병신같이 안 된다고 진짜 안 하냐!', '그 안 돼요는 돼요라는 뜻이야.' 등의 애매한 표현들이 여자들의 언어라는 이름으로 정당화되기도 한다. 노선을 하나로 잡아야지 남자를 헷갈리게 한다면 미투 운동에 전혀 도움이 안 될 것이다.

"민석아, 일단 김현민 씨 재판에 증인으로 나갔다는 사람 한번 만나 보게 약속 좀 잡아 봐."

"그 현장에 같이 있었던 동기 말씀하시는 거죠?"

내가 대충 이야기했는데 눈치 빠른 민석이가 알아듣고 확인을 하며 되물었다.

"그래, 맞아."

"네. 최대한 빨리 잡겠습니다."

부검결과는 나오지 않았지만 형철이 일도 그렇고 김현민 씨도 일반적인 죽음이 아닌 것 같은 촉이 왔다. 그냥 돌연사로 허무하게 끝날 가능성도 있지만 조사를 해 보고 싶은 생각이 드는 사건이다.

15

새 우산이다. 올 여름에만 벌써 세 번째 우산이다. 비가 오려면 계속 오지, 유독 올 여름엔 우산을 가지고 식당이나 술집에 들어갔다 비가 멈춰서 그냥 놓고 나오는 일이 많았다. 그나마 집 앞 식당에서 두 번 찾아서 세 번째 우산인 것이다. 장우산도 사 봤다. 커다란 것을 들고 다니다 없으면 허전해서 잘 챙기겠지 싶어 사 봤지만 효과가 그리 크지는 않았다. 여름은 여름인지 비가 오는데도 덥다. 온도는 그대로고 습도만 높아져 더 더운 것 같다. 빨리 가서 소맥 한 잔을 들이켜고 싶다. 맥주는 배가 불러서 소주를 더 좋아하지만 여름에는 어쩔 수가 없다. 예전에는 빨리 취하려고 소주 양이 많은 소맥을 마셨지만 요즘은 황금 비율 소맥의 달달함에 푹 빠졌다. 소주랑 맥주를 섞었는데 어떻게 달달한 맛이 날 수 있냐며 황당해하는 사람도 있지만 비율을 잘 맞추면 확실히 단맛이 난다. 그래서 요즘 술을 마실 때 시작을 소맥으로 하고 있다. 오늘 모임의 장소인

닭갈비집이 보인다. 유명한 집이라 줄을 서기도 하는데 다행히 줄은 없어 보인다. 이제 다들 벌 만큼 버는 나이라 비싸도 맛있는 집에 가자고 하지만 용돈 받아 쓰는 월급쟁이들이라 저렴한 맛집에 자주 모이곤 한다.

"현민이 왔다."

"잘들 있었냐? 얼른 한 잔 말아 줘."

진욱이가 얼른 소맥을 한 잔 말아 주며 말을 이었다.

"살이 좀 붙은 것 같은데 뭐 좋은 일 있어?"

"좋긴 뭐가 좋냐, 똑같지. 맨날 이리 치이고, 저리 치이고. 이번에 사우디 건 때문에 오늘도 부장한테 겁나게 쪼이다가 왔다. 무조건 팔래. 수단과 방법을 가리지 말라는데 그럼 자기가 방법을 좀 알려 주던가."

"야. 야. 시작부터 흥분하지 말고. 한잔하자."

넷이 잔을 들어 건배하고 한 잔 쭈욱 들이켰다.

'시원하다.'

시원함에 탄산의 짜릿함이 더해지면서 넘기는 순간만큼은 더위도 스트레스도 시원하게 해소되는 것 같다. 이 맛에 한 잔 두 잔 마시다 보면 취기가 슬슬 올라오면서 모든 걱정이 사라지고, 좋은 친구, 좋은 기분만 남게 된다. 하지만 이 정도에서 멈춰야지 더 마시면 남아 있는 좋은 것들도 모두 사라져 다음 날 후회만 남는다. 분기에 한 번 정도 만나는 회사 동기들인데 처음엔 15명 이상이었던 모임이 퇴사했다고 빠지고, 지방으로 가서 빠지고 이제 6명 정도만 남았다. 오늘 만난 넷이 그나마 자주 나오는 멤버들이다. 일단 만나면 회사 이야기가 빠질 수 없다. 부당한 상사 욕에 이해 안 가는 부하들 이야기를 한바탕 쏟아내면 애들 이야기로 넘어가게 된다. 정수 아들은 중학교 3학년인데 게이머가 되겠다고 해서 걱정이 이만 저만 아니다.

"나도 게임 좋아해서 어려서부터 나랑 게임을 좀 했지. 내가 잘 아니까 컴퓨터도 좋은 거로 바꿔 주기도 하고. 그랬더니 게이머가 꿈이라고 하루 종일 게임만 한다. 마누라는 그게 다 내 탓이래. 참 나, 애가 게임만 했나? 국어, 영어, 수학 학원부터 해서 태권도에 미술에 과학까지 학원 다녔는데 지가 게임에 빠져서 그렇게 된 거지. 내가 야구장도 데려가고, 축구도 같이 하고, 얼마나 많은 걸 했는데 애랑 맨날 같이 있던 본인 탓은 안 하고 게임 좀 같이 했다고 다 내 탓이란다."

"요즘에 게임도 잘하기만 하면 돈 엄청 벌더라. 그 롤이란 게임 잘하는 애들은 연봉이 몇십억 원이래. 그래도 지가 잘하니까 한다는 거 아냐?"

"잘하긴 해서 프로 가라는 소리도 듣고 프로 게이머들이랑 연습도 하고 그러긴 하나 봐. 근데 얘기 좀 해 보니 그 정도 애들이 한둘이 아니야."

"네 아들은 그래도 하고 싶은 것도 있고, 잘하는 것도 있는 거잖아. 우리 딸은 하고 싶은 것도 없고, 잘하는 것도 없고, 친구도 별로 없고, 잘 나가지도 않고."

나도 딸 얘기를 시작한다. 푸념이다. 그냥 아들이랑 이야기할 것이 있다는 자체가 부럽기도 하다.

"너랑 안 친해서 그런 거 아니고?"

"물론 나랑 안 친하지. 그런데 마누라하고는 친하잖아. 다 전해 듣고 있어. 세 식구 사는데 뭐라 뭐라 둘이 재밌게 이야기하다가 내가 나타나면 마치 내 욕한 것처럼 조용해진다니까. 초등학교 5학년 정도부터 거의 말을 안 하니까 나도 말을 걸고 싶은데 할 말이 없어."

"그건 다 마찬가지야. 난 아들도 있고, 딸도 있잖아. 10살 넘어가면 똑같아. 나도 바쁘고, 지도 학원 갔다가 늦게 오고. 만날 시간이 없으니 할 말도 없지. 서로 어색하니까 그냥 용돈이나 주는 거야. 뭐 한마디 하려고 하면 다 잔소리 같아서 사이가 좋을 수가 없어."

진혁이도 한마디 거들었다. 거기에 정수까지 봇물 터지듯이 이어나갔다.

"참 이게 아이러니 해. 뼈 빠지게 일하느라 바빠서 가정에는 소홀해진 건데 애들이랑 가끔 시간 가지려고 하면 머리 커져서 상대도 안 해 줘. 그렇다고 일을 때려치울 수 있나? 내가 지금 누구 때문에 돈 버는 건데. 나 혼자 잘 먹고 잘 살자고 이러는 거냐고."

애들 어릴 때는 서로 자기 애 예쁘다고 그렇게 자랑들을 했었다. '말을 벌써 한다.', '노래도 잘 따라 한다.', '글씨도 쓴다.', '영어를 한다.' 진짜 아무것도 아닌 일들을 자랑했던 우리가 이제는 푸념이나 늘어놓고 있다. 직장에서 아무리 까이고 힘들어도 애들 보는 낙으로 살았는데 이제는 자식들 좀 컸다고 집에서 천대받으며 살고 있다.

'돈이나 더 잘 벌어 용돈 팍팍 주고, 해외여행 데리고 다니면 좀 더 애들이랑 친하게 지낼 수 있었을까? 능력 없는 내 탓이지, 누굴 원망해.'

"총각 때처럼 친구를 자주 만나기를 해, 골프 치러 다닐 돈이 있나. 집에 오면 왕따고. 요즘이 살면서 제일 외로울 때 같다."

"우리끼리라도 자주 만나자. 같이 뭐라도 하든가."

이런 걸 동병상련이라고 하는 것 같다. 우리 회사는 업계에서 빡세기로 유명했었다. 야근은 기본에 얼마 전까지 토요일에도 무조건 나와서 일을 했다. 그나마 규모가 있는 회사라 수당을 잘 챙겨 줘서 돈이라도 많이 받으니 그걸 위안으로 삼을 수 있었다. 집에서도 일단 월급을 두둑하게 가져다주면 야근과 주말 출근에 대한 면피가 가능했다. 돈도 못 버는데 주말에도 계속 일한다고 잔소리를 듣지는 않지만 가끔 내가 돈 버는 기계가 아닌가란 생각이 들기도 했다. 아빠는 돈을 벌어야 하니까 함께 하지 못한다는 것이 공식처럼 아이들과 아내의 머릿속에 자리 잡은 것이다. 딸애가 어릴 때는 아빠 같이 놀자고, 나가지 말라며 울기도 했는데 이럴 때마다 '우리 공주님 맛있는 과자 사 주고, 인형 사 주려면 아빠는 나가서 돈을 벌어야 돼.'라며 달랬던 것이 이런 사태의 시발점이 아니었나 싶다. 그때는 나도 나의 역할을 충실히 하는 것이라 생각했는데 딸과 멀어진 지금 많이 후회가 된다. 내 딸이면서 내 아내의 딸이지만 자식과의 관계에서 아빠와 엄마는 출발점부터가 다르다. 10달 동안 뱃속에 넣고 다닌 후에 출산의 고통을 동반하여 얻은 자식에 대한 모성애는 아빠로서는 상상하기 힘들기 때문이다. 태어난 후에 같이 보내는 물리적인 시간의 양도 엄마가 많을 수밖에 없다면 엄마와 자식 간의 끈끈한 관계를 아빠는 이길 수가 없다.

'한 가족인데 왜 난 질투를 느껴야 하는 것인가? 나도 가족을 위해 헌

신했는데….'

그래도 회사나 집 이야기 편하게 하면 공감도 해 주는 놈들이 있어서 다행이다. 요즘 만나면 제일 재미있는 이야기가 옛날이야기다. 사람은 추억으로 먹고 산다고 했던가. 후배들한테 이야기해 봤자 '라떼는 말야' 라며 비하당하지만 50대 아재들이 모여서 이야기하기에 이보다 재미난 것도 없다. 어리바리 실수도 많았지만 주말도 반납하고, 전투적으로 일하며 보람을 느끼던 그 시절 이야기를 함께 나눌 수 있는 동료들이 있다는 것에 감사한다. 시간 가는 줄도 모르며 수다를 떨었더니 11시가 넘어버렸다. 1차로 밥을 먹은 후에 술만 더 마시러 2차를 가기도 하지만 우리는 자리 옮기는 것을 싫어한다. 한 자리에서 다른 안주를 더 시켜 1차로 끝내는 것이 일반적이다.

"슬슬 담배나 하나 피고 와서 가자."

담배를 안 피우는 진혁이도 같이 일어섰다. 일렬로 나가다가 진욱이가 화장실을 간다며 방향을 틀었다. 셋이 먼저 나가서 담배를 피우기도 하지만 이 날은 입구랑 화장실 사이에 있는 벽에 기대어 진욱이를 기다리고 있었다. 화장실은 좁은 복도로 되어 여자화장실이 입구 쪽에 있고, 남자화장실이 안으로 더 들어가야 있는 구조였다. 우리는 그 복도가 시작되는 지점에서 두 발 정도 떨어져 있었다. 여자화장실은 두 명이 줄을 서 있었고, 남자들도 화장실에 들어가고 나가고 하는 상황이라 조금 복잡했다.

"화장실 복잡한데 그냥 나가 있을까?"

줄도 있고, 왔다 갔다 하는 사람이 좀 있어서 진혁이가 나가기를 권했다.

"괜찮아. 지나다니는 공간 충분해. 많이 떨어져 있어."

왔다 갔다 하는 사람과 전혀 겹치지 않았고, 충분히 공간이 있어서 내가 괜찮다고 답을 했다.

"성호도 고향 내려가서 감자탕집 한다고 그랬지?"

동기 중 하나인 성호는 몇 년 전에 퇴사하고 부모님이 하시던 감자탕집을 이어받았다.

"응. 전주에 있어. 잘 사는 것 같더만."

"임원은 못 갈 것 같고, 곧 퇴직의 압박이 있을 것 같은데. 참 이럴 때는 성호 같은 애들이 부러워."

그때 짧은 치마를 입은 여자가 화장실을 나와서 우리 쪽으로 걸어왔다. 나는 화장실 쪽에 있어서 지나가는 것을 봤지만 옆에 서 있던 진혁이는 나중에 말해서 알았지, 기억도 하지 못하는 상황이었다. 만약 이 때 우리를 스쳐 지나가거나 통행에 방해가 돼서 우리가 비켜 줬거나 했으면 분명하게 기억이 났을 것이다. 몸매가 좋은 여자가 짧은 미니스커트를 입고 바로 옆으로 지나가면 나이가 50이 넘었어도 쳐다보게 된다. 그래서 나는 기억을 하고 있었다. 그 여자가 지나가고도 아무 일 없었다는 듯이 우린 대화를 이어 나갔다.

"이제는 스카우트 제의도 없어. 몇 년 전에 거래처에서 오라고 했을 때 갔어야 하나 싶다."

"거기 가면 뭐 퇴직 늦게 보장해 준대? 어차피 똑같은 시한부야."

진욱이가 화장실에서 나와 담배를 피우러 나가려는 순간 아까 그 여자가 일행들과 다가와 나를 가리키며 소리쳤다.

16

"이 사람이요. 이 사람이 내 엉덩이를 만졌어요."

"당신 뭐야? 제정신이야?"

상황 파악을 하지 못한 나는 당황해서 그대로 멈췄다. 어두운 밤에 불빛을 본 고라니처럼 몸이 굳어 버렸다. 그 여자의 일행으로 보이는 남자가 내 멱살을 잡았다.

"아니, 이 사람들이 뭐 하는 거야 지금!"

진혁이가 나와 멱살 잡은 사람 사이로 들어오며 중재를 했다. 그제야 화장실 옆에 서 있을 때 보았던 짧은 치마를 입은 여자란 것을 알아차린 나도 반격을 가했다.

"무슨 소리 하는 거야! 내가 언제 만졌다고 그래! 생사람을 잡아도 유분수지."

"아저씨! 내가 화장실에서 나와서 지나가는데 손 내밀어서 내 엉덩이

움켜잡았잖아요."

그 아가씨도 지지 않고, 소리를 질렀다. 아무리 내가 술에 취했어도 지나가는 여자의 엉덩이를 만질 정도로 뻔뻔한 사람은 아니다. 이렇게 트인 공간에서 성추행을 할 정도로 대담하지도 않다. 술도 내 주량에 못 미치게 먹었다. 그 짧은 시간에 개구리가 파리를 낚아채듯 내손이 그렇게 정확하고 빠르게 움직일 수도 없는 상황이다.

"이봐요 아가씨. 우리 셋이 벽 앞에 미동도 안 하고 서 있었잖아요. 아가씨도 그냥 쓱 지나가던데 무슨 엉덩이를 만졌다고 이래요."

흥분을 가라앉히려 노력하며 차분하게 설명도 해 봤지만 여자는 지지 않고, 자신의 논리를 펼쳤다.

"겁나서 일단 피했던 거죠. 남자들 여럿이 서 있는데 무서워서 혼자 어떻게 뭐라고 해요."

"이 사람이 끝까지 오리발이구만. 경찰 불렀지? 싹싹 빌어도 시원치 않을 판에. 이런 놈은 콩밥 먹어 봐야 돼."

'이 사람도 옛날 사람이네. 언제 적 콩밥이냐.'

이때까지만 해도 사태의 심각성을 느끼지 못하고, 속으로 코웃음을 쳐가며 여유롭게 받아치고 있었다.

"경찰 잘 불렀네. 여기 CCTV도 있고, 경찰서 가서 한번 따져 봅시다. 근데 넌 몇 살이나 먹었는데 이놈 저놈이야."

술도 취했겠다. 이놈 저놈 소리에 빨끈해서 나도 다시 언성을 높였다.

"일단 장사하는 가게니까 밖으로 좀 나가 주세요."

가게 주인이 나서서 우리를 밖으로 유도했다. 술에 취했어도 상황을 인지할 수 있을 정도였던 우리는 밖으로 나가 경찰이 오기를 기다렸다. 밖으로 나와서는 언쟁도 한 풀 꺾여 조용히 담배를 한 대 피우며 이야기를 했다.

"뭐가 어떻게 된 거야?"

화장실에 갔던 진욱이가 물었다.

"그냥 서 있었다니까. 셋이 일렬로 나란히 서 있었어. 근데 아까 저년이 화장실에서 나와서 우리 앞으로 지나가더니 돌아와서 이 난리는 치는 거야."

나대신 정수가 열을 올리며 설명을 했다.

"안 만진 거지?"

확인을 하듯 진욱이가 물었다.

"안 만졌어. 진짜 만질 새도 없이 지나갔다니까. 내가 그렇게 열정적으로 여자 엉덩이를 만질 거면 바람을 피우지. 요즘은 잘 서지도 않아."

나의 고백에 다 같이 웃었다.

"슬프다."

이렇게 긴장감이라고는 하나도 없는 대화 중 경찰이 도착했다. 경찰들이 차에서 내려 그 여자의 일행들이 모여 있는 쪽으로 갔다. 가서 뭐라고 이야기하더니 우리 쪽으로 왔다.

"엉덩이 만지신 분이 어느 분이시죠?"

"안 만졌습니다. 그냥 일방적인 주장이지요."

"아 예. 그럼 여자 분이 만졌다고 주장하시는 분이 누구시죠?"

"접니다."

"일단 지구대로 가실 건데 인원이 많아서 먼저 저쪽 분들을 데려가겠습니다. 다시 올 때까지 좀 기다려 주세요."

지구대가 가까운지 10분 정도 만에 경찰차가 다시 도착했다. 우리 넷은 지구대로 가서 진술서를 적었다.

"그냥 화해하셔도 될 사건 같은데 화해하시고 그냥 돌아가시죠?"

지구대에서 제일 높아 보이는 경찰관이 진술서를 보고 우리 쪽에 와서 이야기했다.

"아니 저쪽에서 범죄자로 모는데 어떻게 그냥 가요?"

"그럼 저쪽에서 사과한다고 하면 하실 거죠?"

"오해였다고 풀면 저도 뭐, 더 할 생각은 없습니다."

경찰서에서 진술서를 쓰며 흥분이 많이 가라앉으니 내가 지금 여기서 뭘 하고 있는 건가 싶은 생각이 들었다. 그냥 서로 사과하고 빨리 집에나 갔으면 좋겠다는 생각이 지배적이었다. 경찰은 저 쪽 팀에도 가서 뭔가 이야기하더니 큰소리로 말했다.

"당사자 분들만 잠깐 오세요."

테이블 앞에 세 사람만 모였다. 중재자로 경찰관이 가운데 앉았고, 나와 그 여자가 마주 보며 앉았다. 두 시간여 전에 서로 욕하던 사람과 마주 앉으니 어색하고 민망한 감정이 밀려왔다. 경황이 없어서 제대로 확인하지 못했던 그 여자의 인상착의가 지금에서야 눈에 들어왔다. 까만

색에 약하게 펌을 한 머리, 검은색 미니스커트에 푸른색 블라우스를 입은 단정한 복장이다. 나이는 30세 전후 정도로 소위 말하는 꽃뱀이라거나 잘 놀 것 같아 보이진 않았다. 오히려 멀쩡히 회사 잘 다니는 어디서나 볼 수 있는 여직원 같아서 약간은 의외였다.

"제가 양쪽 진술서 다 읽어 보니까. 오해가 있으신 것 같아서 두 분만 따로 말씀 나누자고 했습니다. 여기서 합의 안 하시면 경찰서로 가시는 건데 서로 좋을 게 없어요. 그냥 오해 푸시고 합의하시죠."

시간도 1시가 넘어서 피곤함이 밀려왔다. 이젠 억울하고 말고 할 것도 없이 다 귀찮아졌다.

"남자분이시니까 먼저 한 말씀 하시죠."

나를 쳐다보며 경찰관이 말을 이었다. 무슨 말을 해야 하나 잠시 머릿속을 정리했다. 작게 한숨을 쉬며 말문을 열었다.

"제가 진짜 의도적으로 만지려 한 적은 절대 없습니다. 솔직히 저는 닿는 감촉도 없었는데 만지는 느낌을 받으셨다니 불쾌하셨으면 죄송합니다."

딱 내가 할 수 있는 최대한의 사과였으며 예의였다.

"네. 여자 분도 한마디 하시죠."

경찰관이 이번엔 저쪽 여자를 보고 말했다. 여자는 빠르게 머뭇머뭇하더니 쏘아붙이듯 말했다.

"사과하신다고 해서 들어나 보자고 왔는데 이게 무슨 사과예요. 구체적으로 하셔야죠."

서로 좋게 풀자는 취지라 좋게 이야기했더니 이런 반응이다. 내가 잘못한 것도 없이 사과를 했는데 이렇게 나오니 다시 화가 치밀어 올랐다.

"참, 내 잘못도 없는데 쥐어짜서 먼저 사과를 했더니 사람을 성추행범으로 몰고 사과도 안 하시겠다!"

"허. 참. 내가 뭘 몰아요. 만졌잖아요. 아저씨가."

"내가 이럴 줄 알았어. 말이 안 통하네. 내가 사과했던 거 없던 거로 합시다. 식당에 CCTV 확인해서 누구 말이 맞나 한번 해 봅시다."

분위가가 갑자기 험악해졌다.

"그래요. 괜히 큰소리치는 거 누가 모를 줄 아나."

나도 잘못한 것이 없으니 무서울 것도 없다. 아직 세상물정 모르는 여자에게 참교육을 시켜 주자는 열정이 다시 샘솟았다. 그 여자도 한 치도 물러서지 않았다. 지구대에서 경찰서로 넘어가 다시 조사를 받으며 똑같은 이야기를 더 자세히 했다. 친구들도 나도 3시가 넘어서 귀가할 수 있었다. 당연히 죄가 없으니 큰일도 아니고, 괜한 걱정을 할 것 같아 가족들에게도 딱히 말을 하지 않았다. 하지만 한동안 자꾸 생각이 나서 기분도 별로고, 왠지 모르게 불안한 기분이 계속 들었다. 사건은 판결이 나는 데까지는 8개월이 걸렸다. 그동안 나에게도 동기들에게도 점차 기억이 희미해졌다. 그러다가 판결문이 날아왔다.

'벌금 300만 원.'

어떻게 이런 판결이 나올 수 있나 황당하기 그지없었다. 침착하게 판결문을 읽으니 정식 재판을 청구하는 것이 가능하다는 것을 알게 되었다. 이 상황에서 더 이상 가족에게 비밀로 할 수 없었다. 반휴를 내고 법원으로 가서 정식 재판을 청구하였다.

'내가 너무 방심하고 있었구나.'

이대로 당할 수 없다는 생각에 재판 준비에 온 힘을 다 쏟았다. 증거로 채택된 CCTV를 먼저 확인했다. 식당에 6개의 CCTV가 있었는데 그 당시의 상황을 비추고 있던 것은 두 개였다. 당연히 그 두 개의 CCTV에 그 여자를 만지는 내 손의 움직임은 전혀 찍혀 있지 않았다. 손뿐만 아니라 몸 전체에 움직임이 없었다. 그 여자도 만짐을 당했다면 반응을 하여 몸을 틀거나 해야 하는데 걸어오던 그대로 자연스럽게 지나가고 있었다.

'이런 증거를 보고도 내가 유죄라는 거야?'

그 짧은 순간에 여자의 엉덩이를 빠르게 움켜쥐고 빼는 것은 불가능하다. 중요한 것은 CCTV로는 전혀 확인이 되지 않는다는 것이다. 그렇다면 뒷받침하는 증거는 여자의 증언밖에 없다. 이건 정식 재판으로 가면 무조건 내가 이기는 그림이라고 생각이 들었다. 희망이 확신으로 바뀌며 더욱 매진을 하게 되었다. CCTV를 보는 등 정보를 모으려 이미 휴가를 여러 번 썼는데 배정받은 국선변호사와 면담하기 위해 휴가를 또 써야만 했다. 휴가를 자꾸 내며 동료직원 몇 명에게 대충 이야기를 한 것이 삽시간에 퍼져 나갔다. 우리 부서 사람들이나 나와 함께 일했던 동료들은 힘내라며 나를 믿어 줬다. 반면 평소 신사다운 모습이 나의 가면이었다며 수군거리는 동료들도 여럿 있었다. 하지만 소문이란 것은 안 좋은 쪽으로 더 잘 퍼져 나가는 법이다. 내 이미지는 안 좋은 쪽으로 회사에서 점점 커져 가며 임원들의 귀에도 들어갔다. 회사에서 나를 바라보는 눈빛들이 달라졌다. 내 자격지심일 수도 있지만 내가 느끼기에는 확실히 달라졌다. 가족들은 내 말을 믿어 주는 것 같았지만 평소에도 소통이 적었던 딸과의 대화는 더욱 줄어들 수밖에 없었다. 내가 딸에게 묻지 않으면 전혀 말을 하지 않았다. 묻는 말에도 단답형으로 대답하기 일쑤였다. 딸은 소문이 학교에까지 번질까 전전긍긍한다고 아내에게 들었다. 미안하긴 했지만 이미 내 눈엔 재판 이외의 것은 보이지 않았다. 남는 시간은 모두 재판에 쏟았다. 나도 모르게 신경이 날카로워지며 사소한 일에도 아내와 부딪히는 일이 많아졌다. 당연히 관계도 점점 소원해졌다. 집에서 그리고 회사에서 내 삶은 서서히 망가졌다. 1차 판결이 나고, 결국 나는 퇴사를 했다. 내가 사표를 내는 것으로 보였지만 유죄 판결이 난 후 부장과의 면담을 통해 권고사직을 당했다.

"그럼 퇴사 후에는 만나신 적 없으시고요?"

"네. 재판에서 증인 출석 후에 만나진 못했습니다. 그래도 연락은 자주 했어요. 저도 좀 미안한 마음이 있죠. 그때 제가 끝에 서 있었더라면 저한테 일어났을 일입니다. 생각만 해도 끔찍하죠. 물론 저뿐만 아니고 남자라면 어느 누구에게도 생길 수 있는 일입니다. 항소해서 이길 수 있다고 같이 힘내자 이런 상황이었는데 절대 자살은 아닐 겁니다."

그날 함께 있었던 친구 한정수 씨도 친구의 유죄와 죽음에 억울한 마음을 가지고 있었다. 진술서로 읽은 내용을 생생하게 육성으로 들은 느낌이었다. 거짓으로 지어낸 내용이나 진술서와 다른 내용이 약간이라도 있으면 의심을 하겠지만 표정과 눈빛까지 더해서 진실함과 억울함을 느낄 수 있었다.

"예. 시간 내주셔서 감사합니다."

커피숍을 나와 악수를 한 후 헤어졌다. 단순 과로사일 가능성이 컸지만 이상하게 더 알고 싶어졌다. 아마도 형철이의 죽음 때문인 것 같다. 형철이 철원 친구도 만나기로 약속을 잡아 놓았다. 아직 부검 결과가 나오지 않았지만 평소 지병이 없던 두 남자의 의문사. 주변 사람들의 증언과 현장의 단서를 봤을 때 자살이라고 볼 수 없다. 둘 다 스트레스를 많이 받는 상황에 있었지만 이 정도로 돌연사하기에는 너무 건강했던 사람들이다. 사인을 결정하는 데 부검이 결정적인 역할을 할 것 같다. 이미 형철이 부검결과도 관할서에 연락해 바로 전달받기로 했다. 기다리는 동안 형철이가 마지막 갔었던 철원의 형철이 친구를 만나 봐야겠다.

17

'최근에 나무를 이렇게 많이 본 적이 있나?'

서울이 커서 그렇지 우리나라도 도시만 벗어나면 다 산이다. 학교에서 국토의 70%가 산이라고 배우기는 했지만 실제로 도시에 살다 보면 그런 느낌은 전혀 받을 수 없다. 가끔 멀리 가려고 고속도로를 타거나 기차를 타면 창밖 풍경이 다 산이라 이런 사실을 체감할 수 있다. 게다가 철원은 강원도에 휴전선이 가까워 개발도 거의 안 되어 있다. 여기야말로 산속인 것이다. 평일이라 서울에서 두 시간 만에 형철이 철원 친구네 집에 도착했다. 도로에서 산 쪽으로 올라가는 샛길을 타고 20미터 정도 올라가면 넓은 잔디밭을 앞마당으로 가진 집이 나왔다. 뒤로는 나무가 빽빽이 들어서 밤에는 좀 으스스한 느낌을 자아낼 것 같았다. 회색 지붕에 건물은 하얀색인 2층집이었다. 대문은 따로 없이 샛길로 이어지는 자갈밭에 차가 한 대 주차되어 있었다. 나도 그 옆에 차를 주차했다. 차에 앉아 전화를 하려는데 건물에서 남자가 걸어 나왔다. 아마도 주차하는 소리를 들은 것 같다.

"안녕하세요. 조경현 씨 되시죠?"

"네. 강 형사님이신가요?"

"예. 강현석이라고 합니다. 집 진짜 좋네요. 저도 서울 살지만 이런 마당 있는 집 좋아하거든요."

"아닙니다. 주변에 더 좋은 집 많아요. 저희 집은 명함도 못 내밉니다. 안으로 들어오세요."

현관으로 들어서자 정면으로 어두운색 소파와 테이블이 먼저 보였다. 바닥은 아이보리색 타일이 깔려 있는데 벽지도 흰색이라 깨끗한 느낌이 들었다. 집이라기보다는 펜션에 들어온 것 같은 기분이었다.

"앉으세요. 편하게 있으셔도 됩니다. 형철이한테 말씀 많이 들었습니다."

"네. 같이 야구를 해서 자주 만났죠."

"커피 한 잔 드릴까요? 아메리카노도 있어요. 주스도 있고요."

"아메리카노로 한 잔 주세요."

"날 더운데 아이스로 드릴까요?"

"예. 감사합니다."

아일랜드식 식탁 뒤로 주방이 보이는 구조라 캡슐을 커피 머신에 넣으며 계속 말을 이었다.

"장례식장에서 저는 형사님 봤어요. 철원 친구 혹시 왔냐고 찾으셨다고 형철이 여동생이 그러던데요."

"아. 제가 물어봤을 때는 아직 안 오셨을 때구나."

"네. 가서 인사라도 드릴까 하다가 제가 형철이 제일 마지막에 봐서 대학 동창들이 이것저것 너무 물어보는 통에 경황이 없었습니다."

"예. 저도 나중에 다시 찾아보려다가 장례식장에서 그러는 건 좀 아닌 것 같아서 다음에 찾아뵈려고 참았습니다."

조경현은 얼음을 동동 띄운 아이스 아메리카노 두 잔을 테이블에 내려놓고 테이블 맞은편에 앉았다.

"형철이가 며칠이나 있었죠?"

"9일 있었어요. 하루 더 있고 10일 채우라고 했더니 회사에 딱 일주일만 쉰다고 해서 다음 날 출근해야 한다고 했어요."

"오래 있었네요."

"원래 5일 정도 있다 가려고 했는데 마음이 편해지는 것 같다면서 휴가 끝나는 날까지 있었습니다."

"9일 동안 어디어디에 가서 뭘 했는지 알 수 있을까요?"

"거의 매일 낚시를 갔어요. 중간에 하루만 집에서 안 나가고 쉬었고요."

"낚시 말고 다른 데는 안 갔나요?"

"마트 두 번이요. 다른 곳은 없었어요. 저녁에는 저랑 거의 매일 술을 마셨어요. 술집이 먼데 택시도 잘 없어서 그냥 집에서 매일 마셨어요."

"그럼 낚시랑 마트가 다네요?"

"쉬러 온 거라서. 제가 몇 번 본가에 갔을 때 저 몰래 나간 게 아니라면 그럴 겁니다."

"낚시는 어디서 하신 거죠? 좀 있다 같이 가 봐도 될까요?"

"그럼요. 여기서 멀지 않습니다."

"나눴던 얘기 중에 특별한 건 없었습니까?"

"술 마시다 보면 대학교 때 얘기를 많이 하게 되더라고요. 그때 사귀던 여자 얘기, 엠티 갔던 얘기, 술 마신 얘기 등등 동기들 모이면 허구한 날 하는 얘긴데 매번 해도 재밌어서 또 하죠."

"나이 들면 다 그렇죠. 형철이가 와이프 얘기도 했죠?"

"아~ 다 아시는구나. 너무 사적인 얘기라 제가 하기는 좀 뭐해서요. 근데 좀 심했더라고요. 장인, 장모는 장례식장에도 안 왔대요."

"저도 어제 들었는데 이혼 준비 중에 사망한 것이라 아파트 문제로 형철이네 집에서는 소송한다고 합니다."

"형철이가 살아서 이혼을 했어야 하는데 죽어서도 눈을 못 감겠네요. 사인은 나왔나요? 자살은 절대 아닙니다. 저랑 한 얘기가 있는데 형철이는 자살할 생각 전혀 없었어요. 그놈 부모님 생각해서라도 절대 자살할 놈이 아니에요."

"저도 자살은 아니라고 생각하고 있습니다. 저랑 얘기할 때도 전혀 그런 느낌은 못 받았거든요. 원래가 밝고, 긍정적인 애잖아요."

"혹시 와이프나 처가에서 죽인 건 아니겠죠?"

"부검은 해 봐야 알겠지만 타살의 흔적은 없습니다. 스마트폰 내역이

나 CCTV를 확인한 결과 최근에 와이프나 처가식구를 만난 적이 없는 것 같습니다."

"독살일 수도 있다고 생각했는데 그럼 사인이 뭘까요?"

"아직까지는 알 수 없습니다. 실은 저희 관할에서 비슷한 사건이 있었는데 50대 남성이 피곤하다며 자다가 숨졌습니다. 이 건도 부검 중인데 곧 결과가 나올 겁니다."

"이상한 죽음이 많네요. 얼마 전에 이 옆에 부대에서 분대원이 1명 빼고 다 죽었는데 원인이 과로사였대요."

"그런 일이 있었어요?"

감식과 오 박사님이 종종 일어난다고 했지만 이렇게 짧은 시간 안에 이런 일들이 연달아 일어났다는 것이 내 호기심을 더 자극했다. 형철이와 김현민 씨 사망은 스트레스를 받은 사람이 돌연사했다고 단순히 말할 수 있는 사건이지만 한 분대원이 동시에 사망했다는 것은 외력이 작용했을 가능성이 크다. 무언가 원인이 되는 것이 있었음에 틀림없다. 여기 와 보길 잘한 것 같다. 어쩌면 이 분대원들을 조사하면 실마리를 잡을 수 있을 것 같다는 생각이 들었다. 부대도 가능하면 들러 봐야 할 것 같은 생각이 들자 마음이 조급해졌다.

"부대도 알아보고 한번 들러야겠네요. 일단 낚시하던 냇가에 한번 가 봐도 될까요?"

컵에 조금 남은 커피를 단숨에 마시고, 일어나며 민석이에게 전화를 했다.

"제 차로 가시죠."

"예. 그러시죠. 간단히 한 통화만 하겠습니다."

차로 따라가면서 전화를 귀에 댔다.

"민석아, 철원 부대에서 분대원이 한 명 빼고 다 과로사로 죽은 사건이 있었다는데 어딘지 한번 알아봐 줘. 그래, 웬만하면 오늘 들렀다 가게 빨리 알아봐 줘. 오케이."

전화를 끊고 조경현의 SUV에 올랐다.

"아까 전화하셔서 말씀을 못 드렸는데 냇가가 아니고 저수지입니다. 근처에 펜션이 하나 있기는 한데 사람도 별로 없고, 고기도 잘 잡혀서 좋아요. 동네 사람들만 아는 장소죠."

"숨은 명당이군요."

"그런 셈이죠. 낚시꾼들도 이렇게 멀리까지는 잘 안 오기도 하고요. 가깝고 더 잘 잡히는 곳도 많이 있으니까요."

비포장된 좁은 길을 따라 10여 분을 달리니 작은 호수가 나왔다. 차에서 내려 앞에 있는 바위로 올라섰다. 차에서 보던 것보다는 호수가 커서 한 바퀴 돌려면 30분 정도는 걸릴 듯했다. 조경현의 말대로 낚시하기 좋은 바위들이 불규칙적으로 자리하고 있었다. 반대편엔 갈대랑 이름을 알 수 없는 잡초가 길게 자라 숲을 이루고 있어 경치도 일품이었다.

"특별한 점은 없네요."

"그냥 동네 저수지죠. 특별한 것은 없습니다."

"저는 일단 한 바퀴 돌아보려고 하는데요. 귀찮으시면 여기 계셔도 됩니다."

"아. 예. 제가 전화를 한 통 해야 해서. 일찍 끊으면 따라가겠습니다."

그렇게 혼자 호수 주변을 돌기 시작했다. 우리가 들어온 비포장도로 바로 옆으로 소나무가 빽빽이 들어서 있었다. 소나무 숲 안으로 들어가 천천히 걸으며 매의 눈을 뜨고 살폈다. 바닥을 누군가 잘 정돈한 흔적들과 쓰레기를 치운 흔적들이 남은 것으로 보아 여러 명이 놀다 간 것 같았다. 여름에 호수로 놀러온다면 뜨거운 태양을 피해 자리 잡기 제일 좋은 장소로 보였다. 소나무 숲에서 특별한 것을 찾지 못한 채 잡초들이 무성한 지역으로 진입을 했다. 하늘을 휘젓는 잠자리가 먼저 눈에 들어왔다. 이름 모를 풀을 헤치고 지나가면 메뚜기들이 이리저리 뛰는 게 영락없이 시골 풍경이었다. 내가 어렸을 때만 해도 서울에도 개발되지 않은 지역이 많아 한강 근처에 가면 이런 풍경을 많이 볼 수 있었다. 지금은 한강을 따라 아파트들이 가득 차 있어 도심에서는 잠자리 한 마리, 메뚜기 한 마리 보기가 어렵다. 인위적으로 만들어진 공원들이라도 여러 곳에 생겨 자연을 느낄 수 있는 것이 그나마 다행이다. 풀숲을 이리저리 살피는 중 신발이 바닥에 쩍 쩍 달라붙기 시작했다. 늪지대로 들어선 것이다. 더 이상 걷기가 힘들어 밖으로 나오는데 조경현이 보였다.

"이쪽으로 나오세요. 늪이라 밖으로 돌아야 합니다."

"아~ 네. 안 그래도 질퍽해서 나가는 중입니다."

"뭐 좀 찾으셨어요?"

"아니요. 아직 특별한 건 못 봤습니다. 평범한 호숫가네요."

"네. 저도 자주 오는데 조용한 동네 호숩니다. 늪지대 지나서 저쪽 바위 많은 데서 주로 낚시를 했습니다."

"여름에는 놀러 오는 사람도 좀 있나요? 소나무 숲 쪽에 흔적이 좀 있던데요."

"네. 동네에서는 그래도 유명한 곳이죠."

늪지대 밖으로 나와 조경현과 나란히 걸으며 이야기를 하는 중에 갑자기 날파리 같은 작은 곤충 떼가 우리를 덮쳤다.

"아! 뭐야 이것들."

갑작스런 상황에 고개를 돌리며 얼굴을 가렸다. 양팔을 휘두르며 날파리 떼를 쫓았다. 입으로는 안 들어온 것 같은데 뭔가 찜찜해서 침을 뱉었다.

"늪지대라 날파리 같은 것들이 많습니다."

날파리보다 더 작은 것 같은데 이렇게 많은 수가 떼로 다니는 것은 처음 봤다. 역시 진짜 자연이 다르긴 다르다는 생각이 들었다.

"이쪽입니다. 이 바위에서도 주로 낚시를 했죠."

조경현이 누런색을 띄는 3미터는 족히 될 정도의 바위를 가리켰다. 바위 위로 올라가니 세 명 이상이 낚시를 할 수 있을 정도로 넓은 자리가 형성되어 있었다.

"낚시하기 딱 좋은 자리네요."

"네. 늦게 나오면 다른 사람이 이미 와 있는 경우도 많습니다."

호수를 한 눈에 내려다볼 수도 있어 경치도 뛰어난 명당이었다. 바위

위에서 호수를 몇 분 정도 꼼꼼히 살폈지만 여기서도 이상한 점은 발견할 수 없었다. 자리를 누군가에게 선점 당했을 때 차선책으로 가는 바위 위에도 가 봤으나 역시나 소득은 없었다.

"뱀이나 독충에 물렸다는 사고 같은 건 혹시 들은 적 없으세요?"

솔직히 지푸라기라도 잡는 심정으로 물었다. 이상한 일이 있었다면 이미 말을 했을 것이다.

"뱀 이야기는 흔하죠. 이런 시골에서 벌이나 뱀 사고는 흔해요. 이상할 것이 하나도 없죠. 매년 한두 번씩 들어요. 그런데 물리면 바로 반응이 나타나죠. 며칠 있다가 독이 올라왔다는 말은 못 들은 것 같은데요."

맞는 말이다. 나도 그런 건 들어 본 적이 없다. 크게 기대를 하고 온 것은 아니지만 그래도 아무 것도 나오지 않으니 실망스러운 마음이 생겼다.

"점심 드셔야죠?"

"예. 점심 먹고, 그 부대원들 사건도 비슷한 것 같아서 어디 부대인지 알게 되면 한 번 가 보려고요. 시간 되시면 점심 같이 드시죠?"

"예. 그러시죠. 오리 좋아하세요?"

"네. 가리는 건 없습니다."

차로 15분 정도 가서 오리 로스구이를 먹었다. 막 먹기 시작하려는데 기다렸던 민석이의 연락이 왔다. 조사를 진행했던 헌병대에 기록을 열람할 수 있도록 연락을 해 놨다고 했다. 주소는 문자로 받았다. 오리고기 참 좋아하고 맛있는데 맛을 음미하지 못했다. 빨리 헌병대로 출발하고 싶었다.

18

헌병대는 생각보다 잘 보이는 큰 길 옆에 있었다. 군부대라 내비게이션에 주소를 찍으면 나올까 의심을 했지만 이렇게 쉽게 찾아올 수 있다는 게 신기했다. 일반 부대가 아니고 헌병대여서 그런 것일 수도 있다. 물론 주소에 헌병대라거나 부대이름은 나오지 않았다. 검문소에서 만나기로 한 담당자의 이름을 말한 뒤 신분증 검사를 하고, 차 번호를 적은 후 통과시켜 줬다. 오랜만에 부대에 들어오니 옛날에 복무했던 생각들이 새록새록 떠올랐다. 추억이라고 다 좋은 게 아니라는 것을 군대 생각을 할 때마다 느낀다. 괴롭히던 고참 이름은 왜 까먹지도 않으며 군번, 군가는 왜 잊어버리지도 않는지. 2년 정도, 아니 요즘은 더 줄긴 했지만 전체 인생에 몇 % 되지 않는 짧은 기간인데 이렇게 강렬하게 남아 있는 기억은 많지 않다. 꿈에나 안 나오면 좋겠는데 10년이 지난 지금에도 가끔 나오고, 농담일 수도 있으나 죽을 때까지 나온다고 한다. 간혹 쉬운 군 생활했다며 무시당하는 사람들도 있지만 소위 말하는 빽을 써서 뒤로 빠진 극소수의 사람을 제외하고, 군대라는 곳은 숨 쉬는 것도 힘든 곳이다. 다시 말해 쉬운 군 생활이란 없다.

'요즘 군대는 군대도 아니지. 1년 6개월은 할 만해.'

물론 요즘 군대가 예전에 비해서 구타나 가혹 행위가 줄어든 건 사실이다. 훈련의 강도도 예전과는 비교가 안 될 정도로 쉬워졌다. 월급도 수십 배가 늘어서 PX에서 먹고 싶은 것도 사 먹을 수 있다. 하지만 일반인들의 생활수준도 예전과 지금을 비교하면 군대 이상으로 좋아진 것이 사실이다. 대한민국은 유일하게 원조를 받던 나라에서 원조를 주는 나라가 되었다. 이것만으로도 불과 몇십 년 동안 생활 수준이 얼마나 많이 변했는지 알 수 있다. 그 시절과 지금의 젊은이들은 살아온 과정도 환경도 달라 힘들다는 것의 기준이 달라졌다. 예전보다 편해졌다는 단순 비교로 군 생활의 어려움을 폄하하는 것은 무리가 있다. 기본적으로 국방의 의무를 다하며 나라에 봉사하는 일을 칭찬은 못해 줄망정 조롱하거나 비하하면 안 된다. 군 생활했던 시절을 떠올리며 건물에 들어와 안내를 받은 방으로 들어가니 이미 담당자가 앉아서 기다리고 있었다.

'여군이네.'

담당자 이름이 김성현이라 여자도 남자도 될 수 있지만 당연히 남자라고 생각을 했었다. 요즘 여자 군인들 인원을 많이 늘리고 있다는데 헌병대에도 여군이 배치되어 있었다. 군인보다 경찰이 더 많은 여성을 채용하고 있다. 여경도 여군도 계속 늘려 간다는 정책인데 솔직히 나는 이해가 되지 않는다. 그냥 군인을 뽑아야지 왜 체력 기준을 낮춰 가며 여성을 늘리려고 하는지 모르겠다. 행정직에 한해서 혹은 남자와 같은 체력 검정을 통과한다면 인정이다. 하지만 남성의 비율이 높다는 이유만으로 여성의 비율을 늘려야 한다는 것은 합리적이지 못하다. 직업의 특성상 신체적 능력을 필요로 하는데 그 기준이 낮은 사람을 뽑는다는 것은 적합하지 못한 사람을 억지로 뽑는다는 것이다. 중학생도 통과할 수 있는 체력 테스트를 어떻게 경찰 임무에 적합하다고 할 수 있는지 모르겠다. 형평성에서도 문제가 된다. 같은 혹은 더 높은 능력치를 가지고도 성별이 남성이란 이유로 기회를 얻지 못하기 때문이다. 한 마디로 역차별이다. 실제 현장에서도 문제점이 나타나고 있다. 여경이 술에 취한 사람 한 명을 제압하지 못하는 사례부터 둘이서 50대 여성 한 명을 체포하지 못하는 등 체포에 도움이 되지 못한 채 지원을 요청하거나 심지어 지나가는 시민에게 도움을 청하기까지 하는 일이 벌어지고 있다. 이런 일반 시민들에게도 밀리는 체력을 가지고 진짜 범죄자들을 체포할 수 있을까? 오히려 인질로 잡히거나 방해만 되지 않는다는 보장이 없다. 만약 우리 동네에 여경들만 배치가 된다면 과연 주민들이 예전처럼 안심하고 생활할 수 있을까? 그렇다고 행정직이나 사무직으로 돌려도 문제다. 현재 임무를 수행하다 다치거나 나이가 들어서 체력적으로 약해진 경찰들이 사무, 행정직으로 가고 있는데 이들이 갈 자리를 잃을 수도 있는 것이다. 군인 역시 마찬가지다. 아무리 현대화가 된다고 해도 극소수의 첨단무기가 더해지는 것일 뿐 대부분의 군인은 어느 정도 체력을 바탕으로 전시 상황의 훈련을 받아야 한다. 훈련의 강도를 낮추고, 훈련에서 열외할 수밖에 없는 군인들을 굳이 왜 뽑으려고 하는 지 알 수가 없다. 스포츠에선 여성과 남성을 나누어서 실력을 겨루지만 전쟁이 나면 여군끼리 싸우는 것이 아니다. 서로의 전력을 다해서 싸우는 것인데 심지어 휴전 중인 국가에서 군대의 전력이 낮아지는 쪽을 택했다는 것이 이해가 되지 않는다. 여성들에게 좋은 일자리를 제공하는 것뿐 형평성에도 맞지 않고, 국민의 안전도 위협하는 일을 왜 무리하게 진행하는 것인지 알 수가 없다.

담당자의 맞은 편 자리에는 자료가 놓여 있었다. 가지런하게 정리된 자료에서도 군인의 향기가 난다. 자료가 있는 자리에 앉으며 인사를 했다.

"안녕하세요. 양천경찰서 강현석입니다."

"안녕하십니까. 김성현 하사입니다. 요청하신 자료 준비해 놓았습니다. 저는 밖에서 대기하겠습니다. 보시다가 여쭤보실 것 있으시면 불러주시기 바랍니다."

아무리 군인이라지만 너무 용건만 간단히 하고 바로 나가 버렸다. 처음 만나서 어색하게 이야기하는 것보다 편하긴 하지만 너무 사무적이라 불청객 취급을 받는 것 같았다. 자료의 내용이 적지 않았다. 날짜를 보니 사망 시점이 약 4주 전 이었다. 과로사라고 전해 들었는데 정확한 사인은 '청장년급사증후군'이었다. 태어나서 처음으로 들어본 말이다. 그래서 그런지 설명도 상세히 달려 있었다.

청장년급사증후군

청장년이 사망할 만한 병력 없이 돌연히 사망하는 것으로 철저한 사후검사를 시행하였으나 사인이 될 만한 외인이나 내인을 입증할 수 없는 죽음을 말한다. 우리나라를 비롯한 동양인에게 많으며 거의 수면 중에 발생하고 발병에서 사망까지의 과정은 극히 짧다. 원인은 불명이나 내분비계의 평형파괴, 알이엠(REM)수면기에 있어서의 자율신경계 이상, 부교감신경계의 긴장, 급성심부전 등의 각종 가설이 제창되고 있고, 과로나 스트레스에 의하여도 극히 드물게는 자율신경계의 부조화로 악성 부정맥이 발생되기도 한다.

요약하면 원인을 알 수 없는 청장년의 급사라는 것이다. 8월 27일 3소대 1분대 9명 중 8명이 수면 중 사망하였다. 살아남은 상병 정석원은 부대원들의 사망 전날 휴가 복귀를 했다. 중대가 같은 식당을 사용하기 때문에 1분대만 특별히 먹은 것은 없었다. 소대장과 중대장의 조사 결과 1분대에 문제를 일으키는 관심사병 역시 없었다. 병사들 간의 사소한 문제도 보고된 적이 없다. 옆 내무실을 쓰는 다른 분대의 중대원들 역시 문제는 전혀 없었다고 진술을 했다. 오히려 다른 분대에 비해 훈련도 내무생활도 모범적이었으며 지난 달 있었던 사격에서 1등을 하여 포상으로 분대 외출을 나가기도 했다. 한 가지 재고할 부분은 이 외출이 사망하기 3일 전이었고, 살아남은 양 상병만 휴가로 빠졌다. 양 상병을 뺀 전 부대원이 근교에 나가 고기를 구워 먹으며 약간의 음주를 허용하였다. 소대장이 인솔자로 같이 나가서 아무 문제없이 즐겁게 휴식을 취한 후 복귀를 했다고 한다. 마트와 정육점도 조사를 하여 그날 먹은 음식에 대한 조사도 진행하였으나 전혀 이상이 없었고, 같이 먹은 소대장은 건강에 이상이 없었다. 이 사건의 키는 양 상병과 소대장이 쥐고 있다. 분대 외출을 나갔을 때 무슨 일이 일어났을 것이다. 둘의 진술을 꼼꼼히 읽기 시작했다.

19

'끼이익'

기차가 플랫폼에 섰다.

"드디어 왔다."

여자 친구 수현이와 점심을 먹고 기차역에 일찍 도착했다. 커피를 하나씩 사서 들고 기차가 도착하지도 않은 플랫폼으로 내려와 의자에 앉아 기차를 기다리고 있었다.

"진짜 갈 시간이네."

수현이는 눈물이 많다. 벌써부터 눈시울이 빨개졌다.

"응. 조심히 잘 들어가. 오빠."

지금 이 순간이 제일 싫다. 4박 5일 휴가를 마치고, 부대 근처로 가는 기차에 오르는 순간이다. 이번이 세 번째 배웅인데 수현이는 지난 두 번도 내가 보이지 않을 때까지 울었다. 오늘은 그래도 적응이 됐는지 아니면 참고 있는 것인지 울지는 않는다. 이번에도 난 전혀 적응이 되지 않는다. 도살장에 끌려가는 소의 느낌이다. 소는 끌려가기라도 하지 나는 죽으러 가는 것은 아니지만 내 발로 가야 한다. 이제 상병이라 이병, 일병 때보다는 훨씬 생활이 나아졌다 해도 너무 가기 싫다. 휴가가 제일 필요한 사람은 방금 휴가를 끝낸 사람이라는 말이 너무나도 가슴에 와 닿았다.

'쪽'

수현이 입술에 살짝 뽀뽀를 했다. 내가 손을 흔들자 수현이도 손을 흔드는데 눈시울이 빨개졌다.

"들어가서 연락할게."

"응. 오빠 몸조심 해. 얼른 갔다가 얼른 나와."

마지막으로 인사를 핑계로 한 번 더 돌아봤다. 다시 돌아서서 기차 출입구 계단을 올라갔다. 한 걸음 올라가고 또 돌아서서 수현이를 보고 손을 한 번 더 흔들었다.

'아~ 가고 싶지 않다.'

미적거리며 천천히 오르니 기차가 바로 출발을 했다. 재빨리 객석 쪽으로 가서 창밖을 바라봤으나 수현이는 이미 멀어져서 사람들 속에서 간신히 찾을 수 있는 정도였다. 눈이 마주쳤지만 이내 가까운 창문을 통해서는 볼 수 없을 정도로 멀어졌다. 아쉬움을 뒤로 하고, 내 자리를 찾아 앉았다.

'11열 A니까 9…10…11…A.'

통로 쪽 자리에는 중년의 남자가 앉아 있었다. 짐을 위에 올리고, 몸을 옆으로 틀어서 아저씨를 피해 내 자리에 앉았다. 수현이에게 바로 톡을 했다. 정말 예전에는 스마트폰 없이 어떻게 군 생활을 했는지 생각만 해도 끔찍하다.

[자리 잘 잡았어. 조심히 들어가~]

[응. 오빠 피곤한데 한숨 자.]

[4박 5일 너무 짧다ㅠ]

[ㅇㅇ 꿈처럼 지나갔어. 다음 휴가는 까마득ㅠ]

4박 5일 동안 제대로 잔 날은 하루밖에 안 된다. 자는 시간도 아까워서 밤새워 놀다가 3일 차에 체력에 한계를 느끼고 뻗었다. 어제도 마지막 날이라 거의 잠을 자지 않았는데 기차에 타고도 복귀할 생각에 잠이 잘 오지 않았다. 그렇게 수현이랑 톡을 하다가 긴장이 풀렸는지 나도 모르게 잠이 들었다.

"저기요."

누군가 나를 흔들어 깨워서 눈을 떴는데 옆에 있던 아저씨는 없고, 젊은 여자 둘이 서 있었다.

"네!"

잠이 덜 깨서 나도 모르게 대답을 했다. 갑자기 깨서 순간적으로 부대인가 싶었는데 바로 정신을 차렸다. 일병만 됐어도 관등성명을 댔을 수도 있으나 상병을 달고 기합은 좀 빠졌다. 게다가 4박 5일 휴가 동안 관등성명을 하지 않으려고 엄청 노력을 한 뒤라 짧게 대답만을 했다.

“저기 자리 좀 비켜 주실 수 없으세요?”

잘 자고 있는데 자리를 잘못 찾은 사람인 것 같았다. 혹시 몰라서 스마트폰 어플을 켜고 다시 내 자리를 확인했다. 내 자리가 맞았다.

“자리요? 여기 제 자린데 무슨 자리 말씀이신지.”

관등성명은 안 할 수 있었는데 이상하게 모르는 사람한테는 ‘요’로 끝을 맺기가 어색했다. 그래도 ‘다’나 ‘까’로 끝을 맺으면 너무 군인 티가 나는 것 같아 나도 모르게 뒤를 흐리게 됐다.

“저희 힘들어서 그러는데 자리 좀 비켜 달라고요.”

너무 황당한 요구라 다시 말하는데도 잘못 들은 줄 알았다. 잠시 멈칫했지만 바로 상황파악이 됐다. 나보고 자리를 양보하라는 것이었다. 정확히는 양보도 아니고 비키라는 것이다.

“제 자리 맞는데 혹시 표를 잘못 보신 것 아니신지.”

“군인도 앉아서 가요? 그냥 좀 비켜 주면 안 돼요?”

처음에는 부탁인 듯했지만 바로 짜증 내는 말투로 바뀌었다. 잠도 다 달아나고, 갑자기 화가 치밀어 올랐다.

“제가 왜 비켜 드려야 하죠? 군인은 돈 주고 표를 사도 앉아서 가면 안 돼요?”

짜증을 내던 여자는 논리적으로 반박을 하자 할 말이 없는지 잠깐 동안 나를 쳐다보고 있었다. 침묵이 흘렀다. 뒤에 서 있던 여자가 앞 사람을 잡아당기며 귀찮다는 듯 말했다.

“짜증 나. 가자.”

'아니. 짜증은 내가 나는데 무슨 말을 하는 거야.'

휴가를 나가도 군복을 잘 입지 않는 것이 우리나라에서 군인은 조롱의 대상이기 때문이다. 은근히 깔보고, 무시하기 일쑤다. 군복을 안 입어도 머리 모양 혹은 모자를 보면 어느 정도 군인인 것이 티가 난다. 여럿이 모여 있으면 대놓고 '군바리다. 군바리 냄새나.' 이런 말을 아무렇지 않게 하고, 대중교통을 이용할 때 옆에 앉거나 바짝 붙게 되면 무슨 더러운 것에 닿는 것처럼 행동하는 것이 예사다. 우리가 훈련받고 부대에 있을 때나 땀 냄새가 나지 밖에 나와서는 일반인이랑 똑같다. 물론 이런 행동을 하는 사람들은 진짜 냄새가 나서 그러는 것은 아닐 거다. 군인들에 대한 편견과 기본적인 인식이 배어 나와 행동으로 나타나는 것이다. 우리나라처럼 군인들이 낮은 대우를 받는 나라는 또 없을 것이다. 심지어 직업 군인도 아닌 나라를 위해 봉사를 하러 간 사람들인데도 말이다. 휴가 복귀라 안 그래도 기분이 좋지 않은데 개념 없는 것들 때문에 내상도 입었다. 내리는 역까지 분한 마음에 잠도 오지 않아 창밖만 바라봤다. 역에서 부대까지는 택시를 탔다. 복귀자가 많으면 차량 지원이 나오는데 오늘은 나 혼자 복귀라 택시를 탔다. 내무실에 들어오니 일과가 막 끝나서 다들 환복을 하고 있었다. 부대원들을 보니 복귀한 것이 제대로 실감 난다.

"충성."

"충성."

"휴가 잘 갔다 왔냐!"

"예. 잘 다녀왔습니다. 막내야! 박 병장님 어디 계시냐?"

휴가에서 돌아오면 일단 내무실 최고 선임자에게 복귀신고를 해야 한다.

"밖에 담배 피러 가셨습니다."

짐을 내려놓고 흡연 구역으로 가니 박병석 병장이 혼자 땅을 보며 담배를 피우고 있었다. 힘들어 보인다. 축구 전후반 90분 뛰고 체력이 완전히 방전된 모습 같았다.

"박병석 병장님. 충성!"

박 병장은 나를 돌아보고 손을 빠르게 이마에 올렸다가 내렸다.

"상병 정석원. 휴가 복귀했습니다."

"그래. 소대장 보고 하고, 쉬어라."

"네. 감사합니다."

박 병장 얼굴이 며칠 사이 많이 탄 것 같다. 여름이니까 그럴 수도 있는데 힘들어 보이고, 뭔가 분위기도 어두운 것 같았다. 퇴근하려는 소대장님한테도 신고를 하고, 내무실로 돌아와 환복을 하는데 이상하게 다들 조용하다. 평소였으면 휴가 다녀온 나에게 이것저것 물으며 화기애애한 분위기가 조성되었을 것이다.

"상혁아!"

"일병 이상혁."

내 옆자리를 써서 평소 친하게 지내는 상혁이에게 물었다.

"무슨 일 있었어? 왜 이렇게 조용해?"

"아무 일 없습니다."

"근데 왜 내무실 밖으로 나가는 사람도 없고, 침울한 분위기냐?"

"일요일에 분대 회식 나갔다 오고 다들 좀 피곤한 것 같습니다."

지난 달 있었던 사격에서 우리 분대가 1등을 했다. 사격 전 안전사고 없이 잘 끝난다는 전제하에 대대장님이 1등 분대에게 약속한 포상금으로 일요일에 회식을 나갔었다. 나는 이미 휴가를 올려놓은 상태라 이번 주로 회식을 옮기는 것도 생각을 했었는데 이번 주는 소대장님이 참석할 수 없는 상황이었다. 또 다음 주는 휴가자가 두 명이라 계속 연기를 할 수 없어서 내가 빠지는 최선책을 선택하게 되었다.

"술을 많이 마셨어?"

"적당히 마셨습니다. 나름 재미나게 놀다 왔는데 저도 이상하게 몸이 많이 피곤합니다."

"어. 그래. 쉬어라."

어제도 아니고 그제 나갔다 왔는데 아직도 피곤한 게 이상하기는 했지만 별 생각 없이 환복을 하고 밖에 나가 수현이에게 전화를 걸었다.

"여보세요."

"집에 잘 갔어?"

"웅. 오빠도 잘 들어갔지?"

"벌써 보고 싶다."

"나두. 나두."

"벌써 다음 휴가가 기다려진다. 언제 우리 수현이 보러 가나."

"내가 한 번 간다니깐."

"이제 개강하면 바빠져서 연락도 잘 안될 거 같은데."

군대에 처음 들어왔을 때는 연락이 조금만 안돼도 불안한 마음에 전화를 자주 했었다. 오늘은 뭐 했는지 왜 편지는 안 쓰는지 요구도 많았는데 이제는 많이 내려놓은 상태다. 아무리 군대지만 내 자신이 너무 찌질해지는 것이 싫었다. 솔직히 거짓말을 해도 내가 확인할 길이 없는데 추궁을 하면 할수록 수현이랑 싸우기만 할 뿐이라 다 포기했다. 정확히 이야기하면 속으로는 처음이랑 똑같은데 포기한 척을 하고 있다.

"오빠 전화는 내가 잘 받을 테니까 걱정하지 마."

전화 통화 중에 저녁 식사를 알리는 소리가 들렸다. 먹고 싶지 않아도 가야 한다.

"나 저녁 먹으러 가야 돼. 또 연락할게."

"응. 오빠 많이 먹어."

"응. 안녕."

저녁을 많이 먹을 수가 있을 리 없다. 밖에서 수현이랑 유명한 맛집만 다녔는데 짬밥을 어떻게 많이 먹을 수가 있나. 적당히 먹고 와서 집에도 전화를 했다. 이제는 반도 안 남았으니 몸조심하라고 집에서 나올 때 했던 위로를 또 해 주신다. 싱숭생숭한 마음으로 밖에서 가지고 온 짐을 정리했다. 내가 내 정신이 아니라 내무반 사람들을 챙길 겨를이 없었다. 분위기가 좀 처진 것 같긴 했으나 다들 TV 보고, 쉬고, 평소와 크게 다르지 않았던 것 같았다. 회식 후 이틀이 지나도록 피곤하다는 것도 대수롭지 않게 생각하고 크게 마음을 쓰지 않았다. 내 코가 석자라는 말이 딱 맞았다. 그렇게 점호를 받고 잠이 들었다.

'빠빠 빠빠빠 빠빠라바빠 빠빠빠'

기상을 알리는 소리에 잠에서 깼다.

'이제 진짜 시작이구나.'

기지개를 한 번 켜고, 늑장을 부리며 일어나는데 제일 먼저 일어나는 막내랑 후임들이 일어나지를 않는다. 피곤하다더니 다들 정신 못 차리는 것 같았다. 일단 옆에서 자는 상혁이를 깨웠다.

"이상혁! 이상혁! 빨리 일어나서 막내 깨워라."

내 목소리에 다른 사람들도 일어나라고 좀 크게 이야기했는데 모두가 미동도 없다. 뭔가 이상해서 상혁이를 좀 세게 흔들었다.

"야! 야! 일어나라고!"

상혁이의 고개가 힘없이 돌아갔다. 가슴이 '덜컥' 내려앉았다. 영화나 드라마에서 많이 보던 죽은 사람들의 반응이다.

'설마 죽은 건가?'

잽싸게 내려와 막내 자리로 가서 막내를 흔들었다.

"막내야! 막내야!"

막내도 목에 힘이 없다. 몸을 흔들어 봤지만 몸 전체에 힘이 들어가지 않는 느낌이었다. 너무 무서웠다. 바로 밖으로 나가 당직실로 갔다.

"정동일 하사님, 큰일 났습니다."

"뭐야~ 너. 경례도 안 하고!"

"내무반에 아무도 일어나질 않습니다."

당황해서 당직부관이 무슨 말을 하는지 들리지 않았다. 그냥 내 할 말을 해 버렸다.

"뭐?"

당직 서던 정 하사는 순식간에 당직실을 빠져나가 우리 내무실로 달려갔다. 나도 바로 따라가는 중 다른 내무실에서 나오던 애들도 우르르 우리 내무실로 몰려들었다.

"박병석! 박병석!"

정 하사는 분대장인 박 병장을 먼저 흔들어 깨웠다. 반응이 없자 다른 대원들을 깨우기 시작했지만 반응이 없었다. 따라 들어온 다른 소대원들이 일어나지 않는 우리 내무실 애들을 깨우고 숨을 쉬나 확인했다. 정 하사는 뭔가 잘못된 것을 느꼈는지 나를 포함한 다른 소대원들을 모두 밖으로 나가도록 했다.

"전원 내부실 밖으로 나가! 여기 1분대 말고, 다른 내무반은 안 일어나는 인원 있나 파악해. 바로 인원 파악해서 분대장들은 당직실로 보고하도록. 그리고 다들 아무것도 만지지 말고, 이 내무실로 아무도 들어오지 마."

다른 내무반은 아무 이상이 없었다. 중대장이 오고, 대대장이 오고, 그리고 마지막으로 헌병대가 왔다. 다른 사람이 올 때마다 나는 불려 갔고, 똑같은 질문이 이어졌다. 난 앵무새처럼 똑같은 대답을 했다.

'내가 휴가를 안 나갔으면 나도 죽었을까?'

20

“삼겹살 다섯 근 주세요.”

“네. 다섯 근이요.”

정육점 직원이 길게 잘려 있는 삼겹살 뭉치를 전자저울에 올린 후 버튼을 눌렀다. 좀 모자란 건지 두 줄을 더 올린다. 저울을 보고는 한 줄을 들었다 내렸다 하더니 그냥 다 올려 버렸다.

“200g 더 드렸습니다.”

“감사합니다.”

비닐에 담은 고기를 들고 밖으로 나와 차에 올랐다. 오늘 1분대원들이랑 회식으로 고기를 구워 먹기로 했다. 마트에 먼저 들러서 산 술, 음료수, 과자, 라면은 이미 차에서 대기 중이다. 지난 사격에서 사고 없이 잘 끝나면 최고 점수 분대에 금일봉을 지급하겠다는 대대장의 약속대로 1분대가 50만 원을 받았다. 이 중 30만 원은 중대 간식비로 떼어 놓고, 나

머지 20만 원으로 1분대만 일요일 점심에 야외로 나가 고기를 구워 먹기로 했다. 간부가 한 명은 같이 나가야 돼서 소대장인 내가 같이 가게 되었다. 부대로 복귀하니 이미 1분대원들이 병사 밖으로 나와서 나를 기다리고 있었다.

"다 나왔어?

"예."

"정석원이 빼고 8명 맞아?"

"맞습니다."

"배차는 됐지? 차량은 언제…."

말하는 사이에 1과 1/4톤 트럭이 올라왔다.

"다들 타라! 가자."

"와~~"

병사 밖에 나와 있던 다른 중대원들이 부러운지 야유 섞인 환호를 했다. 분대원들은 뒤로 올라타고, 나는 조수석에 올라탔다.

"어디 가는지 알지? 하갈 숲."

"옙."

하갈 숲은 동네 사람 말고는 오는 사람이 거의 없어 우리끼리 편하게 놀 수 있는 장소다. 여름이라 바로 앞 호수에서 수영도 할 수 있고, 간부들끼리 혹은 가족과 함께 찾는 곳이다. 근처 읍내 식당에서 편하게 먹어도 되지만 그렇게 나가서 먹으면 50만 원도 모자랄 수 있다. 그래서 분대원들에게 하갈 숲에서 우리끼리 편하게 먹자고 제안을 했다.

"읍내 식당에 가서 먹으면 고기도 별로고 너무 비싸지 않아? 하갈 숲 알지? 거기 가서 삼겹살이나 구워 먹자. 수영하고 놀다가 저녁에 라면 끓여 먹고 복귀하면 좋잖아."

다들 박 병장 눈치를 보고 말을 할까 말까 참고 있으니 박 병장이 먼저 입을 열었다.

"읍내 바가지요금 지긋지긋합니다. 저는 우리끼리 구워 먹는 거 찬성입니다."

박 병장이 찬성하자 평소 말이 많은 최 상병이 말을 더했다.

"고기 진짜 이상한 거 줘요. 구우면 물이 막 나오는 게 맛도 없습니다. 8명이 가서 먹는데도 서비스 하나도 안 주고, 고기값도 군인이 가면 1인분에 4천 원씩 더 받습니다. 다른 식당도 다 메뉴판이 따로 있어서 군인이 가면 비싼 메뉴판 줍니다."

선임들이 불만을 이야기하자 다들 봇물 터지듯이 불만을 이야기했다.

"서울 시내 5만 원짜리 모텔보다 못한 여관이 9만 원씩 받습니다."

"비슷한 정도면 부대 앞이니까 그러려니 하는데 이건 냄새나는 화장실에 샤워기 고장, 벽지는 곰팡이도 피어 있습니다.

"피시방은 비회원이라고 2,000원 받습니다. 그래서 회원 가입하려고 하면 주말에는 안 된답니다. 그냥 군인은 비싸게 받겠다는 것입니다."

"다른 나라는 군인들은 돈을 안 받기도 한다는데 여긴 호구로 안 보면 다행입니다."

다들 한마디씩 하는데 중간에 내가 잘랐다.

"그래, 심지어 나도 당한다. 알았으니까. 우리끼리 먹는 거로 결정한 거다."

"예."

난 직업군인인데도 당하는데 애들은 오죽하겠나 싶다. 그래도 지금은 그게 중요한 게 아니고, 장소를 정하는 중이라 일단 말을 끊고, 장소를 하갈 숲으로 결정했다.

아직 8월이라 한낮에는 30도가 넘는 무더위지만 역시 강원도는 숲이 많아서 더위가 덜하다. 마침 오늘은 구름도 적당히 있어서 소풍 가기 딱 좋은 날씨다. 20분 정도 비포장도로를 달려 목적지에 도착했다. 소나무 솔향기가 진하게 풍겼다. 나무가 워낙 많은 동네라 삼림욕을 항상 하고 있지만 솔향기를 맡으면 박하사탕을 먹은 것처럼 상쾌함이 밀려온다. 운전병에게 6시에 다시 오라고 했다. 운전병은 같이 하고 싶은 아쉬움이 가득한 눈빛을 보인 후 부대로 복귀했다. 소나무 숲 안은 황토바닥이었다. 중간에 제일 넓어 보이는 공터가 있어 대충 자리를 잡고, 가져온 준비물들을 펼쳤다.

"깔아라."

"고기는 누가 구울 거야?"

"상병 이민형. 제가 굽겠습니다."

이번 달에 갓 상병을 단 민형이가 나섰다. 인사병에게 말해서 드럼통으로 만든 불판도 가져왔다. 마트에서 사온 숯에 불을 붙이니 대학교

MT 온 기분이었다. 고기를 굽기 시작했다.

"기름 부분만 잘라서 불판을 한 번 문질러 줘야 고기가 안 달라붙습니다. 고기 구울 줄 모르시는 것 같은데 그냥 제가 구웁니까?"

"이건 석쇠라 그냥 해도 돼. 저리 안 가! 확 너도 구워 버린다."

"저는 맛이 하나도 없습니다. 지방이 두툼한 성엽이를 추천드립니다."

민형이 바로 밑인 김 일병이 장난을 걸었다. 두 달 차이가 나지만 둘은 죽이 잘 맞아서 붙어 있는 모습을 자주 봤다.

"고기 제대로 못 구우면 있다 수영할 때 물 먹일 거야."

중학교 때까지 수영선수를 했던 병장 김혁이다. 다들 신이 난 게 눈에 보였다. 스무 살이 넘은 성인이지만 군기만 빠지면 바로 애들이다. 가끔 이런 애들한테 병기를 쥐어 주고, 전쟁하는 방법을 가르치는 것이 맞나 싶지만 현대 사회에서 군대가 존재하는 가장 큰 이유는 방어다. 요즘 양심적 병역 거부라는 것 때문에 논란이 되고 있는데 누구도 폭력이 좋아서 군대를 가는 것은 아니다. 누군가에게 폭력을 가하며 다른 나라를 침공하기 위해 군대를 조직하는 것이 아니라 다른 나라에 억울하게 당하거나 침입을 당하지 않기 위해서다. 역사적으로 우리나라가 주변 국가들로부터 얼마나 많은 침공을 당했는지 국사를 공부한 사람이면 다 알 것이다. 현재 우리나라는 종전 선언이 안 된 휴전 상태이며, 중국, 일본이라는 강대국 사이에 끼어 있는 상황이다. 군사력이 강하지 않으면 억울한 일을 당할 수 있는 것은 물론, 잘못하면 전쟁이 날 수도 있다. 예를 들자면 코미디언 강호동 같은 사람에게 쉽게 시비를 거는 사람은 없을 것이다. 강호동보다 힘이 센 사람도 있겠지만 그래도 강호동과 싸우면 본인도 적지 않은 상해를 입을 것이기 때문에 쉽사리 건드리지 않는다. 남들이 쉽게 생각할 수 없도록 강해지는 것이 필요해서 군대를 만드는 것이다. 우리나라 젊은 남자들이 이런 의미에서 오랜 기간 나라와 국민을 위해 봉사를 하는 것이다. 폭력을 쓰며 병기를 다루고 싶어서 군대를 가지는 않는다. 오히려 강한 군대의 존재가 전쟁을 예방할 수 있는 것이며 군대가 약할수록 폭력과 전쟁을 겪을 가능성이 더 커지는 것이다. 폭력이 싫어서 양심적으로 병역을 거부한다는 것은 한마디로 헛소리다.

"맥주나 한 잔씩 따라 봐!"

"저는 소주 마시겠습니다."

"아! 저도 소주가 좋습니다."

"다 따랐어? 잔소리 같지만 오늘 너무 많이 마시지는 말고, 시간 많으니까 천천히 마셔. 사격 열심히 잘했다. 1등 축하한다. 건강하자!"

"건강하자."

첫 잔이라 내가 한마디 했다. 중간중간 계속 잔소리하고 지켜보긴 하겠지만 술 마시면 사고가 안 나는 것이 제일 중요하다.

"석원이만 빠져서 아쉽네."

"지금 여자 친구랑 더 좋은 거 먹고 있어."

"그건 그렇습니다. 아~ 부럽다."

"석원이는 아직 여자 친구랑 잘 만나는구나. 석원이가 상병 5호봉인가?"

"예. 5호봉입니다."

"그럼 위기는 넘겼네. 전역할 때까지 가겠는데."

일병 때가 제일 많이 여자 친구와 헤어지는 때이고, 상병이 되자마자 헤어지는 장병들도 많다. 이 기간을 지나면 거의 전역할 때까지 간다고 보면 된다.

"민형이는 잘 만나고 있고?"

일반사람들도 그렇지만 군대에서 여자 친구의 유무는 엄청난 관심사이다. 여자 친구의 면회, 선물, 편지는 병사들의 계급과 상관없이 다른 병사들에게 심리적인 우위를 느끼게 해 주는 절대적인 요소이다. 병사들의 사기를 위해 이런 것들도 챙겨야 하는 것이 간부의 역할이라 사생활이라도 어쩔 수없이 물어보곤 한다.

"지금 위기입니다."

"왜? 무슨 일이야?"

역시나 일병 때가 힘들다. 밑에 이병 챙겨야지, 본인 할 일도 많지, 위에 눈치 봐야지, 군 생활은 아직도 많이 남았지, 여자 친구와 소원해지는 시기에 할 일도 제일 많을 시기다.

"연락이 잘 안된답니다."

김혁 병장이 대신 이야기를 했다. 군대에 있어도 똑같다. 연락이 잘 안되는 것이 시작이다.

"개강해서 바쁜 거지."

헤어지는 애들이 너무 많아서 부정적인 말을 많이 들었을 것 같아 나는 긍정적인 위로를 해 줬다. 그리고 얼른 화제를 바꿨다.

"석원이는 연락 오고 있지?"

"어제 제가 근무 서다가 전화 받았는데 김진석 병장님 만났다고 했습니다."

"진석이 형이라고 해야지. 제대한 지가 언젠데. 흐흐."

"진석이 형 만난다고 했습니다."

제대하면 다 형이고 친구라며 병사들끼리 늘 하는 농담이다.

"오~ 차이 많이 나는데 친했어?"

군대에서 차이 얼마 안 나는 사람이나 동기들을 나가서 만나기는 하는데 이렇게 차이 많이 나는데도 만나는 경우는 드물어서 내가 신기하다는 듯 물었다.

"아들 군번인데 사는 지역도 같아서 잘 해 주고 친했습니다."

"맞습니다. 제가 얼마나 부러웠는지 모릅니다. 군대에서도 지연, 학연이 이렇게 중요한 줄 몰랐습니다. 하하."

"아~ 그래서 진석이는 뭐 한다는데?"

"아직 반 학기 남았는데 공무원 준비한다고 합니다."

"아~ 그래도 진석이는 성실하니까 열심히 하면 되겠지. 근데 군 가산점 다시 안 생겼지?"

"생길 리가 없죠. 요즘 세상이 여성 상위 사회로 가고 있습니다."

"그건 네가 위에서 만족을 못 시켜 주니 그렇지."

“아. 저는 누워 있을 때가 그렇게 좋습니다.”

“하하하.”

군대에서 이 정도 성적인 농담은 아주 수위가 낮은 수준이다. 한창 왕성할 때의 남자들만 잔뜩 모아 놓으니 음담패설이 생활화되어 있는 놈들이 있다. 몸으로 풀지를 못하니 입으로라도 푸는 것 같다.

“저도 나가면 공무원 준비하려고 하는데 군 가산점이 왜 불평등이고 차별이라는 건지 진짜 이해를 못하겠습니다. 나라를 위해 최저시급 근처에도 못 가는 월급 받으며 집에도 못 가고 봉사를 했는데 다른 곳도 아니고 공무원 채용 시험에 고작 2% 가산점도 못 주겠다니 말이 됩니까?”

“이런 걸 차별이라고 말하는 자체가 웃음이 나옵니다. 남자만 군대 간다는 것부터가 차별인데 남자라서 받는 가산점이라니. 그럼 군대 갔다 와서 가산점 2% 받을래? 군대 안 갈래? 하면 다들 군대 안 가려고 할 거면서.”

“주제가 무겁네. 내가 말을 잘못 꺼낸 것 같다. 일단 한 잔 더 하자. 분위기도 띄울 겸 막내부터 노래나 한 곡씩 해 보자.”

재밌게 놀아야 하는 날인데 우울한 이야기를 꺼낸 것 같아 분위기 반전을 시도했다. 물론 가산점 문제는 나도 제대를 하게 되면 관련이 되는 것이라 관심이 많다. 시험을 치를 때 2% 가산점을 주고, 공무원 합격 시 근무한 호봉을 더해 주는 것은 딱 군대 기간 공백에 대한 최소한의 보상이라고 할 수 있다. 군대에서 못 먹고, 못 입고, 못 자는 자유를 빼앗기며 하기 싫은 일을 하는 등의 정신적인 보상은 전혀 고려되지 않는다. 20대

초반은 경험적인 면에서는 떨어질 수 있으나 인간이 지능적, 체력적, 정신적으로 가장 강한 전성기라 할 수 있고, 이 중요한 시기에 1~2년의 시간을 나라에 봉사하는 것이다. 또한 제대 후의 적응기간도 전혀 고려되어 있지 않다. 일상적인 생활을 하는 데 적응하는 것뿐만 아니라 어떠한 일을 하다가 군대를 갔던 공백기를 가지면 다시 정상 궤도에 오르는 시간도 필요하다. 이 외에도 고려되어야 할 수 없이 많은 요소들이 있지만 한국 남자라면 누구나 간다는 이유로 인정받지 못하며 너무나도 약소한 보상조차 차별이라는 이유로 받지 못하고 있다. 과연 군대를 가는 것이 차별인 것인지 갔다 와서 보상을 받는 것이 차별인지 생각해 봐야 한다.

"짝짝짝짝."

"야~ 막내 노래 잘하네."

나도 몇 살 안 먹었지만 요즘 애들은 음치가 없는 것 같다. 반주도 없이 노래를 다들 잘한다.

"자. 다음은 누구야?"

"일병 전성엽."

"오~~ 뭐 부를 거야?"

"무조건 부르겠습니다."

"분위기 이어 갑니다."

그렇게 삼겹살에 술을 마시며 노래 한 곡씩을 했다. 분위기가 한껏 달아올랐고, 호수에 들어가 물놀이도 한바탕했다. 나는 잠깐 몸만 담그고 나와 감독관 역할에 더 충실했다. 중간 중간 주의를 주기는 했지만 위험한 행동을 하는 모습은 발견되지 않았으며 다들 신나게 잘 놀았다. 낮잠도 자고, 저녁으로 남은 고기 넣어서 라면도 끓여 먹으니 차가 왔다. 모두가 만족할 정도로 먹었고, 많이 취한 사람도 없었고, 사고도 없었으니 성공적인 회식이었다. 이때까지는 그런 줄 알았다.

"분대장! 7시 반까지 다들 씻고 재워. 오늘 1분대는 점호 없다. 웬만하면 내무실 밖으로 나오지 않게 해."

"예. 알겠습니다."

나도 숙소로 올라가서 TV를 보다가 잠들었다. 그 다음 날인 월요일도 평상시와 다르지 않았다. 화요일도 이상하다고 느끼진 못하고 지나갔는데 지금 생각해 보니 애들이 약 먹은 병아리 마냥 힘이 없었던 것 같다. 특별한 훈련이 있지는 않아서 육체적으로 피곤할 것도 없었는데도 힘들어하는 것 같았다. 매번 애들이 빠릿빠릿하게 움직이는 것도 아니고 해서 무심히 그냥 넘어갔었다.

예상했던 대로 사망의 원인은 알 수 없었다. 자리에서 일어나 문을 열고 나가니 복도에 아무도 없었다. 혹시나 현관 쪽으로 가 보니 담당자가 담배를 피우고 있었다. 나를 발견하고는 빠르게 다가왔다.

"질문 있으십니까?"

"아닙니다. 다 봤습니다. 요약하면 그냥 우연히 분대 전체가 돌연사한 것이네요. 정확한 원인을 모르니."

담당자는 뭐라고 대답을 해야 할지 잠시 망설이고, 답을 했다.

"현재로서는 그렇게 밖에 대답을 못할 것 같습니다. 휴가를 나갔던 양상병과 소대장이 사망한 대원들과 다른 점을 계속 찾고는 있는데 아직 나오는 게 없습니다."

"예. 알겠습니다. 협조해 주셔서 감사합니다."

의문점만 남긴 채 돌아서려는데 담당자가 질문을 해 왔다.

"그런데 이 사건은 왜 관심을 가지십니까?"

"아. 처음에 바로 나가셔서 설명을 못 드렸군요. 아직 부검 결과가 안 나오기는 했는데 이렇게 자다가 갑자기 사망한 사건이 두 건이나 더 있어서 혹시 뭔가 단서가 될 만한 것이 있는지 알아보려고 왔습니다."

"이렇게 여러 명이 한꺼번에 죽었습니까?"

"그런 건 아니고요. 한 명씩 두 건이 있습니다. 사망자가 전날 피곤한 기색이 있었는데 수면 중에 그냥 숨지는 것이 같습니다."

"아. 혹시 그 사건들 해결이 되면 연락 좀 부탁드리겠습니다."

"예 그럼요. 꼭 연락드리겠습니다. 수고하십시오."

"감사합니다."

그렇게 헌병대를 나와 서울로 차를 달렸다. 초가을로 접어들어 해가 많이 짧아졌다. 7시가 살짝 넘은 시간인데 노을이 지고 있었다. 1년에 두어 달 정도밖에 안 되는, 마음 놓고 야외활동을 할 수 있는 시기다. 몇 년 전부터 찬바람이 불기 시작하면 미세먼지가 나타나서 봄까지 전국을

뿌옇게 감싸기 때문이다. 여름은 뙤약볕이라 활동하기에는 힘드니 더위가 주춤하는 초가을 두 달 정도만이 맑고 깨끗한 하늘을 볼 수 있다. 봄을 빼앗겼다. 일정에 없던 헌병대 방문으로 복귀 시간이 많이 늦어졌다. 허기가 느껴져 엑셀을 세게 밟으며 속력을 올렸다. 서울을 알리는 표지판을 빠르게 지나쳤다. 이때는 내가 조만간 다시 철원으로 오게 될 줄 까맣게 모르고 있었다.

21

"청장년급사증후군이라는 것이 정확하게 사인을 알 수 없는 거죠?"

"그렇지. 여러 가지 원인이 있을 수는 있는데 피로와 스트레스가 쌓여서 그런 경우가 많아."

감식 결과가 나왔다. 김현민 씨의 부검결과가 나왔는데 예상대로 사인은 군인들과 같은 '청장년급사증후군'이다. 결과를 확인하는 동안 형철이의 부검 결과를 알리는 전화도 왔다. 역시나 '청장년급사증후군'이다. 그동안 알아본 결과로 이렇게 사망하는 사람이 연간 1,000여 명이나 될 정도로 많다. 어떻게 보면 자주 있는 일이니 그냥 넘어갈 수도 있지만 분대원들처럼 집단으로 사망한 예는 처음이다. 이게 무슨 병인지 좀 더 자세히 알아야 할 필요성이 느껴져 감식반 오 박사님을 찾아와 몇 가지 질문을 하는 중이었다.

"이게 자주 일어나는 일은 아닌 것 같던데요? 철원 쪽에 분대원 8명이 얼마 전에 청장년급사증후군으로 같은 날 동시에 사망했다고 합니다."

"정확히 통계는 모르겠는데 요즘에는 가끔 있지만 그렇게 흔하진 않아. 그리고 대부분 엄청난 스트레스를 받으면서 몇 주, 몇 달 생활한 사람한테서 많이 나타나지 갑자기 죽는 사람은 드물지. 평소에 심장 질환 있는 사람이나 가족력으로 심혈관계 안 좋은 사람들도 있고."

"거의 대부분이 스트레스가 원인이라고 보면 되는 거죠?"

"정확한 원인을 알 수 없으니 이름이 급사증후군인 것인데, 콩팥 위에 부신이라는 장기가 있어. 두 개가 있는데 사람이 스트레스에 시달리면 뇌에서 부신에 교감신경을 통해서 신호를 보내. 상사한테 쪼임을 당하거나, 일을 너무 많이 해서 스트레스가 쌓이면 말이지. 우리 몸이 지금 '위험하다'라고 인지하는 거야. 그러면 부신이 코티솔이라는 호르몬을 분비해서 혈압이랑 혈당이 올라가고, 피가 근육으로 전달돼서 몸이 짧은 시간에 큰 힘을 발휘할 수 있게 돼. 그렇게 해서 위기를 벗어날 수 있게 해 주는데 문제는 잠깐이면 괜찮은데 이런 현상이 지속되면 부신에 과부화가 걸리고 지치게 된단 말이지. 부신이 부으면서 사람이 무기력해지고, 나른해지고, 만성피로가 되면서 쇼크도 오고, 다른 병들도 생기고, 결국 죽을 수도 있는 거야."

"그럼 두 사람 다 부신이 부어 있었던 건가요?"

"그렇지. 그런데 이상한 건 코티솔이 엄청나게 다량으로 검출됐다는 거야. 부신도 이렇게 많이 부어 있는 건 처음 봤어. 뭔가 부신에 작용해서 코티솔을 엄청나게 발생시키고 사라졌다고 의심이 되는데 약물 같은 건 전혀 검출이 되지가 않아."

"약물이 됐든 뭐가 됐든 인체에 들어와서 부신에 작용하고 사라졌다면 알 수가 없다는 거죠? 그랬을 가능성도 커 보이고."

"맞아. 딱 그거야."

"예, 설명 감사합니다. 일단 전국적으로 이렇게 사망한 사람이 또 있나 확인해 봐야겠네요. 수고하세요."

"그래, 수고해."

8명의 부대원이 한꺼번에 죽은 것이 이상하기는 하지만 그건 그냥 심증에 불과하다. 하지만 부검 결과 코티솔의 양이 비정상적으로 많다는 것이 더해지며 일반적인 과로사는 아니라는 것에 더 무게가 실렸다.

연구실을 나오며 헌병대 조사관에게 전화를 걸었다. 전화벨이 딱 한 번 울렸는데 조사관이 받았다.

"경위님. 안녕하십니까?"

나인 것을 알고, 받자마자 인사를 했다.

"예. 안녕하세요. 다른 사건 부검 결과 나와서 연락드렸습니다."

"아~ 감사합니다. 특별한 것이 있습니까?"

일단은 부검 결과를 공유했다.

"네. 제가 지난번에 두 명이라고 말씀드렸죠? 두 명 다 코티솔이라는 물질이 다량으로 검출됐다고 합니다."

"아. 코티솔 말입니까?"

당연하지만 헌병 조사관도 코티솔이란 물질을 처음 들어 보는 듯했다.

"네. 부신이라는 장기에서 배출하는 건데, 부신도 많이 부어 있고, 검출된 코티솔의 양이 엄청나게 많다고 하네요. 전화드린 것도 부검 내용 공유하는 것도 있지만 혹시 장병들 부검 때도 코티솔이 심하게 많이 나왔는지 확인 좀 부탁드리려고 연락드렸습니다.

"특별히 들은 바는 없는데 다시 확인해서 연락드리겠습니다."

"네 감사합니다. 확인 좀 부탁드리겠습니다."

"예. 바로 연락드리겠습니다."

그렇게 전화를 끊고, 10여 분 후에 다시 전화가 왔다.

"많은 양의 코티솔이 검출됐다고 합니다.

"부신은요?"

"부신도 부어 있었다고 합니다."

"아. 역시."

"정확히는 모르겠지만 도움이 되었으면 좋겠습니다."

"예. 감사합니다. 아직 사건의 윤곽이 잡힌 것은 아닌데요, 제가 조사를 더 해 보고 또 특이사항 있으면 연락드리겠습니다."

"신경 써 주셔서 감사합니다."

"그럼 수고하세요."

시작은 호기심이었지만 심상치 않은 느낌에 감을 따라 움직인 결과 약간의 단서를 잡은 것 같다. 하지만 이것만으론 단서가 너무 부족한 게 사실이다. 분명히 비슷한 죽음이 더 있을 것이다.

“세 가지 사건의 유사성도 있고, 부검 결과 일상적인 죽음은 아니라는 판단이 듭니다. 근데 아직 사례가 부족해서 이렇다 할 정보가 부족합니다. 그래서 최근 전국에서 청장년급사증후군 판결이 난 사건들 리스트를 뽑아서 의심스러운 건들을 조사해 보려고 합니다.”

“응. 그래 의심스러운 건 알겠는데 살인 사건도 아닌데 그 사건에 그렇게 집중할 필요가 있을까? 요즘 큰 건이 없기는 해도 너무 그 사건에만 매달리는 것 같은데.”

형철이가 내 지인이라는 것은 아직 부장한테 비밀이다. 잔소리 많은 부장이 매일 하는 말이 사적인 감정을 수사에 적용하지 말라는 것이다. 안 그래도 좋은 시선 못 받는 사건인데 말을 할 수가 없었다.

“다른 건들도 물론 다 챙기고 있습니다. 그렇지 민석아!”

“예. 고등학생 실종 사건은 가출 경력이 두 번이나 있는 애라 그쪽으로 방향 잡았습니다. 그리고 편의점 강도 건은 주변 CCTV 확보하는 중 입니다.”

내가 이 사건에 치우쳐 있는 동안 민석이가 다 챙기고 있었다. 기특한 놈.

“그래. 뭐 너네는 알아서 잘하니까. 변동사항 있으면 보고하고.”

“옙.”

보고라고 하기에는 그냥 모여서 대화 좀 하는 수준의 보고를 마쳤다. 부장이랑은 가족 모임도 가끔 하는 정도로 친해서 내가 하는 일에 태클 들어오는 일 거의 없이 지원을 많이 해 준다. 물론 그만큼 나도 신뢰가 가게 하기 때문에 상부상조하고 있는 것이다. 진급하려면 큰 건을 하나 해야 한다면서 은근히 눈치를 주긴 하는데 그게 내 마음대로 되는 것이 아니라.

"민석아, 자료 봤는데 나는 두 명이 좀 이상하던데. 너는 어때?"

최근에 돌연사로 죽은 사람들의 기록을 모아 검토 중이다. 일단 가장 최근 것들을 먼저 봤는데 내 눈에 딱 들어오는 것이 두 건 정도 있었다.

"아. 청장년급사증후군으로 죽은 사람들이요? 중학생은 확실히 이상하고요, 솔직히 다 이상해서 저는 잘 모르겠습니다. 형사 일 하면서 사람이 그렇게 쉽게 죽지 않는구나 생각했던 적이 많은데 이렇게 아무 이유도 없이 쉽게 죽는다는 것부터 이해가 잘 안 갑니다.

"나도 이거로 죽은 사람이 이렇게 많은 줄 몰랐네. 작년에만 800명이 넘잖아. 일단 최근 3달 안에 있었던 것들만 뽑아서 사망자의 부신이 비정상적으로 부었거나 코티솔 검출이 많았던 케이스만 모아 봐."

"예. 일단 최근 3개월 케이스는 따로 분리해 놓았습니다. 부신 관련해서는 전화해 보겠습니다."

"그래. 나는 일단 그 중학생 한 번 조사해 볼게."

정시완, 지성중학교 2학년, 성적은 중간 정도에 키 155㎝, 몸무게 63㎏. 체격이 크지는 않으며 약간 살이 있는 체형이다.

'그냥 보통 남자애네.'

형제로는 한 살 많은 누나가 있다. 할머니까지 다섯 식구가 같이 서래

마을의 단독 주택에 살았다. 아버지는 자수성가한 사업가에 엄마는 전업주부.

'귀여운 막내 도련님인가?'

생활 기록부를 봐도 특별한 것은 없었다. 조용한 성격에 교칙을 잘 지키며 책임감이 강한 모범생이다. 사망 전날도 특별한 일 없이 매일 가는 학원을 다녀온 후 방에서 자다가 사망. 학생 집에 전화를 해서 거절당할 것을 각오하고, 방문을 해도 되냐고 물었더니 예상외로 환대를 받았다. 보통 조사를 한 번 받은 후에 똑같은 이야기를 또 하냐며 별로 좋아하지 않거나 이제 다 끝났는데 왜 또 그러냐며 싫어하는 것이 보통이다. 전화를 받은 학생의 어머니는 돌연사라고만 하고, 수사를 안 해 준다며 오히려 사건에 관심을 갖는 것에 고마워했다.

방배역을 지나 큰 도로에서 작은 골목으로 들어서니 마당이 있는 좋은 주택들이 보이기 시작했다. 담이 높아 성처럼 안을 볼 수 없는 집이 대부분이었는데 가끔 새로 지은 집들은 정원이 다 보이는 집들도 있었다. 넉넉하게 살아 본 적이 없어서 그런지 이런 집들을 보면 일단 주눅이 든다. 내가 사는 세상과는 다른 이질감이 들며 신분제도가 사라졌지만 고위층의 사람이 걸어 나올 것 같은 위압감이 든다. 정시완 학생의 집 역시 으리으리하다. 갈색 벽돌들이 불규칙하게 박힌 담장에 검은 색 대문으로 리모델링을 한 것이 아닌가 하는 느낌이 들었다. 옆 도로에 차를 세우고, 대문 쪽으로 갔다.

'문이 왜 이렇게 커! 이런 문이 진짜 대문이긴 하지.'

'띵동~ 띵동~'

초인종을 누르고 응답을 기다렸다.

"네. 누구세요?"

"안녕하세요. 연락드렸던 양천경찰서 강현석입니다."

"네. 들어오세요."

'삡'

문이 열리는 소리와 함께 철문이 살짝 열렸다. 철문을 밀고 들어가니 눈앞이 온통 푸른색이다. 이 정도 조경이면 1년 관리하는 비용만도 만만치 않을 것 같다. 돌계단을 따라 걸어 올라가는 중에 앞치마를 두른 중년 여성이 현관문을 열었다. 인사를 하려는 순간 검은색 옷을 입은 다른 여성이 뒤따라 나왔다.

"아줌마, 제가 나갈게요. 안녕하세요. 연락받은 시완이 엄마입니다."

"예. 안녕하세요. 강현석입니다."

"들어오세요."

"그럼 실례하겠습니다."

현관 안으로 들어와 실내를 보고 한 번 더 놀랐다. 요즘 이런 집들은 보통 건물을 다시 짓거나 실내 인테리어를 다시 해서 고가 아파트 빰치는 수준의 현대식 인테리어를 해 놓는데 내 기대와는 정반대로 이 집은 80년대 벽돌집 수준이었다. 나무로 된 바닥과 문은 고풍스럽기보다는 그냥 오래된 느낌을 줬고, 고무나무, 돈나무, 난 등 화분이 거실 베란다를 가득 메우고 있었다. 시간을 20년 정도 거꾸로 돌려 초등학교 다닐 때 잘 사는 친구 집에 놀러 갔던 것이 생각나게 했다. 갈색 나무로 된 팔걸이가 있는 엔틱한 소파에 아주머니와 마주 앉았다.

"커피 한 잔 드릴까요?"

"오늘 커피를 많이 마셔서 물 한 잔만 부탁드리겠습니다."

"네. 아줌마! 물 한 잔 드리고, 난 커피 한 잔 주세요."

"네. 사모님."

아주머니가 음료를 가지러 주방 쪽으로 갔다.

"집이 좀 오래됐죠?"

"아니요. 마당도 넓고, 조경도 잘돼 있어서 너무 좋은데요."

"바깥양반이 좀 고지식한 면이 있어서 바꾸는 걸 싫어해요. 이 집에 이사 온 지 15년 됐는데 지은 건 30년도 넘었어요. 손님들 초대하면 아직도 이런 집이 있냐고 자꾸 그래서 얼마나 창피한지 몰라요."

"다들 부러워서 하는 소릴 겁니다."

초면에 진짜 오래된 것 같다는 말을 하지 못하고, 입에 발린 맨트를 날렸다. 아주머니가 물과 커피를 놓고 가시고 본격적인 질문을 시작했다.

"시완 군이 사망하기 전날 있었던 일을 생각나시는 대로 말씀해 주시겠습니까?"

"그날 시완이는 저녁에 학원을 안 갔어요. 피곤하고 몸이 안 좋다고 쉬었죠."

"원래 학교에서 바로 학원으로 가나요?"

"아니요. 집에 와서 과외를 먼저 하죠. 그리고 저녁 먹고 학원을 가요.

그런데 그날은 과외를 끝내더니 몸이 안 좋다고 하더라고요."

"자주 이런 일이 있나요?"

"전혀 없죠. 체력이 좋은 아이라 평소에 병원도 잘 안 가고, 건강한 아이였어요."

"저녁은 가족이 다 같이 드신 건가요? 시완 군만 따로 뭔가를 먹었다던가 하지는 않았고요?"

"네. 어머님하고, 저하고, 시완이하고 셋이 같이 먹어요. 그날도 그랬어요. 시완이는 입맛도 없다고 하긴 했는데 그래도 밥 남기는 애가 아니라 한 그릇 다 먹었었죠."

"그리고 방에 들어가서 다시 안 나왔나요?"

"애 아버지 들어왔을 때 잠깐 나와서 또 한 소리 듣고 들어갔죠."

"무슨…."

"얼마나 아프기에 학원도 안 갔냐며 평소에 몸 관리를 어떻게 하는데 그러냐. 사내놈이 좀 아프다고 누워 있으면 안 된다. 밖에 나가서 한 바퀴 뛰고 몸에서 열 내면 좋아질 거라는 둥. 매번 하는 잔소립니다."

"아버님이 엄격하시군요."

"네. 제가 시완이 정도면 어디 내놓아도 뒤질 게 없다고 잔소리 좀 그만하라고 해도 전혀 듣지를 않아요."

수사를 하다가 이런 아저씨들은 가끔 만나는데 자수성가를 해서 그런지 본인이 했던 방법이 무조건 옳다고 생각하고, 다른 방식이나 새로운 것들을 전혀 믿지 않는다. 고지식하다는 표현으로는 좀 부족하고, 외골

수라고 할 수 있을 것 같다. 자신의 판단으로 성공을 해 봤기 때문에 자신감도 충만해서 다른 사람 말은 귀에 들어오지 않는다. 특히 급격히 변하는 한국사회에 새로운 방식을 도입하는 사람들과는 잘 맞지 않는다.

"그리고 시완이 학생은 방에 들어가서 잤나요?"

"예. 그렇게 훈계를 듣고 나서 풀이 죽어 방에 들어갔죠."

"시완 군이 최근에 뭔가 시작했다거나 힘들어할 만한 일이 혹시 있을까요?"

"같은 질문을 지난번에도 받아서 생각을 해 봤는데 2학년이 되고 전혀 변한 것이 없어요. 평일에는 매일 학교 갔다 와서 과외 하나 하고, 학원에 가죠. 학원도 바꾼 적이 없어요. 토요일 오전에는 피아노 선생님이 오시고, 오후에는 농구 수업을 가요. 일요일은 그냥 쉬고요."

"빡빡하네요. 중학생인데 저보다 일정이 더 꽉 짜여 있는 느낌입니다."

"네. 바깥양반이 남자는 뭐든 잘해야 한다고, 공부, 운동, 영어, 피아노까지 다 시켜요. 얼마 전까지 미술을 가르쳤는데 일이 좀 생겨서 피아노로 바꿨죠. 그래도 일요일은 유일하게 쉬는 시간입니다. 그것도 교우 관계가 좋아야 한다면서 집에서 그냥 쉬지 말고 나가서 친구 만나라고 등 떠밀기는 하지만 시완이가 일주일 중 제일 좋아하는 시간입니다. 아! 그리고 한 달에 한 번씩 둘째 주 일요일에 체험 학습도 가는데 이것도 좋아했어요. 인솔자가 와서 버스에 중고등학생 20명 정도 태우고, 전국 각지 유명한 곳들 돌아다니는 프로그램이죠. 이것도 아버지가 경험 쌓으라고 보낸 거라 처음엔 가기 싫어하더니 나중에는 가는 날만 기다렸어요. 가기 전에 뭐가 유명한지 역사적으로 어떤 의미가 있는지 예습도 하고 좋아했어요."

"그래도 일요일에는 좀 숨을 쉬고 살았네요. 답사 프로그램 담당자 연락처를 좀 알 수 있을까요? 언제 어디를 갔었는지 체크를 좀 해 보려고요."

"네. 그럼요. 문자로 넣어 드릴게요."

"그리고 시완 군 방 한번 볼 수 있을까요?"

"예. 약간 정리는 했지만 그대로 보존하려고 노력했습니다. 2층이에요. 올라가시죠."

시완 군의 어머니를 따라 2층으로 올라갔다. 계단도 오랜만에 보는 나무 계단이라 밟을 때마다 '삐그덕' 소리가 났다. 옛날 생각이 많이 나는 집이다. 아주머니가 정리를 매번 해 주시니 그렇겠지만 남자 중학생의 방이라고 하기엔 너무 깨끗하고, 정리가 잘돼 있었다. 책도 전혀 보지 않은 것처럼 깨끗해서 새 책 같은 느낌이었다.

"아주머니는 바닥 청소만 하시고 정리는 전혀 안 하셔요. 시완이가 다 정리한 겁니다. 어려서부터 혼자 정리 정돈하도록 교육받았거든요."

"아~ 대단하네요."

책상과 세트인 서랍장도 건드리기 미안할 정도로 칼같이 정리가 돼 있었다. 서랍을 하나하나 열어 보는데 학용품 이외의 것은 찾아 볼 수 없다. 특별히 볼 것도 없어서 대충 확인하고 닫는데 제일 밑에 서랍의 바닥이 얕은 느낌이 들었다. 다 쓴 공책들이 쌓여 있었는데 뭔가 이상해서 일단 다 꺼내고 보니 바닥이 나무가 아니라 흰색 아크릴판이었다. 툭툭 두드려 보니 빈 소리가 난다. 비밀 공간이 있는 게 분명하다. 측면에 손가락을 넣어 바닥을 들어 올릴 수 있도록 구멍이 있는 것을 보고 의도적으로 만든 판이라는 것을 확신했다. 손가락을 넣어 아크릴 판을 들어올렸다. 숨겨진 공간에서 일반 소설책 크기의 작은 공책이 한 권 나왔다.

"어! 그런 곳에 노트가 있네요."

시완이 어머니도 처음 보신 것 같다. 나도 학창시절에 몰래 산 만화책이나 잡지 등을 서랍 밑에 숨기곤 했었다.

"다른 서랍보다 좀 얕은 것 같아서 혹시나 했는데 역시나 뭔가 있네요."

첫 장을 열자마자 공책의 정체가 드러났다.

'일기장'

22

방학인데도 조깅을 나갔다. 조깅을 시작한 지 1년이 넘었는데도 일어나기 너무 싫다. 간신히 일어나서 트레이닝복을 걸치고 내려가니 이미 아버지가 기다리고 있다.

"이제 잘 일어나네. 출발하자."

"네."

얼마 전에 새로 산 러닝화도 나를 기다리고 있다. 내가 사 달라는 말도 안 했는데 지난주에 아버지가 사 오셨다. 아침에 같이 조깅 나간 지 1년이 됐다며 선물이라고 주셨는데 선물이라고 다 기분이 좋은 것은 아니다. 기분 탓인지 디자인도 내 스타일이 아니다. 못생긴 러닝화에 내 발을 끼워 넣고, 아버지를 따라나섰다. 누나가 자기도 새 운동화 사 달라고 투정을 부리는데 그럼 같이 조깅 가자니 입모양으로만 나에게 욕을 했다. 다시 사 달라는 말을 하지는 않았지만 조만간 아버지를 졸라서 운동화를 받아 낼 것임에 틀림없다.

"해가 길어져서 이제 환하네. 가자!"

밖에 나온 아버지가 한마디 했다. 난 아무 말 없이 아버지를 따라 뛰었다.

'짜증 난다.'

지난주에 아버지 출장이 그렇게 반가울 수가 없었다. 마음 놓고 늦잠을 잘 수 있는 기간이다. 그래도 요즘엔 뛰는 게 덜 힘들다. 근처 공원까지 가는 데 5분, 공원을 두 바퀴 도는 데 30분, 돌아오는 데 5분, 총 40분 정도 걸린다. 말이 40분이지 6~7㎞ 정도 되는 거리를 쉬지 않고 계속 뛰면 정말 힘들다. 농구할 때도 체력이 좋아져서 도움이 되기는 하지만 내가 농구선수 할 것도 아닌데 이렇게 매일 뛸 필요는 없다.

"안녕하세요."

"안녕하세요."

모르는 사람들이지만 조깅하는 사람들을 만나면 아버지는 꼭 인사를 한다. 가끔 나 같은 어린아이도 보이지만 정기적으로 오는 청소년은 나 하나다. 처음에는 어색해서 인사를 안 했는데.

'동네 사람일 텐데 반갑게 인사도 하고 그래라. 남자는 사람을 많이 알수록 좋은 거야. 언제 어떻게 만날지도 모르는 거고, 인사하면 기분도 더 좋아.'

조깅 시작하고 얼마 안 돼서 아버지가 한 말이다.

'그놈의 남자는! 남자는! 남자는!'

나한테 뭔가 조언을 할 때 언제나 쓰는 말이다. 지겹다 진짜. 남자는 도둑질도 잘해야 한다는 것이 아버지의 신조다. 안 하면 안 했지 뭔가 하면 끝을 보는 것이 기본이며 무조건 잘해야 한다. 못하면 바로 잔소리가 나온다. 아버지 페이스에 맞춰 아무 생각 없이 뛰다 보면 시간은 잘 간다. 공원에 조경이 잘되어 있어 계절마다 다양한 종류의 꽃을 볼 수 있는 것도 억지로 찾아낸 아침 조깅의 장점이다. 솔직히 꽃 따위 별로 관심 없다.

'드디어 마지막 코너다. 오늘도 끝났구나.'

집 앞에 도착해서 벨을 누르면 완전히 끝.

"수고했어. 이제 별로 안 힘들어 보이네."

"예. 많이 좋아졌어요."

마당에서 숨을 고르며 스트레칭을 하는 것이 조깅의 마무리다. 내 방에 올라왔는데 7시 반이 안됐다. 방학인데 이 시간에 일어나 있는 중학생은 나 하나일 것이다. 샤워하고 내려와서 부모님, 할머니랑 아침을 먹고 나면 아버지는 출근을 하신다. 방학이 아니면 같이 나가는데 학원은 10시에 시작을 해서 한 시간 정도 시간이 남는다. 이 시간이 되면 방학이구나 싶다. 유튜브도 보고, 게임도 하다 보면 진짜 방학을 즐기는 누나가 일어난다.

'같은 집에 사는 같은 중학생인데 어떻게 이렇게 일상이 다르지?'

누나는 일주일에 두 번 첼로 레슨 받는 것 말고는 학원도 안 가니 다 자유시간이다. 밥도 아무 때나 먹는데 누구도 뭐라 하지 않는다. 내가 학원 가려고 나가면 소파에 누워서 TV를 보다 인사를 한다.

"우리의 희망 잘 갔다 와~"

누나는 아직도 아들을 최고로 여기는 우리 집 가풍을 비꼬는 말로 나를 '우리의 희망'이라고 부른다. 처음에는 나를 약 올리는 것 같아서 짜증을 냈는데 타깃이 내가 아니라는 것을 느끼고 난 후부터 그냥 듣고 넘긴다. 아니 나도 받아친다.

"우리의 조연은 집에서 잘 놀고 계세요."

누나랑 친한 사이는 아니지만 언제부턴가 누나가 나를 안쓰럽게 생각한다는 것을 알았다. 어려서는 아들을 우선시하는 가족들의 성향 때문에 나를 질투해서 몰래 때리는 등 괴롭히기 일쑤였다. 그러다 싸우면 누나가 더 혼나는 것은 당연한 일이라 하루가 멀다 하고 억울하다며 울었다. 하지만 내 위주로 돌아가는 집 분위기를 누나가 즐기기 시작하면서부터 상황은 역전됐다. 내가 모든 것을 독차지하는 것처럼 보이지만 받는 것이 있는 만큼 내가 할 것도 많다는 것을 안 것이다. 누나는 관심이 적은 만큼 기대도 적어서 성적이 잘 안 나와도, 학원에 안 가도 잔소리를 듣지 않는다. 하고 싶은 첼로나 좀 하면서 외출도 자유롭기 때문에 일정이 빽빽한 나를 오히려 불쌍해한다. 그리고 얻고 싶은 것이 있으면 아빠를 공략하면 된다는 것도 터득을 해서 실속도 챙긴다. 무뚝뚝한 아빠지만 누나가 착 달라붙어서 애교를 부리면 그냥 넘어가고 만다. 그럴 때 보면 딱 딸바보다.

밖으로 나가니 엄마는 이미 차를 빼 놓고 기다리고 있었다. 조수석에 타서 문을 닫았다. 안전벨트를 매고 있는 내게 엄마가 말했다.

"안전벨트 매고. 숙제는 다 했지?"

"네."

"이렇게 숙제도 잘 하는데 왜 성적이 그대로일까?"

"아~ 아침부터 엄마 또."

엄마는 그래도 아빠보다 어렵지 않다. 일단 대화를 더 많이 해서 편하게 이것저것 말하는 편이다. 엄마도 이해를 해 주려고 노력은 하지만 아빠의 눈치를 봐야 하기 때문에 다 들어줄 수는 없다. 성적 이야기도 아빠의 압박 때문에 어쩔 수 없이 가끔 한다.

"엄마도 답답하니까 그렇지."

"몰라. 나 머리가 안 좋은가 봐."

"무슨 소리야. 너 말도 얼마나 빨리 배웠는데. 글도 5살 때부터 읽었어. 네가 머리가 얼마나 좋은데."

우리 가족은 내가 머리가 좋다고 철석같이 믿고 있다. 내 생각에 나는 그냥 보통이다. 창의적인 아이디어를 내는 일도 거의 없고, 암기력이 뛰어나지도 않다. 공부 잘하는 애들을 보면 수업시간에 한 번 듣고 다 기억하거나 선생님이 설명도 다 하지 않았는데 이미 이해를 하고 있는 애도 있다. 난 전혀 그렇지 못하다. 학원을 다니며 과외도 받아서 그나마 중상위권을 간신히 유지하고 있는 것이다. 가족의 전폭적인 지원에 대한 보답과 아버지의 잔소리가 싫어서 상위권으로 가려고 내 나름대로 열심히 하는데 잘되지가 않는다.

"안녕하세요."

"응. 안녕. 시완이 잘 있었어?"

"아니요. 방학인데 방학 같지가 않아요."

"에구. 괜히 내가 미안하네."

"아니에요. 그래도 미술시간이 제일 좋아요."

"그렇게 말해 주니 고맙다. 그럼 오늘은 더 재미난 거 해 볼까?"

가족들은 모르지만 요즘 내가 제일 좋아하는 시간은 미술선생님이 오시는 시간이다. 초등학교 때부터 미술을 너무 못해 아버지의 강요로 미술 과외를 시작했다. 보통 미술학원에 다니는 친구들을 보면 물건 하나 놓고 따라 그리는 데생을 많이 한다고 하는데 이 선생님은 다르다. 물론 데생도 하지만 만화를 따라 그리기도 하고, 여러 가지 재료를 이용한 칠하기, 문지르기, 붙이기, 결합하기 등을 통해 다양한 표현 방법을 배운다. 일단 정해진 공식이나 방식이 있지 않다는 것이 맘에 들었다. 형태가 정해져 있지 않은 것들을 만들기도 하는데 이름이 없어도 된다. 정답이 없다는 것이 특히 좋다. 이것도 수업이지만 다른 수업과는 다르게 기다려지기까지 한다. 미술 수업을 할수록 그림을 그리고, 만드는 실력이 나아지는 것을 내가 느낄 수 있었다. 그림 실력이 늘며 평소 좋아하던 유명 웹툰을 따라 그리기 시작했다. 학교에서 내 그림을 보고 친구들 몇 명이 잘 그렸다며 칭찬을 해서 한층 자신감이 생겼고, 더 잘 그리고 싶은 마음에 더 많은 시간 그림을 그리게 되었다. 이제는 내가 직접 캐릭터를 만들어서 그리기도 한다.

"그래, 수고했어. 이제 데생도 수준급이네. 시완이 소질 있어. 이렇게 빨리 느는 사람 흔하지 않아."

"그림 그리는 거 재밌어요. 물론 만화 그리는 게 더 재밌지만."

"시완이 따로 만화 그리는 거 있다고 했지? 보여 줄래?"

"아직 누구 보여 주고 할 정도는 아니고요, 따라 그리는 정도죠."

"그래도 봐봐. 내가 도움이 될 수도 있잖아."

약간 머뭇거리다 가방에 있는 노트를 꺼내서 가장 최근에 그렸던 페이지를 찾아 선생님께 내밀었다.

"아직 스토리가 있는 건 아니구나. 음."

내가 만든 캐릭터는 친한 친구 성우 외에 다른 사람한테 보여 주는 것도 처음이라 긴장이 됐다.

"이런 구도 잡는 건 어디서 배웠어?"

"웹툰 보고 따라한 거죠."

"잘 그렸어. 조금만 더 연습하면 자연스럽게 그릴 수 있겠네."

"아직 멀었죠."

"아냐. 진짜 시작한 지 얼마 안 됐는데 이 정도면 잘 그린 거야. 그런데 캐릭터가 좀 더 살아 있으려면 특징들이 있어야 돼. 지금 그린 캐릭터들은 생긴 건 다 다르지만 각각의 개성이 좀 없어 보여. 그 캐릭터의 성격을 반영하는 특징이면 더 좋고."

"아하. 네. 나중에 스토리도 나오고 하면 그런 식으로 해 볼게요."

"너무 만화만 그리지 말고. 부모님이 보시면 내가 가르쳐 준다는 말도 절대 하지 말고."

"네. 네. 그럼요."

"공부 먼저 열심히 하고, 쉬는 시간에 틈틈이 그리는 거다."

"하~ 선생님은 공부 얘기 안 하면 안돼요?"

"알았다. 알았어. 미안해. 만화에만 너무 빠지면 안 된다는 얘기였어."

근데 이미 늦은 것 같다. 선생님 말대로 성적도 떨어지지 않게 나름 열심히는 하고 있는데 만화를 그리는 동안은 시간 가는 줄 모르게 푹 빠져든다. 웹툰의 장면 장면을 계속 따라 그리며 연습을 했더니 내가 원하는 장면도 그릴 수 있게 되었다. 동영상 강의를 들으려고 산 태블릿 PC가 거의 만화 그리는 전용 도구가 되었다. 전체적인 스토리를 짜는 것도 재밌다. 친구들 사이에서 웹툰 광으로 불리는 절친 성우도 두 개는 재밌다고 인정을 했다. 물론 버려진 것들이 더 많다. 확실히 나는 공부보다는 이쪽이 더 맞는 것 같다는 생각을 얼마 전부터 하고 있다. 본격적으로 그림 공부도 더 하고, 웹툰도 보며 전력을 다 하고 싶지만 부모님한테 말을 할 수가 없다. 부모님을 포함해 할머니도 내가 경영학이나 무역학을 전공으로 서울 4년제 대학에 가기를 원하신다. 졸업 후 유학까지 지원해 주신다고 벌써부터 어디로 갈 것인가 상의할 정도다. 그리고 최종 목적지는 아버지의 사업을 이어받는 것이다. 태어나면서부터 내 진로는 이미 정해져 있었다. 솔직히 나는 아버지가 어떤 일을 하시는지 정확히 알지 못한다. 내게는 관심 밖의 일이다. 그냥 반도체 관련 부품, 장비 사업을 하신다고만 알고 있다. 친구들 중에 나를 부러워하는 애들이 많다.

모자람 없이 집에서 다 지원해 주지, 적당히 공부하면 아버지 사업 물려받아서 잘살 수 있으니 미래에 뭐가 될지 걱정을 할 필요가 없다는 것이다. 나도 예전엔 일부 동의했었다. 하지만 웹툰 작가가 되고 싶어진 지금 모두가 생각하는 나의 미래는 내게 아주 큰 걸림돌이 되었다. 웹툰 작가가 되겠다고 했을 때 할머니와 엄마가 실망하는 모습은 상상하기도 싫고, 아버지에게 들을 잔소리는 더더욱 싫다. 그리고 온가족이 나를 위해 물심양면으로 정성을 다해 주었는데 내가 하고 싶은 것, 내가 좋아하는 것만 주장할 수도 없다.

'내가 누나였다면….'

"다녀왔습니다."

집 안 공기가 차갑다. 현관문을 열기 전부터 긴장이 되더니 가슴이 두근거렸다. 호흡도 가빠온다. 예상했던 일이라고 덜 무서운 건 아닌 것 같다.

"시완이 이리 와 봐!"

아버지 목소리다. 암묵적으로 아버지 자리가 되어 있는 1인용 소파에 근엄한 얼굴을 하고 앉아 계셨다. 내용은 이미 알고 있다. 오늘 성적표가 나와서 학원에 태워 준 엄마에게 주고 내렸다. 나름 열심히 할 때도 성적이 그냥 그랬는데 최근에 숙제만 근근이 하고, 시험공부도 제대로 안 했는데 절대 성적이 잘 나올 리 없다. 학원에 있는 내내 집에 가서 혼날 생각뿐이었다. 성적 때문에 혼날 생각을 하다가도 내가 그린 만화를 보면 뿌듯하기 그지없었다.

"뭐 때문에 그러는지 잘 알지?"

엄마 옆에 앉자마자 아버지가 말을 이었다.

"학교에서 수업 태도 좋다며. 학원 숙제도 꼬박꼬박 잘 해 가고. 과외도 잘 따라가는데 왜 성적이 중간이야? 아니 이번에는 중간보다도 아래잖아. 아버지는 어려서 학원이 있어? 과외가 있어? 문제지도 못 사서 선배들이 쓴 거 물려받아서 했어도 반에서 5등 밑으로 안 떨어졌어. 오늘은 한 번 얘기를 해 보자. 뭐가 문제가 있는 건지. 아니면 다른 방법이 필요한 거야? 시완이 네가 한 번 말을 해 봐. 네가 제일 잘 알잖아."

또 답이 없는 물음의 시작이다. 나는 답을 알고 있다. 내가 공부하는 것을 좋아하지 않고, 머리도 좋지 않기 때문이다. 그러나 이렇게 답을 할 수는 없다.

"죄송합니다."

"죄송한 게 아니고 뭐가 어떻다 이야기를 해 보란 말이야. 성적이 올라도 시원치 않을 판에 이렇게나 많이 떨어지는 이유가 뭐냐고. 너도 생각하는 게 있을 것 아니야. 어떻게 해야 오를지 이야기를 해 보라고."

아빠가 화를 내기 시작하면 내 머릿속은 하얗게 된다. 무슨 말을 해야 할지 모르겠다. 만화 이야기는 당연히 하지 않을 것이다. 무서움과 긴장감에 새끼손가락이 파르르 떨린다. 아버지가 볼까 봐 주먹을 쥐어 버렸다.

"더 열심히 해야죠."

기어들어 가는 목소리로 대답했다.

"그럼 너의 판단은 네가 열심히 하지 않고 있다는 거야?"

이렇게 말꼬리를 잡힐 줄 몰랐다. 뭐라고 대답하지?

"아니요. 열심히 하고 있는데 공부하는 방법이나 효율성을 높일 수 있는 방법을 찾아서 해 보려고요."

대충 말은 잘한 것 같다. 이렇게 그냥 넘어갔으면 좋겠다.

"그렇지, 방법도 중요하지. 오늘 학원 수업 뭐였지? 교재 좀 보자."

"오늘 영어하고, 국어요."

갑자기 아버지가 내 가방을 가져가더니 국어 교제를 꺼내 필기 내용을 훑어보기 시작했다. 분명히 자기는 어떻게 공부했는데 이건 이렇게 하면 안 된다며 연설을 시작할 게 뻔하다. 대답을 잘한 게 아니었다. 그래도 이 정도는 각오하고 있었다.

"필기를 이렇게 하면 안 되지. 다시 보려면 말이지. 엇! 이건 뭐야!"

책장을 넘기며 말하던 아버지가 놀라시기에 나도 얼른 봤더니 만화가 그려져 있었다. 수업시간에 문제를 일찍 풀고 시간이 남아서 그렸었는데 설마 이걸 볼 줄이야.

"네가 그렸어?"

"네. 잠깐 쉬는 시간에 그린 거예요."

"잠깐 그린 실력이 아닌데. 너 원래 그림 못 그렸잖아."

아버지는 갑자기 내 가방 속을 뒤져서 교제가 아닌 공책을 꺼내 들었다.

'내 만화 노트다.'

학원에 두고 왔어야 하는데 학원에서 그리다가 무심코 집어넣은 것 같다. 요즘 집에서는 태블릿 PC로 그려서 쓰지도 않는데 왜 가져왔을까 후회가 됐다. 처음에는 혹시라도 만화 그리는 것을 들킬까 신경도 많이 쓰고, 만화 노트는 절대 집으로 가져오지 않았었다. 만화 그리는 데 정신이 팔리며 경계심도 약해져 무심코 가방에 넣은 것 같다. 성적으로만 혼나고 말 줄 알았는데 일이 커지는 것 같다.

"허 참! 요놈 봐라. 만화 그리는 데나 집중하니 공부가 돼!"

아빠는 노트를 계속 넘기며 내 그림을 유심히 봤다.

"이렇게 그리려면 연습도 엄청 했겠는데."

무서웠다. 화가 난 아빠의 얼굴은 점점 벌겋게 상기되었다. 인상을 쓰고, 거친 호흡을 하며 평소보다 커진 눈으로 나를 쳐다보고 있었다. 악마가 있다면 이렇게 생겼을 것이다. 내 몸이 자동으로 떨리고 있다. 오늘은 진짜 그냥 넘어가지 않을 것이란 예감이 들자 몸이 먼저 반응하는 것이다. 아빠는 참지 못하겠는지 노트를 마구 찢어 버린 후 집어 던졌다.

"내가 너 고작 만화가 되라고 좋은 것 사다 먹이고, 비싼 돈 들여서 이것저것 가르치는 줄 알아! 한 달에 너한테만 들어가는 돈이 얼만데 이딴 거나 그리고 있어! 내가 너한테 1등을 하라고 하냐? 대회에 나가서 상을 타오라고 하냐? 그냥 착실히 시키는 거만 잘 하라는데 그것도 못 하겠어?"

“시완아, 아버지한테 얼른 잘못했다고 해!”

“잘못했어요.”

나는 거의 울기 직전이 되어 아버지께 잘못했다고 빌었다.

“저기 탁자 잡고, 엎드려 있어.”

아버지는 일어나서 목 없는 골프채를 가지고 오셨다. 내가 중학생이 된 후 채벌을 하실 때마다 쓰는 ‘사랑의 매’다. 마당에서 나뭇가지를 꺾어 쓰던 회초리에서 업그레이드된 것이다. 아버지한테 처음 맞은 것이 아마 5~6살 때 같은데 너무 어려서 정확한 기억은 없다. 어렴풋이 기억나는 것이 손바닥으로 엉덩이를 맞던 것이다. 플라스틱 자로 손바닥을 맞았고, 그 후엔 빗자루로 엉덩이를 맞은 적도 있다. 절대 감정을 실어서 손으로 때리거나 뺨을 때리시지는 않는다. 맞을 대 수도 미리 정한 후에 사랑의 매를 이용해 체벌을 하신다. 잘못을 했다고 나도 인정을 하기 때문에 맞는 것 자체가 기분 나쁘지는 않다. 크게 잘못하는 일이 없어서 초등학교 4학년 즈음 후로는 맞는 일이 거의 없었지만 성적이 안 좋거나 누나랑 싸우면 아버지는 어김없이 매를 드셨다. 물론 누나는 맞지 않는다. 내가 맞으면 누나는 손들고 서서 벌 받는 정도다. 내가 맞는 동안 잠깐 벌 받는데도 힘들다고 운다. 누나는 왜 안 맞냐고 항의를 한 적도 있지만 돌아오는 답은 ‘누나는 여자잖아! 사내놈이 그런 걸 따지고 있어!’라며 핀잔을 듣는 것으로 모든 설명이 끝났다.

다섯 대를 연속으로 맞고 쓰러졌다. 아픈 척하는 게 아니고 진짜 아팠다. 맞는 순간 엉덩이가 찢어지는 듯 고통이 느껴지고, 몸 전체로 고통이 퍼져 나간다. 마지막으로 뇌까지 전달된 이 고통은 뇌리에 박혀 오랫동안 잊히지 않는다. 채벌의 무서움은 이런 것이다. 맞는 고통은 심하더라도 조금 참으면 사라진다. 그러나 다음에 비슷한 일을 하게 되면 그전에 맞았던 고통이 떠올라 하지 않게 되는 것이다. 혹은 몽둥이만 봐도 아팠던 기억이 살아나 무서움에 떨게 된다.

"사내놈이 이거 몇 대를 못 버텨? 일어나!"

눈에 눈물이 고였지만 울지 않았다. 내가 울면 남자는 태어나서 세 번만 우는 거라며 훈계를 할 것이기 때문이다. 그렇게 10대를 채우고 나서야 끝났다. 나는 더 이상 미술 수업을 받을 수 없었다. 스마트폰과 태블릿 PC는 압수를 당해서 동영상 강의를 볼 때만 태블릿 PC를 받을 수 있었다. 다시 만화를 그리지 않는다는 약속을 했고, 반에서 10등 안에 들면 스마트폰을 받기로 했다. 그 후로 만화를 보지도 그리지도 않았다.

일주일에 두 번 정도 분량은 일정하지 않았지만 한 쪽을 넘기지 않는 정도로 일기를 썼다. 친구들 이야기나 학교, 학원에서 있었던 일들도 많이 적혀 있지만 사건에 관련된 시완이의 스트레스나 압박감에 대해 중점적으로 읽었다. 초반에는 성적에 대한 부담과 아버지가 강요하는 남자다움에 대한 불만 등이 주로 적혀 있었다. 미술에 대한 이야기 그리고 만화에 대한 이야기가 늘어날 즈음 아버지에게 걸려 혼이 난 후로 일기를 잘 쓰지 않았다. 죽을 정도인지는 모르겠지만 시대착오적인 아버지를 만나서 엄청난 부담과 스트레스에 시달렸을 것 같기는 하다. 만화 사건 이후 내적 갈등이 절정에 달한 것 같다. 어린 나이를 감안하면 생각보다 더 심했을 수도 있다. 시완 군의 부검 결과 역시 코티솔이 과다 검출되었고, 부신 역시 많이 부어 있었다. 이제 이 결과 이상의 것이 필요하다. 부검 결과 말고 다른 접점을 가지고 있을 것 같은데 아직까지는 그 접점이 무엇인지 전혀 모르겠다.

23

"동전 있어?"

"요즘은 동전 없어도 다 주거든. 마트를 온 지가 언제인지도 모르지. 그렇게 가자고 해도 맨날 잠이나 자고, 야구나 가고."

쉬는 날이라 마트를 따라 왔더니 시작부터 잔소리다. 내가 오랜만에 오기는 했지만 그 정도는 아니다. 가까운 곳에 주차 자리가 없으니 아들이랑 먼저 내려 주고, 멀리 주차를 한 뒤 걸어오면 이미 카트를 빌려 놓고 있었으니 모르는 거다. 오늘은 마트 입구 쪽 여성 전용 공간에 자리가 있어서 같이 들어올 수 있었다. 여성 전용이라 잠깐 망설였는데 와이프가 본인이 타고 있으니 괜찮다고 주장을 해서 주차를 했다. 나중에 알고 보니 이게 권고사항이지 남자가 주차를 해도 전혀 문제될 것이 없다고 한다. 솔직히 여성 전용 주차 공간을 왜 만들었는지 이해가 되지 않는다. 입구에서 가까운 좋은 자리에 꼭 여성이라고 특혜를 줘야 할 이유가 있는 건가? 남녀평등을 부르짖으며 이런 특권은 계속 받으려 하는 모순적인 태도는 오히려 남녀평등을 방해하는 요소가 되는 것이다. 여성들이 피해를 보는 것들은 불평등이라며 없어지길 바라지만 여성들이 받는 혜택이나 특권들은 놓으려 하지 않는다면 누가 페미니즘을 정상적인 운동이라고 생각할 수 있을까? 전통적인 성역할이나 고정관념으로 여성이 더 피해를 보고 차별을 당했다는 것은 인정한다. 그러나 그로 인해 이익을 보고 있는 것들 역시 고치려고 노력하는 것이 진정한 페미니즘인 것이다. 'Girls can do anything(여성은 뭐든 할 수 있다).'이라는 상징적인 슬로건과도 부합하지 않는다. 뭐든 할 수 있는데 왜 이런 사소한 특권을 받으려고 하는 것인가? 위치를 보면 장애인 전용 공간의 바로 옆인 데다가 주차라인도 핑크색으로 되어 있어 오히려 조롱하는 것 같은 느낌도 든다. 이렇게 여성은 보호받아야만 하는 존재로 인식시키는 것은 여권을 신장시키는 데 전혀 도움이 되지 않는다. 보호받는 것은 차별을 받는 것이라는 생각을 가져야 한다.

주말이라 장 보러 온 가족들로 꽉 차 있었다. 요즘 마트에서 식사는 물론 놀이시설도 다양해서 하루 종일 있다 가는 가족들도 많다. 마트마다 진열방식은 다 다르지만 입구 앞은 항상 신선식품이다. 각종 채소들과 냉장 보관해야 하는 것들부터 시작된다. 아내가 먼저 대파를 한 단 집어 카트에 넣었다.

"대파 다 떨어졌어. 집에 가서 썰어 줘."

대파는 여기 저기 많이 쓰여서 일단 사서 썬 뒤 냉동보관 하는데 그건 내 담당이다. 눈물이 엄청 나오지만 예전에 수영 배울 때 썼던 물안경을 쓰고 썰면 된다.

"난 저 소고기 무국이 좋아. 몇 개 사자."

반조리 식품을 넣고 있는 아내에게 내가 한마디 했다. 요즘 반조리 식품 마니아가 되었다. 사골육수를 제일 많이 사는데 데워서 밥 말아 먹기도 하지만 김치찌개나 생선찌개 등을 끓일 때 육수로 넣으면 기가 막힌다. 찌개, 볶음, 국수 등 반조리 식품은 종류도 다양하다. 조리법도 간단해서 육수나 양념이랑 재료 넣고 볶거나 끓이면 끝이다. 재료를 좀 더 첨가하면 더 맛있게 먹을 수는 있는데 그냥도 맛있어서 특별히 다른 것을 첨가할 필요가 없다. 포장도 1인분 아니면 2인분이라 한 끼 딱 해결하기 좋고, 음식물쓰레기도 거의 발생하지 않는다. 결혼 전에 혼자 살 때는 요리를 많이 했었다. 레시피를 따라서 그대로 하면 생각보다 어렵지 않다. 내가 직접 했는데 맛있게 되면 뿌듯하기도 하면서 재미있었다. 그런데 결혼 후에는 시간이 나질 않는다. 혼자 살다가 둘이 사는 것뿐이라 가사일도 나눠서 하면 분명히 시간이 남아야 하는데 이유를 모르겠다. 결혼 후에 일이 더 많아진 것도 있지만 일찍 퇴근을 해도 밥 먹고, 치우고, TV를 잠깐 보면 잘 시간이다. 애를 낳으면서부터는 말할 것도 없다. 요리는 후순위로 밀리고 밀려서 밖에서 먹는 것을 빼면 반조리 식품을 애용할 수밖에 없어졌다. 그렇게 좋아하는 야구도 2년이나 쉬었을 정도니 말이다. 우리 야구팀이 15명이 넘는데 돌아가면서 1~2명씩 빠지는 이유가 거의 육아 때문이다. 여느 때와 같이 서준이를 카트에 앉히고, 천천히 필요한 물건을 담으며 큰 마트를 돌고 있었다. 식품 코너를 막 지났을 때 앞쪽에서 누군가 싸우는 소리가 들려왔다.

"진짜 너무하는 거 아냐? 이게 얼마 한다고!"

우리 가족이랑 거의 비슷해 보이는 가족이 자동차 용품 코터 앞에서 큰 소리를 내고 있었다. 남편인 듯 보이는 남자가 호통을 치고 있는데 아내인 것 같은 여자가 그냥 듣고만 서 있었다. 사람들 많은 공공장소에서 뭘 얼마나 잘못했다고 와이프한테 그렇게 소리를 지르고 있나 싶어 슬쩍 가까이 가 봤다. 남자는 포장이 되어 있는 자동차 용품 하나를 들고는 카트를 막아서서 아내에게 화를 내고 있었다.

"내가 담배를 피냐? 술을 마시냐? 한 달에 점심값 말고 쓰는 거 하나도 없는데 이거 하나를 못 사게 해?"

남자는 분하다는 듯 계속 소리를 지르는데 여자는 아무 대답이 없이 우는 아기를 달래고 있었다. 내가 계속 듣고 있자 아내가 나를 쿡 찌르고 빨리 가자고 손짓을 했다.

"한 달에 내가 벌어다 주는 게 4백이다. 이거 10만 원도 안 되는 것 하나를 못 산다고?"

창피한지 여자는 카트에 아이를 앉힌 채 다른 쪽으로 가려고 했지만 남자는 다시 카트를 막아서고 제품을 카트 안에 넣었다.

"나도 몰라. 오늘은 양보 못 해. 이번 달은 네가 요가를 가지 말든지 다른 데서 아껴."

사람 많은 데서 저렇게 소리 지를 일은 아닌 것 같은데 이번이 처음이 아니라고 하는 것 보면 좀 쌓여 있었던 것은 같다. 저 집안의 풀 스토리를 알지는 못하지만 자기가 월 400만 원을 넘게 벌어오는데 10만 원도 안 되는 차량용품 같은 것도 못 사게 하면 불쌍할 것 같기는 하다. 요즘 비혼이 늘어나는 절대적인 이유가 돈과 시간이다. 남자나 여자나 결혼하지 않으면 초기 결혼 비용이 일단 절약될 뿐만 아니라 평소에 하던 취미 활동을 그대로 유지할 수 있다. 갖고 싶은 좋은 차나 명품 등 고가의 물건도 마음만 먹으면 살 수 있다. 내가 번 돈의 거의 대부분을 나를 위해 투자할 수 있는 것이 최고의 장점이다. 시댁, 처가 문제에 엮이지 않으며 행사, 경조사도 두 배로 늘어나지 않는다. 물론 결혼을 하고 포기해야 하는 것이 있는 만큼 얻는 것들도 많다. 결과적으로 결혼을 하는 사람이 안 하는 사람보다 많은 것을 보면 사회적으로 결혼을 하고 싶어 하는 사람의 수가 더 많다는 것을 알 수 있다. 그렇다고 아직까지는 결혼하는 것이 대세라고 속단해서는 안 된다. 마지막으로 하나 더 생각해야 할 것은 대한민국 결혼한 커플 중 40%는 이혼을 한다는 것이다.

'근데 여자는 왜 싸우지도, 반박도 하지 않고, 가만히 있었을까? 그냥 말없이 카트를 돌려 그 자리를 벗어나려고 했다.'

계산대에 서서 이런 생각을 하고 있는데 와이프가 갑자기 한마디 했다.

"나한테 고마운 줄 알아야 돼. 저 남자에 비하면 전생에 나라를 구한 거야."

"뭔 소리야. 또."

"술 먹지, 담배 피지, 용돈도 넉넉히 주고, 그 비싼 야구 용품 사도 뭐라고 안 하잖아."

"얼마 전에 배트 산다고 잔소리, 잔소리, 잔소리하던 사람은 누군데?"

"에이~ 그건 너무 비싸니까 그렇지. 30만 원이 넘었잖아."

"내가 총각 때부터 6년을 쓴 배트다. 깨졌는데 어떻게 해. 남의 배트 빌려 쓰는 것도 한두 번이지."

"어쨌든 저런 사람도 있는데 호강하는 거라고 생각하세요."

"눼, 눼, 여부가 있겠습니까. 앞으로도 잘 부탁드립니다."

30만 원이면 그렇게 비싼 배트도 아니다. 배트 몇 개씩 가지고 있는 사람도 있지만 굳이 많을 필요는 없다. 한 번 사면 오래 쓰기 때문에 고르고 고르다 보니 가격이 살짝 올라간 건 사실이다. 나도 아까 그 남편의 말을 빌리자면,

'내가 몇 년에 한 번 사는 배트 이 정도도 못 사냐?'

라고 할 수 있다. 마트에서 나와 차로 걸어가는데 민석이한테 전화가 왔다.

"어! 민석아!"

"선배님 쉬시는 날 연락드려서 죄송합니다."

"뭔데?"

"그 코티솔 성분 많았던 사망자 중에 대학생말입니다."

"응. 오늘 네가 조서 받아 본다며."

"대학은 서울인데 집이 철원이라고 합니다."

"철원? 또 철원이야? 철원에서 통학하지는 않았을 거 아냐?"

“서울에서 자취한 것 같은데요. 그 사망하기 며칠 전에 집에 다녀왔다고 합니다.”

“자취방에서 자다가 죽은 거 맞지?”

“네. 알바하고 방에 와서 자다가 죽었다고 했습니다.”

“그거 말고는 뭐 나온 건 없고?”

“조서를 보니까 사망자 휴대폰에 내용이 좀 있는데 돈이 필요해서 아르바이트를 과하게 한 것 같습니다.”

“휴대폰에?”

“요즘 애들 톡으로 다 의사소통하잖아요. 휴대폰 잠금 먼저 풀어서 조사했는데 거기서 사망자 근황이 많이 나왔다고 합니다.”

“응, 그래. 내일 보게 폰 좀 수배해서 갖다 줘.”

“예. 제가 오늘 가서 가져오겠습니다.”

“그래. 고마워.”

전화를 끊고, 집에 오는 동안 철원이 머릿속을 떠나지 않았다. 사망자들의 사인과 신체 반응 말고 연결고리가 처음으로 하나 생겼다.

‘철원이다.’

“안녕하세요. 레츠고 체험스쿨입니다.”

“안녕하세요. 양천경찰서 강현석이라고 합니다.”

“예? 경찰서요?”

경찰이라고 하니 놀란다. 잘못한 게 없어도 이상하게 전화하거나 방문해서 경찰이라고 하면 무서워하고 놀라는 것 같다.

"예. 정시완 학생이라고 아시죠? 체험 학습 했던."

"아~ 그 얼마 전에 안 좋은 일 있었던."

"네. 얼마 전에 사망한 학생 맞습니다. 그 학생 체험 학습 했던 프로그램 일정을 좀 확인하고 싶어서 그런데요."

"체험 학습이랑 사망이랑 관련이 있나요?"

"그런 건 아니고요. 그냥 학생 일정을 확인하고 있습니다."

"그건 어렵지 않은데요. 저희 학원 이름은 공개가 안 되면 좋을 것 같습니다. 소문에 너무 민감해서요. 조금만 이상해도 다들 학원을 그만두고 그래요."

"네. 그럼요. 비공개 수사입니다."

"일정은 바로 넣어 드릴 수 있는데 메일로 드릴까요? 팩스로 드릴까요?"

"팩스도 좋고 메일도 좋습니다. 번호는 바로 문자로 찍어 드리겠습니다. 급한 거라 빨리 좀 부탁드릴게요."

"네. 바로 보내드릴게요."

"네, 감사합니다."

출근 하자마자 시완이 어머니에게 받아 온 체험 학습 프로그램에 전화를 해서 시완이의 체험 학습 일정을 요청했다. 내가 예상하는 일정이 분명히 있을 것이다. 그리고 확인해야 할 것이 하나 더 있어서 다시 전화기를 들었다.

"안녕하세요. 예전에 뵈었던 양천서 강현석입니다."

"아. 네. 안녕하세요."

"수사 중에 여쭤볼 게 있어서 연락드렸습니다."

"계속 수사 중이었네요. 타살이라는 증거가 나온 건가요?"

"아니오. 타살은 아니지만 비슷한 사건들이 좀 있어서 유사성을 조사하고 있습니다."

"최근에 자다가 죽은 사람들이 많은 건가요?"

"아직 확실하지 않아서 자세히 설명드리기는 어렵고요. 그냥 비슷한 사망 사건이 몇 건 있다고 정도 말씀드릴 수 있습니다."

"그렇군요. 특이하네요. 그럼 물으려고 하신 건 뭔가요?"

"혹시 남편 분 돌아가시기 전에 여행이나 출장 가신 적은 없나요?"

"직전에 말씀이시죠?"

"예. 돌아가시기 일주일 안쪽으로요."

"있어요. 바로 3일 전 주말에 셋이서 가까운 데 갔었어요."

"가족여행이군요. 어디로 가셨는지 알 수 있을까요?"

"고석정에 갔다 왔어요. 딸애가 TV에서 봤다고 좋아 보인다고 해서."

"고석정이면."

나중에 검색해 보니 유명한 여행지인데 나는 처음 듣는 곳이라 어디 근방인지 되물으려고 했는데 대답이 먼저 나왔다.

"철원이에요."

예상은 했지만 그래도 놀랐다. 아무렇지 않은 척하고 자연스럽게 대화를 이었다.

"아~ 철원이요. 당일로 갔다 오셨나요?"

"1박 2일이었어요."

"그럼 묵었던 숙소 이름 좀 알 수 있을까요?"

"정확하게 기억은 안 나는데 검색한 기록 있으니 금방 찾을 수 있어요."

"아. 예. 찾아보시고 문자로 부탁드릴게요. 감사합니다."

"계속 수사해 주셔서 저희가 더 감사합니다."

"수사 좀 더 진행되고 알려 드릴 만한 소식 있으면 다시 연락드리겠습니다."

"감사합니다."

전화를 끊고, 메일을 확인했다. 체험 학습장에서 보낸 메일이 있었다. 바로 첨부파일을 열어서 일정표 확인을 했다. 일자와 방문지, 방문 목적 등이 잘 정리되어 있었다.

'여주, 강화, 수원… 철원.'

철원에 갔을 거라는 확신이 있어서 일단 철원을 먼저 찾은 후에 날짜를 봤다. 사망하기 3일 전에 철원의 생태공원에 가서 체험 학습을 했다. 철원의 무언가가 조사 중인 사망자들에게 영향을 미친 것이 확실하다. 같은 철원이어도 지역이 정확하게 일치하지 않는 것을 보면 원인이 한 곳에 집중되지는 않는다는 것이다.

"선배님, 폰입니다."

갑자기 민석이가 스마트폰 하나를 내밀었다.

"어제 부탁하신 거요. 대학생 사망자가 사용하던 겁니다."

"아~ 그래. 고마워. 락은 풀려 있지?"

"네. 열고 보시면 됩니다."

"응. 고마워."

중국제 스마트폰이었다. 이제 스마트 폰도 굳이 최신을 쓰지 않아도 웬만한 것은 다 할 수 있어서 불편하지 않다고 한다. 한때 컴퓨터도 무조건 최신을 쓰던 시절이 있었지만 요즘은 내가 사용하는 용도에 맞춰 사양을 선택하듯 스마트폰 역시 굳이 최신을 살 필요가 없는데도 대부분 신형을 많이 선호한다. 가성비를 많이 따지는 학생들 사이에서는 성능이 약간 떨어지지만 가격이 비교적 싼 중국제 폰을 많이 쓴다고 한다. 폰을 열자마자 여자 친구로 보이는 여성의 사진이 한 눈에 들어왔다. 사진에 보정이 좀 들어갔겠지만 예쁜 얼굴이었다. 역시 젊은 사람이라 앱도 다양하게 많이 깔려 있었는데 나는 대부분이 무슨 앱인지 알 수가 없었다. 카카오톡을 눌러 실행을 시켰다. 그룹 톡방이랑 개인 톡방이 반반 정도 되는 것 같았는데 위에서부터 누르고 들어가서 내용을 확인했다.

[진우야 수업 듣는데 네가 없다. 교수님도 출석 안 부르시더라. 난 아직도 실감이 안 나.]

[오빠 장례식장 못 가서 미안해요. 하늘에선 즐기면서 여유롭게 지내세요.]

[임마! 보고 싶다. 더 자주 봤어야 하는데.]

대부분의 톡이 사망 소식을 듣고 혹은 장례식이 끝난 후에 온 메시지가 마지막이었다. 이런 고인을 향한 메시지를 지나 좀 더 밑으로 내려 생전의 메시지를 확인했다. 학과 동기들 단체 채팅 방, 고등학교 동창 단체 채팅 방, 여자 친구와의 메시지를 통해 이 학생의 죽기 전 일상을 알 수 있었다.

24

"오늘 수업은 여기까지. 1차 고사는 다다음주에 볼 건데 목요일 6시다."

공대 전공은 한 학기에 시험을 세 번 혹은 네 번 본다. 전공만 5과목이니 교양까지 하면 4개월도 안 되는 기간에 20번 정도 시험을 보게 된다.

"그날 열역학 시험 있습니다."

"아 그래? 그럼 화요일로 할까?"

"다음 주에는 유체역학 시험이라 그 다음 주 화요일이 더 좋습니다."

이렇게 전공시험을 겹치지 않게 치다 보니 매주 시험이다. 지난 학기에는 11주 연속으로 시험을 한 개 이상 봤다. 밖에서 축제를 하고 있는데 도서관에서 시험공부를 하기도 했다. 누가 대학생 되면 시간적 여유가 많다고 했나. 그나저나 빨리 정하고 알바 가야 하는데 어차피 언젠가는 볼 거 빨리 좀 정하지. 시험 날짜가 정해지고 후다닥 나가는데 동기인 종호가 말을 걸었다.

"또 바로 알바 가냐?"

"응. 이 시간 끝나면 항상 가는데 뭘 물어. 나 늦었어."

대답을 하는 둥 마는 둥 하며 재빠르게 빠져나오는데 종호가 한마디 더 했다.

"10시에 끝나지? 연락한다."

"알았어. 근데 오늘 현지 만나기로 했어."

"이런. 또 같이 못 마시겠네. 오늘 동기들 몇 명 모이기로 했어."

종호는 군대 가기 전에 같이 기숙사에 살던 친구다. 1학년 때 하도 붙어 다녀서 서로 볼 것 못 볼 것 다 본 사이라 이놈을 빼고는 나의 대학생활을 이야기하기 힘들다. 군대를 가서도 연락을 한 유일한 대학교 동기다. 복학해서도 시간표 같이 짜고, 공부도 같이 하며 서로 의지했는데 내가 현지를 만나기 시작하며 수업 시간 외에는 자주 못 보고 있다. 그래도 내가 바빠서 소홀한 학과 일이나 시험 족보까지 잘 챙겨 주고, 모임 같은 것도 있으면 꼭 말해 준다. 항상 고마우면서 미안한 친구다.

"그걸 이제 이야기하면 나는 갈 수가 없지."

"이제는 무슨. 월요일에도 이야기했거든."

내가 알바를 가려고 빠르게 걷는데 종호도 따라오며 계속 이야기를 한다.

"미안. 미안. 요즘 바쁘잖아."

"너 진짜 후회한다. 현지한테 올인해서 다른 거 다 소홀하고, 비는 시간에는 알바하고."

"그만해. 진짜 그런 거 아니라니까. 내가 좋아서 하는 거야."

"좋긴."

"알았어. 오늘 빨리 헤어지면 전화할게. 진짜 간다. 뛰어야 돼."

늦기도 했지만 이놈이 요즘 잔소리가 너무 많다. 듣기 싫어서 그냥 도망친 것이다. 알바 하는 곳에 거의 다 와서 빠른 걸음으로 걸으며 현지한테 톡을 남겼다.

[시험 날짜 정하느라 수업 늦게 끝내 줘서 뛰는 중]

의미 없는 내용이라도 현지는 시간 날 때마다 연락하는 것을 좋아한다. 아침에 나오면서 보내고, 도착했다고 보내고, 밥 먹으며 뭐 먹는지 보내고 일거수일투족 모두 알기를 원한다. 물론 현지도 시간이 날 때마다 연락을 한다. 처음에는 왜 쓸데없이 이런 연락을 해야 하나 싶었다. 나를 믿지 못하는 것 같아 기분이 나빴는데 이제는 그냥 익숙해져서 나도 모르게 하게 된다. 그냥 생활이 되었다고 해야 하나?

[나는 아직 수업 중]

[오늘은 보는 날이다]

[힑~ 빨리 보고 싶어~~]

[얼른 끝나라~~]

이런 식으로 오는데 내가 톡을 안 할 수가 있나. 알바 들어가기 전에 하나 더 보낸다.

[나도 보고 싶어~]

[도착했어. 시작한다]

[얼른 끝내고 나올게 ♡♡]

1분을 늦어도 30분 시급이 날아가기 때문에 2층으로 뛰어 올라가 직원 출입구로 들어갔다. 탈의실에서 최대한 빨리 유니폼 갈아입고 옷매무새를 정리하며 나갔다. 간신히 저녁 미팅 시간에 맞출 수 있었다.

"금요일 저녁 바쁜 거는 말 안 해도 알죠? 바쁠 때 항상 꼬이는 음식 순서 잘 맞춰서 가고, 파트마다 스탠바이 꼭 한 명씩 하는 것 잊지 마세요. 오늘은 별로 공지할 건 없고, 어제 굿 코멘트 두 개 뜬 조이한테 배지를 하나 줄게요. 박수~"

"짝짝짝."

패밀리 레스토랑에서 일주일에 세 번 알바를 하고 있다. 5시 반에 시작해서 9시~11시 사이에 끝난다. 시작 전에 서버들 모여서 미팅을 하는데 고객에게 칭찬을 받거나 목표를 달성한 사람한테 배지를 준다. 이제 시작한 지 3개월 정도 되어 나름 일도 익숙해졌고, 배지도 몇 개 생겼다. 처음에는 내가 생각했던 서빙보다 너무 힘들었다. 그냥 주문 받아서 접시 몇 개 나르면 될 줄 알고 시작을 했는데 일단 메뉴가 많아서 외우는 데에도 일주일 이상이 걸렸다. 체력 소모도 엄청나다. 내가 저녁 피크 시간에만 일해서 그런 것도 있지만 진짜 쉴 새 없이 움직여야 한다. 접시도 왜 이렇게 무거운지 트레이라는 큰 쟁반에 담아 들면 5kg도 넘을 것 같을 때가 많다. 오늘은 금요일이라 6시만 넘어도 테이블이 완전 꽉 차서 눈코 뜰 새 없이 바쁘다. 그렇다고 월요일이나 수요일이 덜 바쁜 건 아니다. 손님이 적은 날은 그에 따라 서버의 숫자를 줄여서 바쁜 건 마찬가지다. 한 마디로 항상 바쁘다.

"오빠 컵 좀 내려 줘."

"응. 잠깐만."

워싱머신에서 나온 컵 홀더를 들어서 비어 있는 탁자에 올려놓자 컵을 내려 달라던 여자 서버는 컵 두 개를 들고 후다닥 사라졌다. 바쁜 날은 그릇이 모자라서 워싱머신에서 나온 그릇들을 바로 사용한다. 홀더에 컵 20개가 들어 있어 무게가 만만치 않은데 설거지가 된 컵 홀더가 나오는 곳이 내 키보다도 높아 꺼내기가 쉽지 않다. 나도 두세 번 빼면 허리가 아플 정도다. 그냥 음식 나르는 일이라 쉬울 줄 알았는데 머리도 많이 쓰면서 체력도 많이 소모 되는 것이 서빙이었다. 이것뿐 아니라 음식물 쓰레기통도 차면 묶어서 버려야 하는데 꽉 차면 너무 무거워서 3분의 2만 차면 버리러 간다. 가끔 서빙하기도 바빠서 남자 서버들끼리 눈치게임을 하다 꽉 차기도 하는데 매니저가 보면 지나가는 남자 서버 아무나 잡고 버리라고 시킨다. 이렇게 걸리면 진짜 힘들기 때문에 알아서 미리미리 돌아가며 버리러 간다. 남자 서버의 숫자가 적어서 누가 자주 버리고 안 버리고 금방 티가 나기 때문에 눈치 보느니 그냥 보이면 버리는 게 오히려 속 편하다. 여자 서버가 거의 세 배 많은데 이런 일들은 다 남자 서버들 차지다. 물론 딱 봐도 왜소해서 무거운 것은 들지 못할 것 같은 여자 서버들도 있긴 하지만 충분히 들고도 남을 것 같은 애들은 왜 안 하는지 알 수가 없다. 그렇다고 남자 서버들이 시급을 더 받는 것도 아닌데 말이다.

"테이블 몇 개 남았어?"

"세 개 남았는데 셋 다 다 먹어서 금방 빠질 것 같습니다."

"리사한테 넘기고, 9시 반 컷 해."

4시간이 어떻게 갔는지 모르게 빠르게 흘렀다. 아직 경력이 얼마 안 돼서 일찍 마치는 편이다. 내가 담당하던 테이블을 더 늦게까지 일하는 서버에게 넘기고, 퇴근을 했다. 옷을 갈아입고 폰을 보니 톡이 여러 개 와 있다.

[수업 끝]

[친구들이랑 밥 먹으러 왔어요~~]

[떡볶이 맛나. 오빠는 일하는데 나만 먹어 미안요]

[아아(아이스아메리카노)시켰다]

[애들 가고 혼자 남아 오빠 기둘 중]

현지가 계속 뭐 하는지 톡을 남겼다. 그래도 오늘은 많이 보낸 게 아니다. 사진도 첨부해 가면서 친구 누구랑 있으며 무슨 이야기를 했는지 시시콜콜 다 남기는 날도 있다. 내가 의처증 같은 것이 있는 것도 아닌데 뭘 이렇게 다 보내나 싶었는데 이제는 몇 개 없으면 실망스러우면서 궁금해진다.

[학교 앞 베니스 호프다. 애들 14명이나 모였어 늦게까지는 몇 명 남을지 모르겠는데 올 수 있으면 와라]

종호도 아까 말했던 것처럼 동기들과 모였다고 남겼다. 오랜만에 동기모임에 가고 싶기는 한데 오늘은 못 갈 것 같다. 벌써 3시간이 지나서 일찍 돌아가는 애들은 갔을 시간이다. 현지를 만나면 오늘 몇 시에 헤어질지 모르기 때문에 간다고 확답을 남길 수 없다. 아직 더운 날씨라 빨리 걸으면 땀이 나겠지만 빨라지는 걸음을 멈출 수가 없다. 현지를 조금이라도 일찍 보고 싶은 마음에 걷는 속도를 더 올린다. 커피숍으로 들어가서 문을 열었다. 열자마자 넓은 매장 안에 현지가 바로 눈에 들어온다. 진짜 신기한 게 사람이 아주 많은 곳에서도 현지를 금방 찾을 수 있다. 현지랑 썸 타던 시절에는 지하철을 기다리고 있었는데 도착하는 지하철이 빠르게 지나가는 찰나에 앉아 있는 현지를 발견한 적도 있다. 내가 뒤쪽 칸에 타려고 서 있어서 지하철이 엄청난 속도를 내며 앞을 지나갔는데 앞쪽 칸에 타고 있던 현지를 알아보고 톡을 보냈던 기억이 있다. 현지를 만나려고 기다리고 있었던 것이 아니라 우연히 지나쳤는데 말이다.

"오빠~~"

"현지 많이 기다렸지."

"아니 괜찮아요. 과제하고 있었어."

"과제 얼른 끝내야지, 주말에 오빠랑 놀려면."

우리는 이미 주말에 보기로 약속이 되어 있다.

"히힛. 좋다. 오늘은 어디 갈 거야?"

"오늘은 좀 늦었으니 요 앞에 수제 맥줏집 가자!"

"가자~~"

현지 짐을 싸서 가방에 넣고, 카페를 나와 손을 꼭 잡고 수제 맥줏집까지 걸었다. 맥주는 국내 브랜드만 먹어 보고 다 거기서 거기라고 생각했었는데 수제 맥주를 마셔 보고 생각이 확 바뀌었다. 맥주가 만드는 재료와 방법에 따라 맛도 가지각색이고, 목 넘김도 다 다르단 것을 얼마 전에서야 알았다. 시원해서 마시고, 취하려고 마시는 술이라기보다 음미하고, 즐기는 쪽에 가까운 것이 맥주였다. 물론 가격은 일반 생맥주의 두 배가 넘어서 쭉 쭉 들이킬 수 없는 것도 음미를 하게 만드는 요소이다.

"오빠는 오늘 뭐 마실 거야? 난 아메리칸 페일 에일."

"음…. 난 다크 에일 한번 마셔 봐야지. 안 마셔 본 걸로. 안주는 감튀? 피자? 뭐 먹을래?"

"오빠 배고프지? 난 저녁 먹어서 안 먹어도 되는데 피자보다는 감튀가 좋을 것 같아."

"나도 일하면서 나오는 간식 집어 먹어서 많이는 안 고파. 맥주 마시면 배부를 거야."

간식 좀 먹은 상태지만 한창 먹을 나이에 힘든 일까지 했는데 당연히 더 먹을 수 있었다. 하지만 수제 맥줏집은 학생이 오기에는 가격이 좀 부담스러운 곳이라 적당히 시켰다. 물론 알바를 해서 금전적으로 여유가 좀 생겼지만 이렇게 시켜도 하루 알바 비가 다 날아간다고 생각하면 절약을 할 수밖에 없다.

"저기요. 아메리칸 페일 에일 한 잔이랑 다크 에일 한 잔 주시고, 감자튀김 하나 주세요."

주문을 받아 가고 현지가 내 옆으로 와서 손을 잡았다.

"오빠 내일은 우리 어디 가?"

내일이 우리가 사귀기로 한 지 200일이다. 3개월 전에 알바를 시작한 계기가 100일 기념으로 선물 사고, 데이트 하느라 종호에게 30만 원을 빌렸기 때문이다. 돈을 갚는 것이 목적이었는데 돈이 생기니 데이트 장소가 분식집에서 파스타집으로 바뀌었다. 캐릭터 상품이나 인형 같은 자잘한 선물들을 주는데도 부담이 없어져 이제는 그만둘 수가 없다.

"내일은 영화 보고, 저녁 먹으러 갈 거야."

"오~ 내가 전에 보고 싶다고 했던 거?"

"그럼. 이미 예매해 놨지. 내일 발표와 토의 수업에 조 발표하는 모임이 있어서 거기 갔다가 4시에 영화관에서 만나자."

"히힛. 좋아. 나는 내일 늦잠 자야지."

맥주를 마시고 떠들다가 12시가 되어서 헤어졌다. 현지가 지하철을 타고 귀가를 하려면 12시에는 헤어져야 한다. 현지를 역까지 바래다준 후에 집으로 걸어가며 톡을 확인했다. 10분 정도 전에 종호한테 온 메시지가 있다.

[현지 만나냐? 우리 그만 파한다. 담에 나랑 따로 한잔하자]

미안해서 바로 답을 해 줬다.

[미안해 지금 헤어지고 집에 가는 길. 조만간 꼭 한잔하자]

그리고 밑에는 내일 조모임 단체 톡방에 메시지가 몇 개 왔다.

[정선민: 저 내일 알바 있어서 참석 못 할 것 같아요]

[조건우: 아 그럼 미리 말을 했어야]

[정선민: 바꿀 수 있을 줄 알았는데 못 바꿔서요]

[조건우: 이번에 자료 조사한 것들 좀 보고 PPT 윤곽을 좀 잡아야 하는데 자료 조사한 것은 제 메일로 보내 주세요]

[정선민: 네 내일 아침에 보내 드릴게요 못 가서 죄송합니다]

[조건우: 내일 모여서 이야기하고 결과 알려 드릴게요 조장님은 바쁘신가요?]

내일 모이는 것에 대한 이야기다. 원래 1학년 때 많이 듣는 필수 교양 과목이라 조원이 나 빼고 다 1학년이다. 연장자라는 이유로 어쩔 수 없이 조장이 되었는데 PPT 발표도 내가 하기로 했다. 발표하는 것에 크게 부담도 없고, 자료 조사나 PPT 만드는 것이 더 귀찮아 흔쾌히 수락했다. 나까지 조원은 총 다섯 명이다. 여자애들이 셋에 조건우가 혼자 남자인데 PPT를 잘 만든다고 하여 여자애들이 자료 조사 담당, 조건우가 PPT를 만들기로 했다. 발표 전에 한 번 만나서 자료 조사한 것을 취합하고, 발표 자료의 윤곽을 잡은 뒤 PPT 담당인 조건우에게 넘겨주기로 했다. 처음 조가 됐을 때 날짜와 시간까지 다 정했는데 한 명이 내일 안 나온다는 것이었다. 이때까지는 그냥 어리니까 그럴 수도 있다고 크게 개의치 않았다.

'빠빠 빠빠빠 빠빠라바빠'

알림 소리에 깼다. 예전에는 내가 좋아하는 음악으로 알람을 맞췄었는데 날 깨우는 짜증 나는 소리로 좋아하는 음악이 쓰이면 그 음악이 싫어지게 된다. 그래서 이미 싫어진 소리인 군대 기상나팔 소리로 바꿨다. 잠도 잘 깨고 좋다.

'9시'

5시간 정도 잔 것 같다. 늑장을 부리고 싶지만 오늘 하루 일정이 빠듯해서 그럴 수가 없다. 조별 발표 때 볼 자료를 태블릿PC에 넣었다. 자료조사는 내가 하는 것이 아니지만 그래도 발표를 하려면 배경지식이 좀 있어야 할 것 같아서 공부를 좀 했다. 솔직히 1학년 애들을 전적으로 믿고 맡기기 의심스럽기도 해서다. 샤워를 하고 나와서 입을 옷을 골랐다. 푸른색 와이셔츠에 오늘 입으려고 산 베이지색 얇은 재킷을 걸쳤다. 왁스도 살짝 발라 줬는데 원하는 모양이 제대로 나와서 기분이 살짝 좋아졌다. 자취를 하면서 아침은 거의 먹지 않는다. 기숙사라도 살았으면 가끔 먹었겠지만 기숙사는 통금시간이 불편해서 들어가고 싶지 않다. 군대에 가기 전에는 기숙사에서 친구들이랑 노는 재미도 쏠쏠했는데 이제는 그렇게 놀 시간도 없다. 게다가 나이가 들었는지 조용한 게 더 좋아서 자취를 시작했다. 지하철을 타고 신촌에 있는 백화점에 도착을 했다. 아직 아침이라 신촌 거리도 백화점도 사람이 많지 않았다. 1층 화장품 매장들을 지나 기억을 더듬으며 쥬얼리 매장을 찾아갔다. 예전에 같이 쇼핑할 때 현지가 찍어 둔 목걸이가 있다. 가끔 쇼핑을 같이 하는데 구경을 하다가 한 번 입어 보는 것은 별로 마음에 들지 않는 것이다. 한 바퀴 돈 후에 다시 입어 보는 것도 아직 마음에 드는 것은 아니고, 나중에 와서 한 번 더 보는 것이 진짜 마음에 드는 것이다. 입고서 말도 많다.

'너무 예쁘지 않아?'

'이거 내 분홍색 스웨터랑 너무 잘 어울릴 것 같아. 그치?'

'이런 계절에는 은이 시원해 보이고 좋아.'

정확히 사 달라고 말하지는 않았지만 너무 예쁘다며 극찬을 끊임없이 한다. 나중에 내가 사 준다는 말에 '진짜? 진짜?'를 연발하며 좋아하는 모습이 나도 기분 좋게 만들었다. 당장 사 주고 싶은 마음이 굴뚝같았지만 아무 기념일도 아닌데 30만 원이 넘는 목걸이를 주기는 좀 부담스러워 200일 선물로 주려고 묵혀 놓았다.

"안녕하세요. 찾으시는 것 있으세요?"

내가 진열대 안을 두리번거리자 직원이 와서 물었다.

"예, 잠시만요. 제가 지난번에 이쪽에서 본 목걸이가 있었는데 안 보이네요."

"혹시 이거 아닌가요?"

반대편 진열장에서 내가 찾던 그 목걸이를 직원이 가리키며 물었다.

"맞아요. 이거예요."

"신상품일 때 이쪽에 있다가 다른 신상품이 나오면서 자리를 옮겼네요. 인기 많은 상품이에요."

"아~ 이거 포장해 주세요."

혹시나 다 팔렸으면 차선책도 준비를 했었는데 목걸이가 있어서 다행이다. 좀 일찍 사 놓을까도 생각지만 종호한테 빌린 돈을 두 달에 나눠서 갚고, 데이트 비용을 썼더니 돈이 조금 모자라 집에서 용돈을 받는 날까지 기다릴 수밖에 없었다. 다음 주에 알바비가 들어오기 때문에 용돈을 써 버려도 걱정은 없다. 오늘 일정에 있는 영화 예매 완료. 레스토랑 예약 완료. 선물 준비도 완료되니 마음이 가벼워졌다. 분식집에 들어가서 순두부찌개를 시키고 현지한테 메시지를 보냈다.

[잠꾸러기는 언제 일어나나요]

'12시가 다 됐는데 아직도 안 일어났나?'

잠자는 건 진짜 1등이다. 나도 더 자고 싶은데. 어제도 많이 못 잤지만 요즘 평균 6시간도 못 자는 것 같다. 밥을 배부르게 먹으니 포만감과 함께 식곤증이 몰려왔다. 약속 장소에 미리 가서 커피를 마셔야겠다. 카페인의 힘을 빌려야 발표 자료를 좀 볼 수 있을 것 같다. 약속 장소는 멀지 않은 프랜차이즈 커피숍이다. 커피공화국이라 할 정도로 우리나라 사람들은 언제부터인가 엄청난 커피 소비량을 자랑한다. 번화가에는 커피숍이 건물마다 있다. 심지어 두 개 이상인 건물들도 있다. 약속 장소인 커피숍은 그 선두 주자로 한때 로고가 들어간 종이컵에 물을 담아 허세를 부리는 여자들이 있어서 논란이 되기도 했다. 비싼 명품 커피의 대명사였지만 이제는 다른 커피숍도 다 가격이 비슷해져서 그냥 손님 많은 유명 프랜차이즈 커피숍이 되었다. 12시가 넘어서 그런지 작지 않은 매장에 자리가 없었다. 폰을 보는 사람, 노트북을 보는 사람, 책을 보는 사람, 이야기를 나누는 사람 등 다양한 사람들이 자리하고 있었다. 이름이 불리고 테이크아웃을 하는 것으로 보이는 사람이 자리에서 일어났다. 카운터에서 가까운 원탁이 하나 비었다. 빠른 걸음으로 움직여서 쇼핑백을 올리고, 자켓을 벗어서 의자에 걸쳤다. 주문보다 자리가 먼저다.

"안녕하세요. 주문 도와드릴까요?"

"네. 아이스 아메리카노 샷 추가해 주세요."

오늘도 카페인의 힘으로 버티는 거다.

[하이~ 나 일어났어요.]

커피를 받자마자 현지한테 카톡이 왔다.

[난 밥 먹고 조별모임 하러 왔지]

[와 빠름]

[지금 12시도 넘었어]

[아~ 시간이 벌써]

[나 11시간 잤어 ㅋ]

[잘했네. 많이 자야 얼른 크지]

[다 컸거든요]

현지와 한창 카톡을 주고받을 때 이다영이라는 조원 하나가 들어왔다.

"여기요. 안녕하세요."

"안녕하세요. 다른 분들은 아직 안 오셨나 봐요."

"예. 아직 10분 남았어요. 제가 근처에 일이 있었는데 좀 일찍 마쳐서 먼저 와 있었습니다."

[조원들 와서 끝나고 연락할게]

[웅. 수고해요~]

"자료 조사는 좀 하셨어요?"

"많이는 못 했고, 어느 정도 했어요. 아직 일주일 남아서…."

끝을 얼버무리는 게 열심히 하진 않은 것 같았다. 자리에 앉아서 노트북을 켜고 뭔가 열심히 하는데 지금 와서 좀 더 찾으려고 하는 것 같았다. 딱히 친한 사이도 아니라 어색해서 나도 태블릿 PC로 공부를 더 하며 시간을 보냈다. 만나기로 한 시간이 10분 정도 지났는데 오기로 한 두 사람이 나타나지 않았다. 연락도 없는 게 불안해서 일단 단체 톡방에 메시지를 남겼다.

[서진우: 지금 저랑 다영 씨만 와 있어요. 오고 있나요?]

어제 카톡을 한 것으로 보면 적어도 조건우는 올 것 같은데 이상하다. 다행히도 2분 정도 후에 조건우가 답을 해 왔다

[조건우: 저는 지금 지하철역 내렸습니다]

"조건우 씨는 지금 지하철 내렸다고 하네요. 곧 오겠죠."

"아. 네."

다시 어색한 침묵이 흘렀다. 몇 분이 몇 시간 같은 느낌이다. 그나마 다행인 것은 서로 자료를 보고 있어 말을 하지 않아도 됐다. 조건우가 문을 열고 들어오며 우리를 봤다.

"안녕하세요."

"안녕하세요."

"늦어서 죄송합니다. 제가 인천 집에 좀 다녀오느라."

"괜찮아요. 안 오는 사람도 있는데요. 허인선 씨는 연락도 전혀 없고."

"근데 저도 커피 한 잔만 마실게요."

"아! 뭐 마실래요? 내가 한 잔씩 살게요. 다영 씨는 뭐 드실래요?"

같은 과는 아니어도 내가 선배에 조장이라 같은 조 후배들 커피 한 잔은 사려고 했다.

"아뇨. 제가 늦었으니 제가 사겠습니다."

"조장이 한 번 살게요. 빨리 말해요."

"그럼 저는 아아 먹겠습니다."

"저도 아아요."

아이스 아메리카노 두 잔을 시킨 후 자리로 돌아와 본격적으로 발표 이야기를 시작했다.

"선민 씨한테 자료는 받으셨어요?"

"네, 어제 받기는 했는데요. 그냥 웹사이트 몇 개 링크 걸어서 보냈더라고요. 그것도 다 나무위키에 있는 것들이요. 저도 자료 정리는 안 했지만 좀 찾아보고 공부는 했거든요. 그런데 잠깐 검색한 제가 다 본 것들입니다. 검색해서 나오는 거 그냥 링크만 이렇게 보내면 10분도 안 걸렸겠어요."

"아 발표를 해야 돼서 나도 조사를 좀 해 봤는데 나무 위키에 있는 건 나도 다 봤는데. 다영 씨 자료도 좀 볼까요?"

이다영이 노트북 화면을 우리 쪽으로 돌려 정리한 자료를 보여 줬다.

일단 내용 별로 나누어 놓기는 했는데 본인이 작성을 다시 한 것은 아니고, 인터넷에 있는 내용을 복사해서 내용 별로 붙여 넣기를 한 듯 보였다. 현재 우리가 가지고 있는 그나마 제일 나은 자료다. 발표 날짜가 일주일 남은 시점에서 사실상 자료가 거의 없는 것이나 마찬가지다.

'암울하다.'

자료를 모으기로 한 사람들이 와서 방향성을 잡고 PPT를 어떻게 만들지 토론을 해야 하는데 지금 상태로는 할 수 있는 것이 없다. 셋 다 말 없이 자료만 보고 있다. 지금 상황을 다들 이해하고 있는 것이다. 어떻게 할 것인가 생각을 좀 해 보니 답은 하나밖에 없다. 조장인 내가 먼저 말을 꺼냈다.

"지금 저랑 건우 씨는 제대로 몰라서 어떻게 하자고 말하기는 어렵고요. 일단 다영 씨 자료 가지고 건우 씨는 PPT 만들기 시작해 주세요."

"아. 네"

"다영 씨도 자료 이정도로는 부족하고요. 사진 자료랑 수치 같은 거 표로 만들어야 해요. 그리고 긁어 온 거 그대로 주시면 안 되고, 요약해서 핵심만 정리를 좀 해 주세요."

"에…."

하겠다는 건지 하기 싫다는 건지 정확하지 않은 대답을 하는데 강제로 해서 될 것도 아니고 일단 그냥 넘어갔다.

"저도 부족한 게 뭔지 검색해서 공부를 좀 해 볼게요. 오늘은 더 이상 할 수 있는 게 없을 것 같아요. 각자 수요일까지 더 조사하고, 정리해서 학교에서 만나야겠네요. 톡방에도 제가 이야기할게요. 일주일이란 시간이 생각보다 많지 않아요. 이대로 가면 발표 힘들어요. 신경 좀 써 주세요."

그래도 안 온 사람들 보다는 온 사람들에게 기대를 해야 할 것 같아서 당부를 좀 강하게 했다. 마음 같아서는 더 강하게 밀어붙이고 싶었지만 신입생에 과 후배들도 아닌 모르는 애들이라 그러지 못했다. 내가 조사해서 정리도 다 한 뒤에 PPT 만들라고 넘겨줘야 할 것 같은 불길한 예감이 들었다. 일요일에 과제 끝나면 시험공부도 해야 하는데 벌써 한 숨이 나오기 시작한다. 2~3시간 정도 이야기를 할 줄 알고 4시 영화를 예매했는데 1시간도 안 돼서 헤어지다니. 지난 학기에 조별 과제 있는 수업 들었던 동기가 혼자 다 했다고 하소연 했던 일이 생각났다. 그때는 그냥 그럴 수도 있다고 생각했었는데 나한테 닥치니 보통일이 아니다. 현지가 오려면 아직 멀어서 난 카페에 남아 태블릿으로 자료 검색을 더 했다. 허비할 시간이 없다.

[두 명은 오지도 않고, 자료 조사도 거의 된 게 없다 ㅠ]

틈이 나서 현지한테 톡을 하니 바로 답이 왔다.

[헐 어떡해 ㅠ 나빴네]

[일단 내가 공부 좀 해 보고, 할 수 있는 데까지 해 봐야지]

[왜 오빠가 해! 지금 있는 사람이라도 시켜]

[같이 할 게 없어서 지금 다 보냈어]

[혼자 있어 그럼? 나 아직 씻지도 않았는데]

[괜찮아 천천히 와도 돼 자료 좀 찾고 있을게]

[나 바로 씻어야지 언능 갈게]

[웅 웅]

두 시간 정도 자료를 찾았는데 윤곽이 좀 나왔다. 내 능력치가 그들보다 크게 뛰어나지 않을 것 같은데 두 시간만 해도 자료는 더 이상 찾지 않아도 될 정도로 많이 나왔다. 집에 가서 두세 시간 정도 정리하면 될 것 같았다.

'진짜 이 정도도 안 하고 조별 발표를 하려고? 날로 먹겠다는 거야?'

25

3시가 좀 넘자 현지가 도착했다. 약간 이르지만 일정대로 영화를 먼저 보러 갔다. 볼 때는 다 같이 재밌게 웃는데 끝나고 나면 조금 허무한, 가볍게 볼 수 있는 로맨틱 코미디였다. 그래도 커플이 같이 보기에는 만족도가 높은 영화인지 대부분의 관객이 커플이다.

"재밌다. 그 아저씨 전화 받는 거 너무 웃기지 않아?"

현지도 재밌었다고 영화 속 장면들을 이야기하며 웃음 포인트를 복기했다.

"아. 너무 웃겨. 그 장면 이제 코미디언들이 패러디 많이 할 것 같아. 현지야. 오빠 잠깐 화장실 좀."

맞장구를 쳐 주며 복도로 나와 화장실에 들렀다. 현지는 팝콘을 좋아하고, 나는 콜라를 좋아해서 영화관에 오면 항상 공식처럼 팝콘에 콜라를 마신다. 덕분에 나는 영화가 끝나면 화장실에 무조건 들르게 된다.

복잡한 것을 싫어하는 우리는 항상 엔딩 크레딧이 다 올라가고, 사람들이 거의 다 나간 후에 자리에서 일어서기 때문에 화장실에도 사람이 적었다. 멀티플렉스 영화관의 장점 중 하나가 화장실 관리가 철저하다는 것이다. 냄새는 물론 이용하는 사람이 많은 것에 비해 항상 깨끗하고, 쾌적하기까지 하다. 편안하게 볼일을 보고 있는데 옆으로 파마머리가 훅 지나갔다. 슬쩍 지나가는 것만으로 누군지 알 것 같았다.

'청소 아줌마다.'

대한민국에 사는 남자라면 이런 일을 종종 겪는 것 같다. 사람이 있는데도 아무렇지도 않게 들어와서 밀대를 밀거나 휴지통을 비운다. 심지어 지금처럼 용변을 보고 있어도 전혀 상관하지 않는다. 남자 화장실 소변기에는 칸막이도 없다. 물론 청소하시는 분이 쳐다보지는 않지만 용변을 보고 있는데 여자가 들어오면 의식을 하지 않을 수가 없다. 만약 여자 화장실에 남자가 청소를 하러 들어가면 성범죄자로 바로 신고당할 것이다. 여자화장실은 모두 칸막이로 막혀 있는데도 말이다. 간혹 항의를 하는 사람에게는 '왜? 자신 없어?', '남자가 뭘 그런 것 가지고 그래.'라는 핀잔을 준다. 남자는 대범하고, 강해야 한다는 편견 때문에 부정을 하면 남자답지 못한 사람이 되는 것 같아 그냥 무언의 긍정을 하게 된다. 아무리 남자라도 여자가 들어오면 긴장되고 위축된다는 이야기를 더 해봤자 변명하는 것처럼 느껴질 뿐이다. 최근 들어 여자들에게 술을 따르게 하거나 성적인 수치심을 느끼는 농담을 하는 것이 범죄가 된다는 사실이 널리 알려지며 일상적이라 무감각했던 성희롱, 성범죄 등에 경각

심을 갖게 됐다. 직장 내 성폭력 방지 교육까지 의무적으로 받게 되었는데 모든 포커스는 여자에게 집중이 되어 있다. 남자는 이런 성폭력에 해당하는 일을 당하고도 그냥 별것 아닌 일로 넘어가야 한다. 오히려 좋으면서 싫은 척 장난치는 것으로 치부하기도 한다. 성적 수치심을 느꼈다면 성폭력이라고 하던데 남자는 왜 성적 수치심을 느껴서도 안 된다는 말인가.

"안녕하세요."

"안녕하세요."

어두운 색의 투명 문이 열리자 호스트 직원이 반갑게 인사를 했다.

"예약하셨어요?"

"네. 서진우요."

"네, 이쪽으로 오시겠어요."

직원을 따라 홀로 들어갔다. 얼마 전에 대박이 난 드라마의 배경이 되었던 집이라 예약도 힘들게 했는데 역시나 홀에는 사람으로 가득 차 있었다. 현지는 들어가면서부터 사진을 찍느라 여념이 없다.

"오빠, 저기가 드라마에 나왔던 그 자리야. 주인공 애들이 저녁 먹은 자리 말이야."

"아. 그렇구나."

나는 그 드라마를 보지 못해서 잘 모르지만 맞장구를 쳐 줬다. 현지가 목소리를 높이며 좋아하는 걸 보니 밥을 먹기 전부터 이번 이벤트는 성공이란 느낌이 왔다. 창가 쪽에 위치한 흰색 테이블로 안내를 받았다. 투명한 꽃병에 빨간색 장미가 한 송이, 그 옆으로 노란색 향초가 자리하고 있었다. 메뉴판을 보며 오기 전에 인터넷으로 검색해서 알아 놓은 인기 메뉴를 찾았다.

"현지야! 스테이크 하나, 파스타 하나, 샐러드 하나, 와인 두 잔. 이렇게 시키자."

"오~ 좋아. 배부르겠다. 히히."

"스테이크는 안심으로 하고, 파스타는 이거랑 이거 둘 중에 하나 시키면 되는데 어떤 거 할까?"

"음. 난 토마토소스가 좋아."

"그래, 그럼 토마토로 하고, 샐러드는 먹고 싶은 거 있어? 여기는 이게 제일 유명하대."

"아, 이거. 나도 인스타에서 본 것 같아. 이거 먹자."

"오케이. 시키자."

솔직히 미식가가 아니라 가끔 유명한 집이라고 해서 찾아가도 일반 음식점보다 맛있는 것을 잘 알지 못하는데 이 집은 진짜 맛있었다. 재료의 맛을 잘 살리면서 양념도 잘 어우러지는 것이 맛을 잘 모르는 내가 먹어도 다르단 것을 확실히 알 수 있었다. 다음에 다시 오고 싶은 집인데 자주 오기에는 비싸다.

"오빠 여기 진짜 맛있다. 스테이크가 입에서 살살 녹았어."

"다른 것도 다 맛있네. 다음에 또 오자."

"오빠 덕분에 입이 호강했어."

"나도 맛있게 잘 먹었습니다. 사진 찍은 거 나도 공유해 줘."

서비스 디저트로 커피가 나오고 이야기를 조금 더 하다가 선물을 꺼냈다.

"200일 선물이야."

"어! 뭐야? 설마…."

포장 곽에 쓰여 있는 브랜드 이름을 보고 현지가 바로 예측을 해 버렸다. 목걸이를 꺼내 들고는 '예쁘다, 고맙다.'를 연발하기 시작했다. 현지의 이런 반응을 보고 있으면 내가 더 기분이 좋아진다. 이 맛에 선물을 한다.

"와, 너무 예뻐. 나 좀 해 줘."

예상했지만 선물은 대성공이었다. 현지 목에 목걸이를 걸어 주자 현지도 가방에서 무엇인가를 꺼냈다. 만날 때부터 쇼핑백 하나를 계속 들고 다녀서 200일 선물이라 예상은 했는데 그냥 모른 척하고 있었다. 현지가 무언가를 내밀며 말 했다.

"200일 선물이야."

현지는 흰색 티셔츠를 꺼냈다. 같은 것이 두 장이었다.

"커플 티셔츠네!"

보자마자 얼마 전에 커플 티 하면 예쁘겠다고 현지가 보여 줬던 것이 생각났다. 요즘 가성비가 좋기로 유명해진 국내 브랜드의 로고가 정 중앙에 프린트 되어 있는 티셔츠였다. 커플 티가 아니어도 부담 없이 입고 다닐 수 있는 깔끔하고, 예쁜 티셔츠라 나도 마음에 들었다.

"응. 이거 전에 말했던 거. 예쁘지?"

"같이 입고 다니면 진짜 예쁘겠다. 잘 입을 게요~~"

"아니야. 오빠가 준 거에 비하면 너무 약소하다."

"무슨 소리야. 가격이 무슨 상관이야. 현지는 이거 사느라 용돈 아꼈을 텐데. 학생이 무슨 돈이 있다고."

"오빠도 학생인데 비싼 목걸이 줬잖아."

"오빠는 알바도 하잖아. 괜찮아. 티셔츠 아주 맘에 들어."

조금이라도 현지 부담을 덜어 주고 싶은 마음에 한 대답이었지만 현지가 주는 것은 뭐든 좋기도 했다.

"응. 고마워 오빠. 예쁘게 하고 다닐게."

"나가자. 근처에 칵테일 바 알아 뒀어. 거기 가자."

"가자~~"

칵테일 바에서 신기한 칵테일 몇 잔 마시고, 칵테일 쇼도 보며 200일 기념 데이트를 마쳤다. 정확하게 말하면 데이트는 다음날 오전에 끝났다. 평소 가던 곳보다 두 배 비싼 모텔을 예약해서 같이 밤을 보냈다. 밤에도 현지랑은 잘 맞는다. 서로 낯 뜨거워서 이야기는 잘 못하지만 현지가 만족하는 것을 내가 느낄 수 있다. 나 역시 현지를 좋아하는 만큼 만족도도 높다. 늦잠을 자고 일어나 아점을 먹은 후에 집으로 보냈다. 자체 평가지만 완벽하다 싶을 정도의 200일 파티였다. 그런데 갑자기 세 달 후에 300일은 뭐를 해야 하나 싶은 생각이 들었다. 그 즈음은 크리스

마스에 이어서 1주년도 있다. 다음에는 여행을 가자는 말이 나오긴 했는데 그때까지 모이는 돈을 봐서 일정을 짜면 된다.

[집 도착]

[오빠 데이트 너무 너무 재밌었다]

[선물 진짜 고마워요]

현지한테 연달아서 톡이 왔다.

[나도 도착]

[나도 선물 고마워요]

[난 이제 과제 해야겠다]

[와 오빠 체력 좋다]

[난 좀 자야지]

[열심히 해요~~♡♡]

나라고 자고 싶지 않은 건 아니다. 그만큼 과제가 급하다.

[웅웅 쉬어요♡♡]

같은 침대에서 누군가와 같이 자면 잠을 잘 못자는 편이라 잠을 좀 설쳤다. 깨어 있지만 뭔가 정신이 몽롱하면서 내 정신이 내 정신 같지 않은 그런 상태다. 30분 정도만 자고 싶은데 누우면 2~3시간을 그냥 자 버릴 것 같아 인스턴트커피를 한 잔 마시며 바로 과제를 하기 시작했다. 막히는 문제가 몇 개 있어서 종호한테 물어보려고 전화를 했다. 종호는 학교 도서관에서 같은 수업 듣는 동기들이랑 과제를 하고 있다는 것이다. 모르는 문제도 좀 해결을 할 겸 잠도 깰 것 같아 과제할 것들을 챙겨서 도서관으로 올라갔다. 일요일인데도 도서관은 반 이상이 차 있다. 지정석은 아니지만 우리 과 애들이 자주 모이는 큰 테이블에 다섯 명 정도가 모여 있는 것이 눈에 들어왔다.

"진우 왔냐?"

"어. 과제하고 있다며. 나도 하는 중이라 왔지. 다 했어?"

"우리도 하는 중이지. 시작한 지 얼마 안 됐어. 넌 얼마나 풀었는데?"

"네 문제 정도 못 풀겠던데."

"오~ 다 했네. 줘 봐 좀."

내가 모르는 거 물어보러 왔는데 오히려 알려 주게 생겼다. 원래 서로 보여 주고, 베끼고 하면서 완성하는 게 과제다. 시간은 좀 걸렸지만 이렇게 저렇게 머리를 맞대니 거의 다 풀었고, 마지막으로 친한 조교 형한테 전화까지 해서 과제를 완전히 끝냈다. 혼자 했으면 아마 다 풀지는 못했을 것이다. 같이 저녁이나 먹고 헤어지려고 학교 앞 식당에 갔는데 같은 과 후배 둘이 나타났다.

"어떻게 알고 왔어. 너네?"

"지원오빠한테 받을 거 있어서 연락했더니 오라고 하던데요."

"나랑 실험 같은 조라."

"아~"

한 명은 나랑 엠티 때 같은 조라 친해진 장미고, 다른 애도 같은 학년이라 자주 마주치는 소영이였다. 공대에는 여학생이 적기도 하고 우리 과는 크지도 않아서 웬만하면 거의 다 알기는 한다. 아마도 지원이한테 실험 노트를 빌리러 왔을 것이다. 실험 수업은 수업 시간에 부담이 없는 반면 매주 실험 보고서를 써야 하는 번거로움이 있다. 이번 주에 할 실험에 대해 조사하고, 지난주에 했던 실험의 결과를 정리해서 제출하는 것이다. 어차피 같이 하는 실험이라 조별로 같은 결과 값을 가지기 때문에 실험을 통해 내가 느낀 점을 서술하는 것 외에는 보고서의 내용이 거의 같다. 그래서 한 명이 먼저 쓰면 조원들이 그 노트를 베끼는 것이 일반적인데 같은 학년이라도 나이가 많은 예비역들이 써서 후배들에게 돌리는 경우가 많다. 여자 후배 둘을 갑자기 불러냈다기에 여러 가지 상상을 잠깐 했지만 같은 실험 조라는 한 마디로 그냥 다 설명이 된 이유가 여기에 있다. 하지만 이 방식의 문제점은 직접 결과 보고서를 작성한 사람보다 베꼈지만 글씨를 더 잘 쓰고, 그래프나 표 등을 예쁘게 꾸민 사람이 점수를 더 받는 경우가 있다는 것이다. 물론 실험 후기를 더 감성적으로 잘 쓰는 부분도 무시할 수 없지만 말이다. 그놈의 '오빠'가 문제다. 시커먼 남자들만 있는 군대에서 제대한 지 얼마 안 돼서 복학을 하면 두세 살 어린 여자 후배들과 수업을 같이 듣게 된다. 여자 동기들은 졸업을 해서 없고, 남자 후배들은 군대를 간 것이다. 여자 후배들이랑 같은 수업을 듣고, 엠티도 가고, 술도 마시게 된다. 불과 몇 달 전과는 전혀 다른 상황에서 어린 여자 동생들이 부르는 '오빠' 소리에 취해 밥도 사 주고, 술도 사 주고, 과제도 보여 주고 하게 되는 것이다. 누가 만들었는지 그 '오빠'란 단어에는 묘한 매력이 있다.

[과제는 다 했나요? 나는 엄마가 비빔국수 해 준대]

[지금 끝내고 애들이랑 밥 먹으러 왔어]

기숙사에서 나오며 도서관에 과제를 하러 간다고 이미 톡을 보내 놨었다.

[오호~ 넷이 다?]

[기숙사 사는 여자 후배들 두 명 왔어]

[숙제 빌리러 왔구나. 밥도 얻어먹고. 좋겠다.]

[다른 동기가 실험노트 빌려 달래서 불렀대]

[진짜 나도 여대 괜히 갔어]

[ㅋㅋ 현지는 오빠가 있잖아]

[웅 웅 난 오빠만 있음 돼]

[밥 나왔다 맛저해~~]

[나도 먹는다 오빠도 맛저~~]

현지는 여대에 간 것을 땅을 치며 후회할 때가 많다. 여대에선 선배가 밥을 사 주는 일도 거의 없을 뿐만 아니라 수업 후에 술 먹는 일도 적어서 친한 선배가 몇 명 없다고 한다. 같은 과 동기인데 이야기를 한 번도 나누어 본 일이 없는 친구가 있다고 해서 놀랐는데 심지어 전혀 알지 못하는 경우도 적지 않다고 한다. 활동적인 현지는 동기들은 물론 선후배들과도 친분을 나누는 것을 기대했는데 여대는 전혀 그렇지 못 한 것에 불만이 많다. 물론 대학에 가면 무조건 인맥을 넓혀야 좋다고 이야기할 순 없지만 그냥 여대에만 나타나는 기이한 현상인 것은 사실이다.

"잘 먹었네. 배불러."

"이상하게 기숙사 밥은 먹을 때만 배부르단 말이야. 같은 김치찌개에 흰 쌀밥인데 이상해."

"맞아 저녁 먹고 밤에 야식을 꼭 먹게 된단 말이지."

나도 느끼지만 이상하다. 같은 양을 먹어도 기숙사 밥은 소화가 빨리 되는 느낌이 꼭 군대 짬밥 같다. 제대하자 마자는 뭘 먹어도 맛있지만 기숙사 밥에 불평을 하는 것이 사회에 적응을 마쳤다는 증거다.

"누가 냈어?"

"내가 냈어."

후배들을 부른 지원이가 일단 계산을 했다.

"7천 원씩 보내."

"오케이"

"네. 오빠."

후배들 둘이 대답을 하자 지원이가 바로 부정을 했다.

"무슨 소리야. 너네는 말고."

7천 원이면 각자 먹은 밥값인 것 같은데 아마도 후배들 밥값은 지원이가 낸 것 같다.

"헤헤헤, 고맙습니다. 잘 먹었습니다."

후배들이 배시시 웃으면 감사의 표시를 했다. 당연히 선배들이 사 줄 것을 알지만 이렇게 낼 것처럼 반응을 한 번 해 주는 것이 더 예뻐 보인다. 가끔 당연히 사 주는 것으로 믿고 '저희도 내요?'라는 반응을 하는 애들도 있는데 '응. 너네도 내.'라는 말이 목까지 올라왔다 내려간다. 그거 얼마 한다고 생색을 내냐 싶지만 기분이 그게 아니다. 호의가 계속되면 권리가 된다는 말이 딱 여기에 맞는 게 아닌가 싶다.

"맥주나 간단하게 한잔할까?"

지원이가 운을 띄웠다.

"일요일이니까 딱 두 잔씩만 하자."

종호가 맞장구를 쳤다.

"그럴까? 너네도 같이 갈래?"

술 좋아하는 현호가 후배들을 보고 물었다. 후배들은 서로 쳐다보며 눈짓을 하더니 한 명이 고개를 끄덕이자 같이 끄덕이며 긍정의 답을 보냈다.

"네. 저희도 시간 돼요."

"그래, 말자 살롱으로 가자~"

분위기에 휩쓸려 술집으로 향했다. 세 발자국을 옮겼을 때 술을 마시고 난 후의 내가 눈앞에 그려졌다. 맥주를 마신 후 취기가 올라오며 커피로 봉인한 피곤함을 해제시켜 바로 잠이 드는 나의 모습이었다. 나도 술이랑 사람을 좋아해서 군대 가기 전에는 종호랑 내일이 없는 것처럼 술을 마시고 다녔었다. 오랜만에 과 동기들과 한 잔을 하고 싶지만 지금 잘 시간도 모자란 판이다. 몇 걸음 따라 가다가 멈춰 섰다.

"난 진짜 시간이 안 된다. 발표와 토의 재수강하는데 금요일에 조 발표가 있어. 나 빼고 다 1학년인데 지금 독박 쓰게 생겼다. 미안. 지금 잘 시간도 없어."

내가 푸념하듯 변명을 늘어놓으니 갑자기 조용해졌다. 말은 하지 않았지만 다들 그럴 줄 알았다는 표정이었다. 종호만 아쉬워하며 말했다.

“그래. 할 수 없지 뭐. 다음에 한잔하자.”

“응. 다음에 한잔하자. 먼저 갈게. 내일 수업시간에 보자.”

그렇게 헤어지고 돌아섰다. 발걸음이 가볍지 않다. 시험기간이라고 알바를 빠질 수도 없는데 이번 주는 조 발표에 과제도 있다. 오늘 조 발표 자료를 끝내야 내일부터 시험공부를 할 수 있다. 방으로 와서 자료를 찾기 시작했다. 물론 자료를 정리하는 사이에도 현지와의 톡은 계속됐다. 이제는 나의 바쁜 삶 속의 중요한 부분이자 낙이다. 힘들어도 버틸 수 있는 나의 에너지.

26

토요일이라 터미널에 사람이 많았다. 더위가 한풀 꺾이고, 활동하기 좋아서인지 알록달록 등산복을 입은 사람들이 많이 보였다. 언제부턴가 전문 산악인들이 입는 옷들이 아웃도어용 옷이라며 유행해 어디서나 쉽게 볼 수 있다. 특히 등산이나 걷기를 하는 사람들은 하나같이 이런 옷을 입고 다녀서 일반 옷을 입고 가면 이상해 보일 정도다. 몇 시간 정도 걷거나 등산하는 데 굳이 전문적인 복장을 갖춰서 할 필요가 있나 싶다. 터미널에 있는 편의점에서 바나나우유랑 샌드위치를 하나 사서 버스에 올랐다. 오랜만에 7시간 이상을 자느라 아침을 못 먹고 나왔다. 그래도 피곤은 전혀 풀리지 않은 것 같아 버스에서 좀 자려고 커피는 마시지 않았다. 이번 주 스케줄은 요즘 유행하는 말로 진짜 역대급이었다. 큰 기대도 하지 않았지만 수요일에 모이기로 했던 조모임은 스케줄이 맞지 않아 취소됐다. 각자 메일로 자료를 조건우에게 보내기로 했는데 완성된 발표 자료를 보니 내가 만든 자료를 그대로 가져다가 사용했다. 거기까지는 그래도 예상을 했지만 PPT를 잘 만든다던 조건우의 완성품은 내 기대를 완전히 저버렸다. 이렇게 만들고 어떻게 잘한다고 말할 수가 있나 이해가 되지 않았다. 시험공부도 다 못했는데 또 내가 할 일만 더 늘어났다. 마음 같아서는 전체를 다시 다 만들고 싶었지만 시험 때문에 두 시간 이상 투자를 할 수가 없었다. 잠을 잘 수 없었지만 다행히 발표도 시험도 괜찮게 끝냈다. 조원들에게 뭐라고 한 소리 하려다가 시험 때문에 조원들과 마주하지도 않은 채 바로 나와 버렸다. 1학년 때 제대로 못하고 재수강한 내 잘못이라 생각하고 잊기로 했다. 시험까지 끝마치니 긴장이 좀 풀렸다. 금요일 알바는 쉴 틈 없이 바빠서 피곤하다는 생각이 나지 않을 정도로 정신이 없었다. 오늘 본가에 와야 해서 이번 주말에는 현지를 볼 수 없으니 공원에서 만나 잠시 산책을 하고 나서야 집에 돌아와 누울 수 있었다. 내가 자꾸 하품을 해서 현지가 피곤한 것 같다며 일찍 들어가라고 놓아 줬다. 집에 와서 씻지도 않고, 현지한테 톡만 하나 남긴 채 바로 잠들었다. 학기 중에는 본가에 잘 가지 않는데 내일이 아버지 생신이라 가족들이 다 모이기로 해서 하나뿐인 아들이 가지 않을 수 없었다. 집에 도착하니 이미 누나 가족들이 와 있었다.

"삼촌~~"

신발을 벗기도 전에 조카 둘이 달려왔다.

"효정이, 효석이 잘 있었어? 안 보는 사이에 둘 다 많이 컸네."

양 팔에 한 명씩 안았다. 첫째 조카는 효정이, 6살 여자. 둘째 조카는 효석이, 4살 남자이다. 매형이 6개월 동안 해외에 나갔을 때 우리 집에 누나랑 와 있었는데 마침 내가 제대하고, 복학하기 전이라 같이 있다 보니 친해졌다. 애들이 달려들어 식구들이랑 인사를 제대로 못 하고, 미리 인터넷으로 사서 가지고 온 장난감을 바로 풀었다.

"처남이 어떻게 해 줬는데 애들이 삼촌 오기만 그렇게 기다려? 아주 질투가 나네."

해외에서 돌아와 우리 집에 인사를 왔을 때 내가 복학을 하고 난 후라 매형은 진짜 오랜만에 봤다.

"처음에 저 제대하고 피부가 너무 까매서 그런지 무서워하더라고요. 친해지기 힘들었어요. 근데 한 번 넘어오고 나니 이러네요."

"출장 갔다 오니까 삼촌 이야기를 얼마나 하던지 삼촌을 입에 달고 살더라니까."

"그러니까 애들한테 좀 잘 해 줘."

옆에서 듣고 있던 누나가 끼어들었다.

"내가 놀면서 그러냐고. 일이 바쁜 걸 어떻게 해. 그래도 일요일엔 같이 놀잖아."

누나랑 매형의 매번 듣는 레퍼토리가 나오는 동안 아버지 선물로 사 온 정종을 드렸다.

"아버지 생신 축하드려요."

"그래 고맙다. 공부 잘 하고 있지?"

"예, 그럼요. 어제도 시험 하나 보고 왔어요."

이런 대답은 머뭇거리면 안 된다. 설령 성적이 좀 만족스럽지 못해도 긍정의 대답을 바로 해야지 살짝만 늦어도 무슨 큰 문제가 있는 것 아닌지 걱정을 하신다.

"그래? 그럼 저녁 먹기 전까지 좀 쉬어 피곤한데."

"효정이, 효석이 데리고 잠깐 나갔다 오려고요. 지난번에 영상 통화 하면서 공원 가서 메뚜기 잡아 주기로 약속했거든요."

"그래. 삼촌! 삼촌! 노래를 부르더라."

부모님 방에서 나와 편한 옷을 입고, 조카들과 집을 나섰다.

"삼촌 잠자리도 잡을 수 있어?"

"그럼. 잡을 수 있지. 그런데 잠자리채가 있어야 쉬워."

"그럼 없으면 못 잡아?"

6살 효정이는 한창 궁금한 게 많을 나이다.

"어려운데 삼촌이 한번 해 볼게."

"나도 잠자리."

효석이가 끼어들었다. 효석이는 누나 따라쟁이라 누나가 하는 건 다 똑같이 해 줘야 한다.

5분 정도 걸어서 메뚜기가 많을 것 같은 풀숲에 도착했다. 초입에 있는 풀을 발로 살짝 헤집기만 했는데 두세 마리의 메뚜기가 팔짝 뛰어 달아났다. 나는 놓치지 않고, 제일 큰 놈을 추적해 오른손으로 살포시 감싸 잡았다.

"잡았다!"

"잡았다!"

효정이가 먼저 외치자 한발 늦게 효석이도 따라 외쳤다.

"자, 이건 누나 꺼. 또 잡아서 효석이도 줄게."

효정이 손에 메뚜기의 다리를 모아 쥐어 주었다. 그렇게 메뚜기를 여섯 마리 잡은 후 잠자리도 네 마리 잡았다. 일부러 짝수로 잡아서 목에 걸고 있는 통에 공평하게 나눠서 넣어 줬다. 두 명 모두에게 미움을 받지 않으려면 필수적인 요소다. 조카들에게도 잡는 방법을 알려 주며 체험학습을 실시했으나 아직 메뚜기의 스피드를 따라가는 것은 무리여서 몇 번 시도를 하다 포기했다.

"너무 빨라."

놓치고, 울상을 짓는 표정이 너무 귀여워서 자꾸 시키다 보니 세 시간이 훌쩍 가서 그만 집으로 철수했다. 뜨거운 물로 샤워를 하는데 온몸이 노곤한 것이 마치 샤워기에서 나온 물에 내가 녹아내리는 것 같다. 저녁을 먹으면 잘 수 있다. 이 시간을 지난주부터 기대를 해 왔다. 이 기대감으로 유독 힘들었던 이번 주를 버틸 수 있었다고 해도 과언이 아니다.

"진우 얼른 와서 먹어라."

샤워를 마치고 나오니 식구들이 모두 저녁상에 둘러앉아 있었다.

"일단 한 잔 받아라."

술 좋아하시는 아버지는 본인 생일이라 좋은 것보다 식구들 모여서 한잔한다는 것에 더 좋아하신다.

"김 서방은 천천히 마시고."

매형은 술을 잘 못한다. 아버지의 매형에 대한 단 하나의 불만이 이거다. 남자가 어떻게 소주 한 병을 못 마시냐는 것이다. 매형은 선천적으로 술이 받지 않는다고 한다. 한 잔만 마셔도 얼굴이 빨갛게 변하는데 한 잔을 더 마시면 정신이 몽롱해져 딱 치사량이라고 한다. 이것 때문에 고생한 이야기를 한 번 들었었는데 술을 잘 못 마시는 남자는 사회생활을 할 때 고생이 이만저만 아닌 것 같다.

'대학교 신입생 환영회부터 소주 세 잔을 마시고, 쓰러졌어. 과에 소문 다 났지. 선배들이 자꾸 마시면 술도 는다는 거야. 그래서 매일 마셔 봤는데 그냥 더 힘들고 하나도 안 늘어. 그래도 학교에 다닐 때는 억지로 먹이는 선배들만 좀 피하면 그럭저럭 큰 문제는 없었는데 회사 가니까 단체로 술을 마시는 조직문화가 진짜 사람 미치게 해. 술은 정신력으로 마시는 거래. 그러면서 먹이는데 몇 잔 마셨다가 내 동기들만 여러 번 힘들었지. 거래처랑도 가끔 회식이 있잖아. 여기서도 분위기를 맞추려면 술을 안 마실 수가 없어. 같은 회사 사람들은 좀 지나면 나 술 안 받는 거 이해하는데 모르는 사람은 이해 못하고, 기분 나빠하기도 하거든. 이제는 노하우가 쌓여서 마시는 척하며 버리는 기술이랑 물 잔에 뱉어 버리는 기술을 자연스럽게 구사하지. 근데 근본적으로 한국 사회에서 술을 잘 못 마시는 남자는 일단 남자답지 못한 취급을 많이 받지. 술을 못 마시니 회식도 1차만 하고 빠지고 싶은데 입사하고 얼마 안 됐을 때 한 번 빠졌다가 팀장님, 상무님 시중드느라 힘들었다며 선배가 얼마나 눈치를

주는지 그 다음부터 빠질 수가 없더라. 회식도 업무의 연장이라는 말이 그냥 있는 게 아니야.'

나는 술을 잘 마시는 편이라 전혀 느끼지 못했던 이야기를 듣고 있으니 새로우면서 다행이란 느낌을 많이 받았다. 술을 잘 먹어도 가끔 선배들이 억지로 술 먹이면 진짜 짜증났는데 술을 못하는 사람들은 오죽할까.

'그런데 제일 부러운 건 여직원들이야. 이 핑계, 저 핑계 대고 회식 빠지거나 일찍 가도 전혀 눈치를 안 줘. 예전에는 남자들이 진급도 빨리 하는 편인 데다 결혼하면 그만 두는 여직원들이 많아서 신경 많이 안 썼는데 요즘은 여자라고 진급 늦으면 큰일 나는 세상이잖아. 결혼하고 퇴직하는 여직원들도 요즘엔 별로 없으니. 힘들게 회식 참석해서 상사들 비위 맞춰도 돌아오는 건 하나도 없는 거야. 회식문화 이제 많이 바뀌었다고 하는데 심하다 싶은 것들만 살짝 변한 것이지 눈치를 안 볼 수는 없어. 본인들은 예전에 상사들 대접하고, 비위 맞추고 다 했는데 안 받고 싶겠냐고.'

이런 이야기 들을 때 이제는 실감이 난다. 내년에 4학년이니 곧 취업 준비하랴 토익 준비하다 보면 1년 금방 갈 것 같기 때문이다. 그래도 오랜만에 가족들이랑 맛있는 것도 먹고, 술도 한잔 했더니 스트레스도 풀리면서 기분도 한결 좋아졌다. 그렇게 두세 시간 정도를 마시다 방에 들어가서 잤다.

숨진 서진우의 철원 일정은 이렇게 끝이 났다. 다음날 자취방으로 돌아와서 과제랑 시험공부를 하다 잤다. 월요일에도 평소 일정대로 수업과 알바를 한 뒤 일찍 잠들었다. 오늘은 너무 피곤하다며 여자 친구에게 내일 보자고 한 톡이 마지막이었다. 그리고 잠을 자며 사망을 한 것으로 보인다. 철원에서 먹은 것이 집밥 말고는 없다. 그런데 다른 식구들은 괜찮은데 왜 서진우만 죽은 것인지 원인을 알 수가 없다. 피곤한 생활을 오래 하긴 했지만 조사 중인 다른 사람들처럼 코티솔의 양이 비정상적으로 많은 것으로 보아 분명 다른 요소가 있는 것이다. 여자 친구에게 보낸 톡에 그날 먹은 음식의 사진도 있지만 특별히 이상한 점은 찾을 수가 없었다. 정시완 학생 건만 봐도 음식에 의한 것은 아닌 것 같다. 단체 견학에서 따로 혼자만 무언가를 먹었을 것 같지는 않기 때문이다. 형철이도 혼자 음식을 싸 갔거나 사 먹었을 가능성은 적고, 김현민 씨도 가족여행에 가서 가족들과 계속 같은 음식을 먹었다고 한다. 그래서 지금 의심스러운 것은 숲이다. 철원이야 도심을 빼면 거의 숲이라 애매할 수 있지만 방문했던 장소들이 전부 야외다. 형철이와 군인들은 죽기 전에 같은 호수를 방문했다. 정시완 학생의 체험 학습 장소도 그 곳에서 멀지 않은 습지이다. 서진우도 조카들과 집 근처 숲속에서 오랜 시간을 보냈고, 김현민 씨도 고석정을 포함 여러 장소를 돌아다녔다. 어떤 벌레에게 물렸거나 날카로운 풀에 찔렸을 가능성을 제일 크게 보고 있다. 하지만 본인도 몰랐을 정도로 자극이 크지 않았거나 옆에 있던 사람에게 말하지 않을 정도로 사소한 일이었어야 한다. 그런 것이 뭐가 있을지는 딱히 떠오르지 않는다는 것이 문제다. 일단 철원에 다시 가 봐야 할 것 같다.

'어! 여기는….'

형철이 친구 조경현과 밥을 먹었던 오리집을 보고 정신이 번쩍 들었다. 내비게이션을 따라 오는 내내 사건 관련 생각에 빠져서 주변 풍경을 전혀 신경 못 쓰고 있었다. 지난번에 올 때는 오랜만에 교외로 나와 풍경을 감상하며 왔는데 단풍이 들어 볼 것이 더 많은 지금 오히려 풍경이 눈에 들어오지 않았다. 다른 지역에 내가 모르는 비슷한 사망자가 있을 수 있다. 하지만 철원도 행정구역상 군이고 면적으로 치면 엄청나게 큰 곳인데 이 철원 안에서도 사망자들이 들렀던 지역은 그리 넓지 않다. 일단 서진우의 부모님 집 아파트 단지 쪽으로 먼저 왔다. 초등학교 뒤로 높지 않은 아파트가 다섯 동이 자리하고 있었다. 평일에 점심시간도 되기 전이라 사람이 많지 않았다. 서진우 학생이 조카들이랑 놀았던 풀숲을 돌아보기 위한 것도 있지만 제일 먼저 이곳으로 온 이유는 얼마 전 수상한 죽음이 하나 더 있었기 때문이다.

"민석아, 최근 3개월 동안 청장년급사증후군 사망자 관련해서 전화 다 해 봤어?"

"예. 부신이 비정상적으로 부은 케이스 하나 더 있다고 연락이 왔습니다."

그런 거 있으면 빨리빨리 줬어야 한다고 핀잔을 주려다가 참았다. 내가 이 건에 집중하는 동안 민석이가 다른 건들을 처리하느라 정신이 없을 것이다.

"그래, 자료 좀 줘 봐. 너는 좀 봤어?"

민석이가 머뭇머뭇하더니 말을 이었다.

"아직 저는 못 봤습니다."

민석이를 평소에 괜찮게 보는 것이 변명을 하지 않는다. 다른 사람들 같았으면 제가 다른 건들 때문에 바빠서 아직 못 봤다고 이야기를 할 텐데 그런 것이 전혀 없다. 이유를 절대 먼저 말하지 않고, 결론을 말하는데 이유를 묻지 않으면 억울하더라도 말하지 않는다. 변명을 하지 않는 모습은 내가 선배지만 진짜 배워야 할 점이라고 생각이 든다.

"응 그래. 일단 줘 봐. 내가 먼저 보면 되지."

"옙. 죄송합니다."

"아냐. 너 바쁜 거 내가 모를까 봐 그러냐. 이쪽은 신경 쓰지 말고 너 할 거 해."

이름은 김태현. 44세. 철원 거주. 서진우 부모님이랑 같은 아파트 단지에 산다. 직업은 스타트업 CEO로 재활용 관련 사업을 시작한 지 2년 정도 됐다. 서울에 살다가 사업을 시작하며 철원으로 이사. 결혼 13년 차에 아들 둘이랑 배우자는 캐나다에 거주. 6년 째 기러기 아빠로 생활 중. 집에서 자다가 사망. 최근 배우자와의 이혼 문제로 주변에 많은 것을 묻고 다녔고, 술을 많이 마셨다. 스트레스 및 음주에 의한 돌연사를 사망 원인으로 하고 있었다. 자살이 의심스러운 상황이라 사망자의 휴대폰과 이메일을 조사했는데 배우자와 주고받은 이메일 자료가 사망 전

김태현 씨의 상황을 잘 설명해 주고 있었다.

'이번 방학에도 못 온다고?'

영상 통화도 하고, 톡도 하지만 꼭 이런 말은 메일로 한다. 이제 초등학생인 애들이 방학에 수업 좀 안 들으면 어때서, 방학특강 같은 걸 꼭 해야 한다는지 이해를 할 수가 없다. 이번에 안 오면 2년 동안 한국에 안 오는 거다. 처음 2년 동안은 매년 한국에 들어왔었고, 나도 휴가를 모아서 두 번 갔었다. 그때는 기러기아빠가 맞았지만 지금은 날아갈 수 없는 펭귄아빠가 됐다. 물론 요즘 기술이 발전해서 주말에 영상 통화를 할 수 있다지만 가족이 2년을 넘게 얼굴을 보지 못한다는 것은 문제가 있다. 솔직히 가족이라고 할 수도 없다. 사업을 시작한 후 나도 너무 바쁘지만 애들도 커 가면서 눈에서 멀어진 아빠를 많이 찾지는 않는다. 그나마 둘째 놈이 가끔 아빠 보고 싶다고 해서 영상 통화를 하곤 한다. 처음 캐나다로 가겠다고 했을 때 예정은 3년이었다.

자기야~~

사업계획서는 잘 쓰고 있어? 마감이 내일이라고 했지? 이번에는 잘 됐으면 좋겠다. 좀 전에 애들 밥 먹이고, 씻기고 재웠어. 재연이 스마트폰에 빠져서 요즘 잘 안 자려고 해서 큰일이야. 재훈이도 형 하는 거 그대로 따라하니까 뭔지도 잘 모르면서 하려고 하고. 건강하게 잘 크는 건 좋은데 남자 애들이라 점점 내 힘에 부친다. 내가 체력을 더 키워야 할까 봐. 그래도 재연이가 더 일찍 온 애들보다 영어도 잘하고, 학교에서도 적응 잘 하는 거 보면 힘든 게 싹 가셔. 선생님이 재연이 머리 좋다고 칭찬을 자주 해서 같은 학교 친구 엄마들이 부러워 해. 힘들지만 재연이 데리고 잘 온 것 같아. 재훈이는 영어를 너무 잘해. 한국어보다 편하게 쓰는 것 같아서 집에서는 못 쓰게 하려다가 한국 가면 잊어버릴 것 같아서 그냥 쓰게 해. 내가 가끔 못 알아들을 정도라니까. 좀 있으면 예정했던 3년이 끝나는데 애들이 잘하니까 너무 아까워. 한국 모임 엄마들도 애들이 이렇게 적응 잘 해서 공부도 잘하는데 왜 들어가냐고 계속 묻는데 원래 3년 예정으로 왔다니까 뭘 꼭 예정대로 하냐고 자꾸 더 있으래. 그래서 말인데 2년 만 더 있으면 어떨까 싶은데 어떻게 생각해? 재훈이도 학교는 들어갔다가 돌아가야 영어를 안 잊어 먹을 것 같아. 지금은 너무 어리잖아. 유치원 때를 어떻게 기억하겠어. 나중에 그냥 캐나다에 살았다는 정도만 기억하겠지. 3년 동안 배운 것도 우리의 노력도 쓴 돈도 너무 아깝잖아. 재연이는 한국 돌아가서 한국 학교 적응 못할 수도 있어. 교육 환경이 너무 달라. 한국에서 적응 못하면 요즘 애들이 왕따를 심하게 시킨다는데 우리 재연이 덩치도 작아서 너무 무서워. 나도 당신 보고 싶고, 힘들어서 돌아가고 싶은데 우리 재연이, 재훈이가 눈에 밟혀서 그냥 돌아가는 결정을 하기가 힘들어. 우리 애들을 위해서 조금만 더 참아 보자. 돈이 문제면 나도 여기서 파트타임이라도 찾아볼게. 너무 아까워서 그래. 긍정적으로 한번 생각해 봐 줘. 라면 너무 많이 먹지 말고 밥 잘 챙겨 먹어.

현주가

현주야
무슨 말을 어떻게 시작해야 할지 모르겠다. 적어도 두 달 전에 내가 들어갔을 때는 이야기해 줬어야지. 톡으로도 잠시 이야기했지만 이제 돌아올 날 얼마 안 남아서 이런 말을 들으니 너무 당황스러웠어. 이 날만 손꼽아 기다리고 계획도 다 세웠는데 틀어져서 기분이 많이 상했나 봐. 화 낸 것은 진짜 미안해. 나와 상의하려고 쓴 글인데 내가 읽기에는 이미 결정을 다 하고 나를 설득하는 것으로 느껴졌어. 평소에 톡이나 화상 전화로 짧게나마 이야기를 했으면 좋았을 텐데 생각지도 못했던 일이라 당황이 많이 됐어. 지난 며칠 동안 편지를 100번은 읽었나 봐. 처음 읽을 때는 무조건 안 된다 생각했는데 나중에는 읽으면서 재훈이도 학교에 들어가면 어떻게 해야 하나 계획을 세우고 있더라. 이제 나도 연장과 귀국을 50 대 50 정도로 보고 있어. 결론을 내리기 전에 우리 상황을 먼저 정확히 알아야 할 것 같아. 처음 나갈 때 우리 1억 원 대출받았던 거랑 그 전에 집 사면서 받은 대출 2억 원 더해서 3억 원 대출이 있어. 대출 이자가 월 100만 원 정도고, 캐나다로 매달 보내는 돈이 500만 원 정도, 내 생활비가 150만 원 정도 해서 월 고정비가 넉넉히 750만 원이야. 이건 변함없는 거니 알고 있을 거야. 대출 받은 1억 원은 캐나다 초기 비용으로 5천만 원 쓰고 남은 5천만 원도 매달 내 월급만으로는 모자라서 1천만 원 정도 남고 다 쓴 상황이야. 이것도 우리가 처음 계획했던 것이니 대충 짐작은 하고 있을 거야. 문제는 내 환경이 달라졌다는 것이야. 회사 다닐 때는 내가 좀 절약하면 월급이랑 거의 맞아 떨어졌지만 지금은 사업자 내고 자리 잡는 중이라 요즘 보내는 돈은 퇴직금이야. 이제 막 시작해서 계획대로 어느 정도 매출이 나오려면 1년 이상이 걸릴 것 같아. 사업이 어떻게 빠르게 자리 잡는다면 모를까 캐나다 생활을 연장한다면 내 퇴직금이 떨어지는 시기에 우리는 재정적으로 문제가 있을 수 있어. 내가 가장이기 때문에 재정적인 문제를 먼저 이야기했는데 가장 큰 문제는 나 애들이랑 당신이 너무 보고 싶어. 3년 동안 크는 모습을 제대로 못 봤는데 앞으로 몇 년 동안 더 못 봐야 한다는 게 상상하기도 싫다. 3년이라는 마감 시간을 두고 참았는데 솔직히 그냥 와 줬으면 좋겠어. 혼자 일만 하고 사는 것도 이제 지겹다. 내가 일하는 동기이자 보람인 가족이 있어야 하는데 쉬는 날에 반겨 주는 사람도 없는 집에서 혼자 TV만 보고 있으면 상상 이상으로 괴로워. 물론 당신이 잘 해 주고 있겠지만 애들한테도 아빠의 빈자리가 좋은 영향을 끼치지는 않을 것 같아. 현주야 다시 한 번만 잘 생각해 보자.

남편

아내와의 의견 차이는 쉽게 좁혀지지 않았다. 오히려 재현이가 학교를 들어가면 100만 원 정도 더 보내 주기를 원했다. 두 번 정도 메일이 더 오갔지만 내용은 비슷했다. 통화로 큰소리도 오고 갔는데 처음부터 내가 이길 수 없는 싸움이었다. 아내의 잔류 의지는 강했다. 그렇게 나의 기러기아빠 생활은 계속됐다. 사업 역시 예상처럼 속도가 나지는 않았다. 재활용 사업이라 환경관련 정부지원 사업에 쉽게 지원을 받을 수 있을 것이라 예상을 했지만 세상에 쉬운 것은 하나도 없었다. 물론 정부지원만을 바라고 창업을 한 것은 아니다. 그러나 사업을 빠르게 성장시키려면 지원 사업은 필수적인 요소로 사업의 초창기에 부족한 자금뿐만 아니라 사업을 할 때 필요한 세무나 특허 및 사업관련 컨설팅도 받을 수 있다. 스무 개가 넘는 지원 사업에 지원을 했는데 2차 면접은 5개만 볼 수 있었다. 청년, 장애인, 여자 등 가산점을 받을 수 있는 요건에 속하지 못했던 것이 불리하게 작용을 했다. 경험 적은 청년이나 장애인에게 가산점을 주는 것은 이해가 되는데 여자는 왜 가산점을 받는지 모르겠다. 심지어 장애인은 1점인데 여자는 3점을 주는 곳도 있다. 이럴 때는 억울하기보다 그냥 부럽다. 다행히 창업 교육과 연계하는 지원 사업에 하나 합격을 해서 도움을 받기 시작했다. 하지만 퇴직금은 바닥을 보이기 시작하여 다른 결단을 내릴 수밖에 없었다.

현주야

캠핑 갔던 영상이랑 사진 잘 봤어. 애들이 재밌어하는 거 보니 잘 갔다 온 것 같네. 도와주신 분들 감사하고. 내가 갔어야 하는데 아쉽기도 하네. 올 해 들어오면 글램핑이라도 한 번 가야겠다. 메일은 참 오랜만이야. 톡으로 잠깐 이야기했는데 길어질 것 같아서 메일로 써 봤어. 정확한 현재 상황을 말하면 이번 달 생활비를 오늘 보냈는데 다음 달에도 보내면 현금이 바닥나게 돼. 내 사업도 매출은 나고 있는데 아직 매출을 다시 사업에 투자해야 하는 단계라 당분간 현금을 가져오기는 어려울 것 같아. 그래서 생각을 한 게 지금 사는 집 나 혼자 살기는 너무 크잖아. 전세를 주고 좀 싼 곳으로 가는 게 좋을 것 같아. 창업교육에서 만난 대표님 한 분이 철원에서 사무실을 크게 임대하셨는데 나눠서 쓰자고 하시거든. 우리 회사 원자재 구하는 곳이 철원 쪽이라 왔다갔다 많이 하는데 집도 그 쪽에 얻으면 편할 것 같긴 해서 이번 기회에 철원 쪽에 집을 구해도 좋을 것 같아. 문제는 1년에 2~3주 정도지만 한국 들어오면 조금 불편하긴 할 거야. 철원에는 지금 바로 입주할 수 있는 아파트도 있다니까 결정만 하면 바로 준비할 수 있어. 아니면 지금 사는 근처로 더 작은 아파트를 구해 봐야 하는데 작은 평수는 전세가 많이 올라서 차이가 거의 없어. 대충 알아보니 2억 원이 최대인 것 같아. 대출을 더 늘리기는 쉽지도 않고, 이자 부담도 커져서 현재 해결책은 지금 사는 집을 줄이는 것 외엔 없는 것 같아. 아주 급한 문제는 아닌데 그래도 생각해 보고 1~2주 정도 안에 의견을 말해 주면 좋을 것 같아. 애들 데리고 캠핑 갔다 와서 피곤할 텐데 잘 쉬어.

남편

오빠

오늘 계약하러 간다고 했는데 잘 하고 있지? 사업이 그래도 점점 자리를 잡아 가고 있는 것 같아서 다행이야. 요즘 영상통화를 자주 못 해서 얼굴 본 지 오래 됐네. 아픈 데는 없지? 애들이 크니까 자꾸 주말에 일이 생기네. 이번 주에는 꼭 영상통화 하자. 집 옮기는 문제는 나도 얼마 전부터 생각을 해 봤는데 우리 당장 돈 나올 곳이 그것 말고는 없는 것 같아. 난 오빠한테 미안해서 말을 못 하고 있었어. 연장하면서 곧 돈 떨어진다는 사실을 우리 둘 다 알고 있었잖아. 그런데 나도 근처 작은 아파트 전세를 얻는 것이 좋겠다고 생각했는데 철원 쪽은 상상도 못했네. 우리 들어가면 철원에 있어야 하나 생각이 들어서 처음엔 좀 아닌 것 같았는데 지금은 오빠 사업에 집중하는 게 먼저인 것 같아. 잠깐 들어가는 우리 때문에 서울에 살 필요는 없지. 우리 부모님 댁에 가 있어도 되고 아니면 에어비앤비 같은 데 며칠 있어도 돼. 우리는 말고 최대한 오빠가 편한 방향으로 해. 세 줄 거니까 우리 집인 건 변함없잖아. 지금은 사업이 잘 되는 게 최우선인 것 같아. 바로 옆에서 응원은 못 하지만 잘 될 거야. 우리 셋이 응원하고 있어. 그런데 이번에 여유가 좀 생기면 우리 보내 주는 거 좀만 더 올려 줘도 될까? 애들이 먹어야 얼마나 먹겠냐 싶겠지만 남자애 둘이라 좀 크니까 진짜 식비가 많이 들어. 어마어마하게 먹는다니까. 게다가 요즘 주말에도 이런저런 활동 많이 하는 거 알지? 그게 다 돈이야. 다른 엄마들 다 시킨다고 하는데 나만 안 한다고 할 수도 없고. 배우면 잘하니까 뿌듯하지, 애들도 재미있어 하는데 안 시킬 수가 없네. 애들 잘되라고 여기까지 왔는데 돈 때문에 못 하면 속상하더라고. 돈 때문에 스트레스 받을 것 같아서 말 안 하고 있었는데 이번 기회에 조금만 더 부탁할게. 잘 지내요~~

현주가

어디에 어떻게 쓰는데 한 달에 천만 원이나 든다는 것일까? 다른 기러기 아빠들은 어느 정도 보내는지 검색을 해봤다. 딱 한 달에 얼마라고 써

놓은 글은 없었는데 내가 많이 보내지도 적게 보내지도 않는 것 같았다. 좀 과한 것 같아 내키지는 않았지만 이미 연장을 하기로 했는데 필요한 돈을 안 줄 수가 없었다. 애들이 먹고, 배우는 용도라는데 어디에 얼마를 쓰는지 일일이 확인하지 못 하는 상황에서 무턱대고 적게 쓰라고 할 수도 없었다. 점점 수렁으로 빠져 들어가는 느낌이 있었지만 캐나다 생활을 허락한 그 시점에서 이미 내가 빠져나올 길은 없었다. 승산도 없는 싸움에 열을 올릴 정도로 나는 한가하지 않았다. 일단 철원에 아파트를 알아보는 것을 시작으로 사무실을 정리해서 이전하고, 이사까지 마쳤다. 집 전세 주는 계약, 내가 들어가는 전세 계약, 사무실 계약까지 마치고 다 끝난 줄 알았다. 사업자등록지를 옮기는 것이 복병이었다. 왜 이렇게 복잡한 건지 법무사 안 끼고 혼자 하다가 몇 번을 다시 했다. 100만 원 아끼려다 생고생을 한 것이다. 이사 가는 집은 혼자 살기 적당한 크기로 알아보려 했는데 애들과 와이프의 짐이 많아서 그럴 수 없었다. 철원의 전세가 비싸지는 않아 나 혼자 쓰기는 여전히 큰 집을 구해 방 하나에 창고처럼 쌓아 뒀다. 내가 쓰는 물건들만 꺼내어 정리를 했더니 대학 때 자취하던 느낌도 들었다. 그동안 혼자였지만 식구들의 체취가 묻어 있는 집에서 그대로 살던 것이 내게 외로움을 느끼지 않게 했다는 것을 알았다. 지역적인 특성도 내 외로움을 증폭시켰다. 만나는 사람이 현저히 줄어든 것은 물론 일상에서 지나치는 사람은 비교할 수도 없을 정도로 줄었다. 나도 원래는 조용한 곳을 선호 하지만 지금의 상황은 즐길 수가 없다. 새로운 집에서 새로운 사무실로 출근하며 낯선 생활에 적응을 하려는 중 생각지도 못했던 불운이 다시 나를 덮쳤다.

병원에 도착한 거야? 전화도 안 받고, 톡도 안 보는데 수술 들어간 건지 답답한 마음에 메일 쓰는 중이야. 괜찮은 거지? 아까 영상통화로 봤겠지만 골프 치고 돌아오는 중이었어. 다들 저녁 먹으러 가자는데 걱정돼서 나는 못 갔어. 집에 오자마자 톡을 해도 연락이 안 되네. 톡을 먼저 볼 것 같지만 뭐라도 먼저 보면 연락 줘. 아직 애들한테는 아무 말도 안 했어.

현주가

"대표님, 안색이 좀 안 좋으신 것 같은데요."

얼마 전 같이 일하기로 한 김현일 부장이다. 재활용 플라스틱 회사에서 10년 넘게 일했는데 다니던 회사가 어려워져 퇴사하고, 취업 사이트를 통해 우리 회사로 오게 됐다. 나랑 두 살 차이밖에 나지 않아 코드도 잘 맞고 일도 열심히 해서 도움이 많이 된다.

"이상하게 아침부터 소화 안되는 것처럼 윗배가 좀 아프네."

"그러세요? 지금 원자재업체 다녀오려고 하는데 오면서 약 좀 사 올까요?"

"아니요. 지난번에 사 놓은 거 있어요. 나이 먹어서 그런지 자꾸 체하는 것 같아."

"예, 그럼 다녀오겠습니다."

"네, 다녀오세요."

사람 몸에서 노화가 가장 빨리 오는 기관이 위라던데 서른 살 중반부터 소화력이 떨어지기 시작했다. 밥을 천천히 오래 씹어 먹어야 좋다지만 원래 성격도 급한 편이라 의식하지 않으면 항상 빨리 먹고 후회한다. 한 달에 한두 번은 소화제를 먹는 것 같다. 서랍에 넣어 놓은 소화제 드링크를 마셨다. 느낌은 딱 소화 안된 느낌이 맞는 것 같은데 이번엔 좀 더 아프다. 일도 집중이 안돼서 의자를 뒤로 눕혔다가, 누우면 소화가 더 안 될 것 같아서 다시 바로 앉았다.

'커억'

트림이 나왔으니 곧 좋아질 것이다. 인터넷으로 뉴스를 보고 있는데 점점 더 아파 왔다. 윗배 전체가 아프기 시작하며 체한 게 아닌 것 같은 느낌이 들었다. 아무래도 병원에 가야 할 것 같아서 김 부장에게 전화를 했다.

"예 대표님."

"김 부장 나 아무래도 병원에 가 봐야 할 것 같아."

"많이 안 좋으신가 보네요. 저는 업체 분들이랑 점심 먹고 들어가겠습니다."

"네, 다시 연락드릴게요."

내과는 멀지 않은 곳에 있어 천천히 걸어서 도착했다. 걷는 동안에도 배가 참을 수 없을 정도로 아팠다가 좀 나아졌다가를 반복했다. 병원에서 대기하는 동안 현주한테 톡을 했다.

[나 배가 너무 아파서 병원에 왔어]

현주에게서 답이 오기 전에 이름이 불려 진찰실로 들어갔다. 의사선생님이 내 오른쪽 배를 살짝 튕기자 찢어지는 고통이 밀려왔다. 충수염(맹장염)일 수 있다고 응급실로 빨리 가 보란다. 진찰실을 나서며 폰을 확인했지만 답은 아직도 오지 않았다. 택시를 타고 큰 병원 응급실로 향하는 중 톡을 하나 더 보냈다.

[바빠? 맹장염인 것 같다고 응급실 있는 병원 가는 중이야]

병원에 도착해서 X-ray와 CT를 찍기 전에 아내에게 영상 통화를 시도했다. 통화 연결 음이 울리자마자 현주가 전화를 받았다.

"병원이야? 뭐래?"

전화를 받자마자 인사도 없이 다급하게 물었다. 톡을 확인한 후 바로 전화를 받은 것 같았다.

"X-ray와 CT 찍어 봐야 한대. 맹장일 것 같아."

대답을 하면서 와이프의 복장에 집중이 됐다. 차 보조석에 앉아 있는데 흰색 골프 티셔츠를 입고 있었다. 골프 친다는 이야기는 아직 들어 본 적이 없다.

"많이 아파?"

"좀 아픈데 병원 왔으니까 괜찮겠지. 근데 골프 쳤어?"

"어? 응. 얼마 전부터 배우기 시작했거든. 같이 다니는 엄마들 다 쳐. 검사는 언제 한대?"

"지금 바로 들어갈 거야. 검사 받고 또 연락할게."

"응. 조심해."

전화를 끊자마자 검사를 받고 나는 수술대에 올랐다. 체한 것 같아서 아침부터 아무것도 먹지 않아 공복이었고, 검사를 받는 동안 어머니가 오셔서 보호자 동의 후 바로 수술에 들어갈 수 있었다. 수술을 마치고 정신을 차리자 팔에 링거가 꼽혀 있는 것이 먼저 눈에 들어왔다. 담요를 들어 배도 확인을 했다. 수술 중 구멍을 세 개 뚫었던 것 같았다. 약간 컨디션이 좋지 않은 정도의 느낌이고, 가끔씩 통증이 왔지만 참을 만한 정도였다. 수술이 잘돼서 괜찮다고 하는데도 어머니는 저녁 늦게까지 있다가 가셨다. 큰 수술도 아니고 안 오셔도 된다 했지만 3박 4일 입원 기간 동안 매일 오셨다. 연세도 있으신데 나이 먹은 자식이 고생시키는 것 같아 죄송한 마음이 컸다. 현주에게도 수술 후 바로 톡을 보냈다. 수술 잘 마쳤다는 내용이었다. 밤에는 아이들이랑 영상 통화도 했다. 일어나자마자 바로 했는지 잠옷 차림이었다. 역시 가족의 위로가 기분 전환에는 가장 좋은 약이었다. 스쿨버스가 오는 시간 때문에 길게 통화하지는 못했지만 우울했던 기분을 완벽하게 전환시킬 수 있었다. 아픈 아빠 응원한다며 내일은 더 일찍 일어나서 통화하자는 말은 남기고 끊었다. 전화를 종료하는 순간부터 기다려지기 시작했다. 어머니가 가시고 혼자 남았다. 병실도 어두워지니 내가 환자라는 사실을 실감할 수 있었다. 영상 통화의 여운이 가시기 전에 휴대폰으로 그동안 받은 아이들 동영상을 봤다. 보는 내내 입가에 미소가 지어지는 것을 멈출 수가 없었다. 좋은 영상은 몇 번 반복해서 봤는데도 그 많은 영상이 순식간에 끝난 느낌이다. 즐거움에 한층 업이 됐던 마음이 순식간에 식으며 그리움과 외로움으로 변했다. 아프면 서럽다는 말도 맞다. 내가 아내가 없는 것도 아니고, 자식이 없는 것도 아닌데 병원에 누워 이까짓 영상 통화에 목을 매고 있는지 한심스러웠다. 조그만 화면으로 짧게 느끼는 가족애는 성에 차지 않는 것이다.

'보고 싶다.'

'나는 왜 열심히 사업을 하고, 돈을 벌고 있나?'

'아빠와 함께 자라는 것과 영어를 배우는 것 어느 것이 중요한가?'

'캐나다에서 자라는 것이 확실히 아이에게 좋을까?'

'우리는 가족이라고 할 수 있을까?'

'나는 그저 돈만 보내 주면 되는 것일까?'

'그럼 돈을 벌지 못하면?'

병상에 누워 생각이 꼬리에 꼬리를 물기 시작했다. 철학적인 생각과 현실적인 생각이 혼합되며 답을 찾을 수 없는 질문으로 이어졌다. 3박 4일의 병원 생활은 나에게 더 많은 의문점을 남겼지만 답은 이미 정해져 있었다. 지금 생활에 충실하는 것이다. 가족들은 당분간 돌아올 수 없고, 나는 지금 시작한 사업을 접을 수 없다. 다시 말해 현실만 확인하고 일상으로 돌아왔다. 입원하기 전보다 의욕이 떨어진다는 것을 내 자신부터 느낄 수 있었다. 아무 생각 없이 멍하게 있는 시간이 늘어났다. 사업에 전념했지만 생각과 달리 빠르게 성장하지 못하고, 지지부진한 상태가 계속됐다. 그런 생활 속에서 2년 넘게 들어오지 않는 가족과는 캐나다와 한국의 거리만큼 마음의 거리가 생겼다. 애들과 아내에게 나의 존재감은 점점 작아졌고, 그리움과 보고픈 감정 역시 무뎌지는 듯했다. 나는 그와 정반대였다. 가족의 숨결과 정이 너무나 필요했고, 외로움에 사무쳐 술을 마시는 날이 늘었다. 한잔하자는 사람이면 누구라도 마다하지 않으며 매일 저녁을 술과 함께하던 중 후배 경호에게 만나자는 연락이 왔다. 경호는 생일이나 명절에 잊지 않고 연락이 오는 대학 후배로 멀리 살지만 코드가 맞아 1년에 한두 번은 꼭 보는 사이다. 술을 잘 마셔서 분위기에 취해 따라 마시다 보면 다음날 나는 술병이 나곤 한다. 세 달 정도 전에 만났는데 또 만나자고 해서 무슨 일이 있나 잠깐 생각했지만 서울 올 일이 있겠지 생각하고 약속 장소에 나갔다.

"행님~~"

부산 출신인 경호는 두 살 차이로 같이 늙어 가면서도 꼭 형 뒤에 '님' 자를 붙였다.

"어, 경호야 오랜만~은 아니다."

"세 달 됐으면 오랜만이지요."

"그래, 오랜만이라 치자. 그래서 어디 가자고?"

"요 앞에 조용한 횟집 있습니다."

"지방 살면서 어떻게 나보다 더 잘 알아."

"행님 모신다고 제가 알아본 거 아입니꺼."

"알았어. 고마워. 가자."

이놈 너스레는 적응돼서 그냥 무시하는 편이다. 바로 앞 건물 2층으로 올라가 투명한 자동문을 통과하니 검은색과 금색으로 인테리어가 된 룸 형식으로 된 식당이 있었다.

"예약하셨나요?"

고급스러운 컨셉인지 정장을 차려입은 호스트가 우리를 맞이했다.

"예, 남경호요."

"두 분이시죠? 이쪽으로 오세요."

호스트를 따라 복도를 걸어 안내받은 방으로 들어갔다.

"오늘은 좀 고급지다."

"행님 제가 언제는 추레한 데로 모셨습니까?"

"시끄러워. 그래도 오늘은 좀 괜찮네."

모듬회랑 짬뽕탕을 시켜서 정종 한 병을 비웠을 때 경호가 슬그머니 본론으로 들어갔다.

"형수님이랑 애들은 연락 자주 와요?"

"응. 뭐, 가끔 영상 통화하고, 톡도 하고."

그냥 일반적인 안부를 묻는 거라 생각하고 적당히 대답을 했다.

"5년 정도 됐죠?"

"만으로 5년 넘었어. 안 들어온 지도 2년 넘었고. 이게 가족이 맞나 싶기도 하다."

"행님, 제가 행님 친형처럼 생각하는 거 아시죠?"

"아, 진짜 낯간지럽게 또 왜 이러냐."

"제가 할 얘기가 있는데요. 해야 되나 말아야 되나 혼자서 고민 많이 했습니다. 일단 말씀드리고 판단은 행님이 하시는 게 맞는 것 같아서 말씀드리는데 진짜 오해는 안 하셨으면 좋겠습니다."

갑자기 진지한 모습에 나도 긴장이 좀 됐다.

"뭔데 이렇게 거창해. 괜찮으니까 빨리 해 봐."

이때까지도 내가 듣게 될 이야기가 어떤 것인지 전혀 상상도 하지 못했다.

"얼마 전에 저희 와이프 친구가 집에 놀러 왔어요. 친한 친군데 결혼하고 외국으로 나가서 몇 년 만에 봤다는 겁니다. 같이 밥을 먹는 중에 예의상 대화를 이어 가려고 외국 어디냐고 물었는데요. 캐나다 밴쿠버에서 산다는 겁니다."

이제야 우리 가족 안부를 물은 것이 그냥 무심코 한 말이 아니라는 것을 눈치챘다.

"우리 애들 있는 데네."

"네. 그래서 저도 그 생각이 나서 친한 형님 식구들도 밴쿠버에 있다는 말을 했죠. 와이프 친구도 바로 하는 말이 밴쿠버가 얼마나 크고, 한국 사람도 생각보다 엄청 많다는 말을 하더라고요."

"나도 가 봤잖아. 시내 돌아다니면 한국말 막 들려. 한국 사람들 진짜 많아."

"그런데 형수님 성함하고, 애들 이름 대니까 '어?' 하면서 영어이름을 대는 거예요."

“영어이름 뭐?”

“제가 영어이름은 몰라서 영어이름은 모른다고. 형수님이 키가 크고, 피부가 백인처럼 하얗다고 하니까 맞다고 하면서 톡에 있는 사진을 찾아서 보여 주는 겁니다. 형수님 맞더라고요.”

“세상 진짜 좁다니까. 한두 다리 건너면 연결되는 사람들 많아. 그게 밴쿠버라 신기한 거야.”

처음에 경호가 거창하게 이야기를 시작해서 뭔가 더 있을 거란 생각에 말을 이었다.

“비슷한 데 살면 알 수도 있지, 그게 뭐 큰일이라고 그래.”

“지금부터가 제가 하려는 이야기의 본론인데요. 제가 사진을 보고 형수님이 맞다며 신기해하니까 와이프 친구의 얼굴이 갑자기 굳어지는 겁니다. 그 표정이 너무 안 좋아서 저도 모르게 표정이 심각해졌나 봐요. 그런 제 얼굴을 보더니 와이프 친구가 ‘아차’ 싶었는지 웃는 표정으로 순식간에 바꿨는데 그 굳어졌던 얼굴이 너무 찜찜한 거예요. 뭔가 안 좋은 일이 있는 것 같아서 단도직입적으로 무슨 일이 있냐고 물었습니다. 처음에는 안 친해서 잘 모르는 사이라고 하더니 제가 계속 추궁을 하니까 본인이 말했다고는 하지 말아 달라며 말을 하더라고요.”

내가 모르는 우리 가족의 이야기를 다른 사람을 통해 들으니 묘한 기분이 들었다. 나의 비밀을 남이 이야기해 주니 부끄러우면서 과연 사실일지 의심도 되는 복잡한 심정이다.

“한국인 골프 강사 놈 하나가 그 집을 제집 드나들듯 한다는 거예요.

벌써 1년이 넘었대요."

듣는 순간 가슴이 철렁 내려앉았다. 놀라서 아무 말도 할 수 없었다는 표현을 몸소 체험할 수 있었다. 경호와 마주 보며 몇 초간 정적이 흘렀다. 어색한 이 정적을 깨고 싶어 형식적인 질문을 던졌다.

"확실하대?"

"행님. 확실하지 않으면 제가 어떻게 이런 걸 말씀드립니까. 그 근처 한인 사회에서 모르는 사람이 없는 일이래요. 요즘엔 당당하게 애들이랑 같이 놀러 나오고, 친한 사람들 사이에서는 거의 남편 행세를 한대요."

'케빈'

불연 듯 이름 하나가 떠올랐다. 영상 통화를 할 때 아들 입에서 몇 번 나온 이름이다. 얼마 전부터 같이 놀러 나갔다는 이야기를 자주 해서 누구냐고 했더니 아내가 애들 축구 코치라고 둘러대듯 이야기했었다. 축구 코치가 축구 말고도 애들이랑 잘 놀아 줘서 이상하다 싶었는데 역시나 축구 코치가 아니었던 것 같다. 현주가 골프를 언제 시작했는지는 정확히 알 수 없지만 운동을 좋아하지 않는데 골프는 꾸준히 하는 것도 맞아 들어갔다.

"진짜 쪽팔린데 그래도 너라서 다행이다. 말해 줘서 고맙다."

"고맙긴요. 행님. 요즘 사업도 힘드신데 제가 짐을 하나 더 드리는 것 같아서 죄송하네요."

"아니지. 네가 죄송할 게 뭐가 있냐. 이건 내가 마땅히 알고 있어야 하는 내용인데. 이제 어떻게 해야 할지나 생각을 좀 해 봐야겠다. 이런 이야기 들어도 다 남의 일인 줄 알았는데."

경호를 붙잡고 신세 한탄을 하며 과음을 했다. 경호도 어떻게 형수가 이럴 수 있냐며 원망했지만 나를 의식해서 심한 말을 하지는 않았다. 어떻게 헤어졌는지 기억이 나지 않을 정도로 마시고, 사업을 시작한 후 처음으로 결근을 했다. 무리해서 출근할 수도 있었지만 이 일을 어떻게 해야 하나 생각이 복잡해서 대처 방법을 생각할 겸 하루 쉬었다.

현주야

지금 당장 비행기 타고 날아가고 싶은 마음을 꾹꾹 눌러서 참고, 메일 쓴다. 너 대체 거기서 뭐 하고 사는 거니? 나는 여기서 돈 보내 주는 사람이고, 애들 아빠에 네 남편 노릇하는 사람은 따로 있는 거야? 아니라고는 하지 마라. 거기 한인 사회에도 이미 소문 다 났다며 언제까지 속일 수 있을 거라 생각한 거니? 수천 킬로미터 떨어진 곳에서 설마 내가 알겠나 했겠지. 나한테 미안하지도 않아? 몇 년 동안 그렇게 살면서 어떻게 나한테 돈 달라고 할 수가 있어? 너는 그렇게 비양심적으로 살면서 애들한테 무슨 교육을 한다는 건지 어이가 없다. 애들 핑계로 2년 넘게 안 들어온 것도 다 이유가 있었네. 나는 더 이상 호구 짓 못하겠다. 앞으로 돈 보내는 일 없을 거야. 두 달 정도는 지난달에 보낸 돈으로 어떻게 되겠지. 정리하고 일단 한국으로 와. 추후의 일은 들어와서 생각하고 정리해. 애들 핑계는 더 이상 안 통해. 그렇게 사는 것보다 한국에서 사는 게 애들한테도 더 좋을 것 같다.

태현

오빠

어디서 뭘 들었는지 모르겠지만 오빠가 생각하는 그런 거 아니야. 영상 통화 하면서 애들이 가끔 이야기하는 케빈을 말하는 것 같은데 집에 자주 오는 건 맞아. 우리 애들을 유독 예뻐하고, 잘 놀아 줘서 집에 몇 번 초대하다 친해진 것뿐이야. 아무리 우리가 오래 못 봐서 신뢰가 떨어졌다지만 내 입장에서 남의 말만 듣고 이렇게 극단적으로 나가는 거 참 어이가 없다. 두 달 안에 다 접고 한국으로 돌아오라고? 그게 말이 된다고 생각해? 애들 학교도 학기 중이지 집 계약도 한참 남았는데 이런 거 어쩌고 들어오라는 거야? 오빠 기분 나쁜 건 이해하겠는데 이성적으로 생각을 해 봐. 우린 들어갈 수 있는 상황이 아니야. 이렇게 들어가면 영어도 흐지부지 되고, 한국학교 적응 못하면 애들 인생 망치는 것밖에 안 돼. 오빠 사업한다고 돈 못 벌어도 내가 뭐라고 하기를 했어, 아님 돈 조금 보낸다고 구박을 하기를 했어? 난 오빠 무시한 적도 없고 여기서 잘못한 것도 없어. 아파트 전세 주고 남은 돈인데 나한테도 권리가 있으니 오빠 마음대로 돈 보내고 안 보내고 할 문제도 아니야. 4개월 후에 애들 학기 끝나니까 이번 방학에는 들어갈 거야. 그때 이야기하자.

현주

너 아직 사태의 심각성을 모르는구나. 너 그놈하고 부부동반 모임까지 나간다며. 같이 사는 거나 다름없다는데 이게 지금 할 소리야? 메일 읽고 지금 피가 거꾸로 솟구치는 느낌이야. 내가 번 돈으로 캐나다에서 다른 놈이랑 잘 먹고 잘 사는데 네가 입장 바꿔서 한번 생각을 해 봐. 못 보는 사이에 많이 변했구나. 진짜 뻔뻔해졌어. 잘못한 게 없다니. 장인어른, 장모님한테도 이야기하고, 나중에 애들 크면 이야기해 보자. 누가 잘못이 없는 건지. 아파트 전세 준 거라 너도 권리가 있다고? 아파트 나랑 우리 부모님 돈으로 샀어. 너 한 푼이라도 보태고 그런 소리 해. 내가 이런 꼴 보려고 뼈 빠지게 일하고, 나한테 쓰는 돈 아껴 가며 캐나다로 돈 보냈나 싶다. 진짜 시간을 돌리고 싶다. 길게 안 쓴다. 돈은 못 보낸다. 돌아와라.

내가 친하다고 했잖아. 부부동반 모임인데 혼자 가? 당신이 한국에서 올래? 친구로 같이 간 거야. 원래 여기 사람들 남 이야기하는 거 좋아해서 그래. 할 일들이 없어서 매일 남의 이야기나 뒤에서 하고, 있지도 않은 일 키우는 거야. 진짜 남들 이야기만 듣고 이러지 마. 나만 변한 것 같아? 오빠도 이렇게 극단적인 사람 아니었어. 그리고 우리가 결혼한 게 몇 년 전인데 아파트 해 온 거 가지고 그래? 집에서 살림하고 애들 키우고 고생한 것도 오빠가 일한 것만큼 희생한 거야. 무시하지 마. 한국에 안 오면 돈 안 보내 주겠다고 자꾸 협박하는데 내 생각은 변함없어. 다음 달에 돈 안 보내면 난 더 극단적으로 나갈 거야. 오빠만 협박할 수 있는 거 아니거든. 한 번 더 잘 생각해 보길 바라.

마지막으로 받은 메일이 사망하기 이틀 전이었다. 이런 상황에서 남편이 죽은 후에 아내와 애들은 한국으로 들어왔을까? 궁금하지만 알 수는 없다. 영혼까지 끌어서 캐나다에 보냈는데 결국 아내의 외도를 알게 된 후 쓸쓸한 죽음을 맞이한 삶은 전혀 알지 못하는 사람임에도 측은지심이 들 수밖에 없었다. 이곳에 먼저 온 이유이기도 하다. 서진우가 조카들이랑 곤충을 잡았던 숲과 평소에 김태현이 산책을 나갔던 숲은 같은 곳이다. 아파트 단지의 뒤쪽에 있는 숲인데 산책로로 만들기 위해 일부러 정비를 한 것이 아니라 사람들이 많이 다니며 자연스럽게 길이 생겨 있었다. 운동 기구나 편의시설을 설치하여 공원으로 조성이 된 것은 아니라 많은 사람들이 오지는 않는 곳이라고 한다. 사람들이 발로 만들어 놓은 코스로 일단 진입을 했다. 메뚜기를 잡으려면 풀숲을 헤집고 들어가야 하지만 김태현은 산책을 한 것이라 아마도 풀 사이로 들어가지는 않았을 것이다. 내가 풀의 이름을 잘 몰라서 그럴 수도 있지만 강아지풀, 코스모스를 포함해서 이름을 알 수 없는 다양한 잡초들이 무성하게 자라 있었다. 더 자세히 보면 풀과 함께 벌, 메뚜기, 개미 같은 곤충들이 엄청 많이 서식하는 것을 확인할 수 있었고, 하늘은 잠자리가 지배하고 있었다. 햇볕은 좋은데 가을바람이 차가웠다. 바람이 불어 풀을 흔들면 메뚜기가 뛰고, 잠자리와 벌이 날아오르기를 반복하고 있었다. 평화롭다는 표현이 딱 들어맞는 풍경이다. 15분 정도 걸으니 갈대가 많은 습지가 나오고 작은 개천이 옆으로 흘렀다. 여기에 뭔가 있을 것 같은 느낌이 들어 개천 쪽으로 발을 옮겼다. 습지라 미끄럽고, 발이 3~5㎝ 정도 빠져 들어갔다. 신발을 버릴 것 같은 생각에 등산화를 신고 와서 좀 더 과감하게 개천 쪽으로 향할 수 있었다. 오다가 주운 나뭇가지로 진흙을 여기저기 긁고, 돌을 뒤집었다. 아마 두 사람 다 이런 습지 안까지는 들어오지 않았을 것이다. 그래도 습지에 사는 무언가가 지나가는 동안 영향을 줬을 가능성도 배제할 수는 없다. 30분 정도 습지와 개천을 들쑤시고 다녔지만 작은 날벌레들이 훼방을 놓을 뿐 습지도 풀숲과 다른 점은 찾을 수 없었다. 진흙이 묻은 신발을 흐르는 개천 물에 한 짝씩 살짝 담가 닦아 냈다. 잘 안 닦인 것은 풀잎을 떼어 문질러 닦아 냈다. 최대한 늪지대를 밟지 않는 쪽으로 종종걸음을 걸어 나왔다. 거무튀튀한 바위에 걸터앉아 좀 쉬기로 했다. 몸도 지쳤지만 아무 것도 찾지 못한 허무함을 달래기 위함이다. 숲을 조사 한다고 단번에 무언가를 찾아낼 수 없을 것이라 예상은 했지만 이제 뭘 더 조사해야 할지 몰라 그냥 앉았다. 배낭에서 물도 꺼내 한 모금 마셨다. 나오는 것이 없어도 오늘 하루는 이 숲에 계속 머물 생각이다. 일단 코스의 끝까지 가려고 일어섰다. 점심을 먹고 오후에는 숲 안쪽을 헤집고 들어가 볼 예정이다. 개천을 조사하는 동안 누군가 지나갔을 수도 있지만 코스를 돌며 처음으로 사람이 보였다. 70세 정도 되어 보이는 간편한 차림의 어르신이었다. 숲에 자주 오는 것 같아 혹시 뭔가 아는 것이 있을까 싶어 말을 걸었다.

"어르신 안녕하세요?"

인사를 하자 힐끔 쳐다보며 누구인지 확인을 한 후 살짝 목례를 하며 지나치려고 했다. 다른 사람을 못 만날 것 같은 절실함에 그냥 지나가지 못하도록 어르신의 팔 쪽을 살짝 만지며 질문을 했다.

"저기 어르신 여쭤볼 게 있는데요. 이 숲에 자주 오세요?"

어르신은 걸음을 멈추고 내 얼굴에 빤히 쳐다봤다. 혹시 아는 사람인지 보는 것 같았다. 나와 눈을 마주치던 시선이 빠르게 내 뒤로 옮겨지더니 갑자기 놀라는 표정을 지었다. 마치 내 뒤에서 맹수가 나를 덮치기라도 하는 것 같은 얼굴이었다. 나도 뒤를 돌아보는 순간 위압감을 느끼며 정신이 멍해졌다.

"어! 저게…."

어르신은 말을 잇지 못하며 내 팔을 잡아 나를 내려 앉혔다. 엄청난 양의 날파리 떼가 우리 위를 지나가기 시작했다. 낮게 나는 몇몇 놈들은 우리를 덮치며 얼굴에 앉기도 하고, 옷 속으로 들어가려고도 하였다. 목을 내리며 어깨 위로 겉옷을 올려 머리 뒤부터 얼굴을 덮었다. 날파리 떼의 막대한 양에 주눅이 들어 일단 몸을 피했지만 잠시 숙이고 생각을 해 보니 고작 날파리들에게 이렇게 벌벌 떨 필요는 없을 것 같았다. 옆에 떨어진 나뭇가지를 양손에 하나씩 들고 마구 휘저으며 일어났다. 눈이나 코로 들어올 것 같아 눈을 감고, 숨을 참으며 20~30초 정도를 휘두르니 점차 습지 쪽으로 사라졌다. 내가 휘둘러서 도망간 것은 아닌 것 같고, 자연스럽게 다른 곳으로 이동을 한 것이다. 나뭇가지를 바닥에 던지고 앉아 계신 어르신을 일으켰다.

"괜찮으세요?"

"예, 고마워요."

"저런 게 자주 나타나나요?"

"원래 습지라 저런 게 있긴 했지. 얼마 전부터 양이 늘었더라고. 그래도 이렇게 많은 건 처음 보네. 그래서 사람들도 요즘 여기 안 오잖아. 예전에는 평일에도 사람 많이 보였어."

"아 그래요? 날파리 같은 거죠?"

"날파리보다 작아. 손으로 잡아 봤는데 나는 형체를 알아볼 수 없을 정도로 작더라고."

그때 어르신의 스웨터 팔 쪽에 뭔가 작은 것이 꿈틀거리는 것이 보였다.

"어르신 잠시만요."

준비해 온 작은 비닐 팩을 꺼내서 왼손에 쥐고, 오른손을 벌레 쪽으로 향했다. 정말 작아서 손으로 잡을 수 있을 지 의문이 들 정도였다. 다행히 니트에 엉켜 있어서 도망을 못 가 쉽게 잡을 수 있었다. 조심스럽게 비닐 팩에 넣었다.

"됐습니다. 잡았어요."

"이거 잡으러 오신 건가?"

"그건 아니고요. 경찰입니다. 숲을 좀 조사할 일이 있어서 왔는데 마침 이 녀석들이 나와서 잡아 봤습니다. 이것들이 사람을 쏜다거나 물지는 않나요?"

"아~ 경찰이야. 아니 물지는 않아. 지난번에는 갑자기 뒤에서 덮치는 바람에 완전히 몸을 휘감았었는데 물린 자국은 하나도 없더라고. 근데 작아서 입을 닫았는데 코로 막 들어가는 것 같아서 손으로 막고 난리도 아니었어."

"그게 언제쯤이시죠? 어르신 그 후로 이상한 증상 같은 건 없으셨고요?"

"오래됐지. 한 달도 넘었어. 아무렇지도 않던데."

"몸이 무겁거나 피곤하시지도 않고요?"

"특별한 건 없던데. 그리고 내 나이 정도 되면 항상 몸은 가볍지 않아."

"네. 협조 감사합니다."

이놈들이 내가 찾던 것이 맞는지는 모르겠지만 발견된 것들 중 가장 의심이 간다. 숲을 나와 근처에서 간단하게 밥을 먹고, 문구점에 들러서 잠자리채를 하나 샀다. 약국에서 마스크도 하나 사서 쓰고, 놈들을 기다릴 작정이다. 한 마리 잡아서는 부족하다. 숲 안으로 다시 들어가 오전에 잠시 쉬었던 바위에 앉아 그놈들이 다시 오기를 기다렸다. 좀 앉아 있다 아까 늪지대에서 나를 괴롭히던 날벌레들이 생각나 잠자리채를 들었다. 날파리 같은 것들이 있어서 몇 마리 잡았는데 오전에 잡은 놈이랑 비교를 하니 크기부터가 다르고, 색도 오전에 잡은 놈이 더 진한 검은색이다. 그래도 몇 마리 잡아서 비닐 팩에 담았다. 숲을 한 바퀴 더 돌아도 놈들은 나타나지 않았다. 그렇게 네 시간이 흘렀다. 해가 지려면 아직 두세 시간의 여유가 남았는데 계속 여기서 기다릴지 군인들이 회식을 했던 숲에 가볼지 결정을 못 하고 있다. 그것들을 만날 확률이 그냥 있는 것이 높을까? 이동을 하면서 찾아보는 것이 높을까? 한참을 망설이다 그쪽 숲으로 이동하는 것을 택했다. 성격이 급해서 마냥 앉아만 있는 것이 더 힘든데 이미 4시간을 넘게 기다려서 지칠 대로 지쳐 있었다. 차로 20분 정도 거리라 멀지도 않다. 차에 올라 내비게이션을 따라 운전을 시작했다. 마음이 급하다. 확실한 원인도 아닌데 이것들만 잡으면 해결이 될 것 같은 기분이다.

"띠리릴리리"

운전을 시작하고 얼마 안 있어서 익숙한 전화벨 소리가 울렸다. 모니터에 발신자로 아내가 떴다. 전화를 받으려고 운전대에 있는 버튼을 누르는 순간 구름이 하늘을 가린 듯 어두워졌다. 갑자기 무슨 먹구름이 몰려온 줄 알고 쳐다보며 전화에 응답을 했다.

“여보세요.”

“응. 여보, 난데.”

새까만 벌레들이 하늘을 다 덮어 버렸다. 검은 점들이 하늘을 메우고 있는 모습이 장관이라 감탄을 자아낼 정도였다. 아내한테 대답도 하지 못하고, 차를 세웠다.

“여보세요? 여보 왜 대답이 없어? 안 들려?”

스마트폰을 들어 사진을 몇 방 찍고, 동영상도 촬영을 했다. 아까 본 것들의 5배? 아니 10배 이상인 것 같다. 움직임도 빨랐다. 수 킬로미터 전방에 있던 것들이 어느새 내 코앞까지 다가와 있었다. 살짝 겁이 나서 차 안으로 들어갔다. 내 차 위로 그리고 양 옆으로 수를 헤아릴 수 없이 많은 양의 날파리들이 지나갔다. 차 유리와 보닛 위에 부딪히거나 앉았다가 가는 것들도 수십 마리는 되는 것 같았다. 예전에 다큐멘터리에서 본 메뚜기 떼의 습격이 생각났다. 거의 다 지나간 후에 차문을 열고 나가 잠자리채를 휘둘렀다. 몇 번 휘두르지도 않았는데 20마리가 넘게 잡혔다. 작은 비닐 팩에 다섯 마리 정도 씩 나눠서 두 팩만 만들고 다 날려 버렸다. 잡는데 정신이 팔려 신고를 해야 한다는 것을 까맣게 잊고 있었다. 폰을 들어 119를 눌렀다.

“제보하려고 전화했는데요. 지금 철원 쪽에 엄청난 양의 날파리 떼가 돌아다닙니다.”

“네, 지금 그런 제보가 많아서 출동한 상태입니다. 감사합니다.”

당연한 것이지만 나 말고도 많은 사람이 본 것 같다. 아내한테 연락이 온 것도 생각이 나 전화를 걸었다.

"응. 아까 전화했는데 끊어져서."

"안 들렸어? 오늘 못 들어온다고 한 것 같아서 전화했지."

전화를 못 받거나 도중에 급하게 끊는 일이 많아 크게 신경을 쓰지 않는다.

"아냐, 갈 거야. 근데 좀 늦을 것 같아. 철원에서 곧 출발해서 감식반 좀 들렀다 가려고."

"알았어. 9시는 넘어야 오겠네?"

"응. 아마 그럴 거야. 출발한다. 끊어."

"알았어."

번식력이 아주 좋은 놈들이다. 저렇게 작은 크기로 하늘을 다 가릴 정도면 천문학적인 숫자가 아니고는 불가능할 것이다. 목적지를 바꾸고 차를 출발시키자 다시 전화벨이 울렸다. 민석이였다.

"응, 민석아 왜?"

"지금 어디십니까?"

다급한 목소리로 다짜고짜 어딘지부터 물었다.

"철원에서 이제 막 서울로 출발했어. 뭐가 그렇게 급해?"

"지금 뉴스 봤는데 철원에 날파리 떼가 나타나 읍내를 덮쳤다고 난리가 났습니다."

벌써 뉴스에도 난 것을 보니 나보다 먼저 본 사람들이 많은 것 같다.

"난 눈으로 직접 봤다. 지금 몇 마리 잡아서 감식반 가는 중이야."

"이거 맞죠?"

날파리들이 과로사의 원인이라고 묻는 것이다.

"나도 모르지. 오늘 처음 봤는데."

"조심히 얼른 오세요. 살충제 뿌리고 방역한다고 하는데 그놈들이 원인이면 많이 위험할 것 같습니다."

"응. 지금 가는 중이니까 걱정마라. 나는 이거 감식반 갖다주고 퇴근한다."

"네. 수고하십시오."

전화를 끊고 라디오를 켜서 뉴스를 잡았다.

'오늘 오전 철원 부근에서 정체를 알 수 없는 작은 곤충이 떼를 지어 나타났습니다. 날파리처럼 생긴 이 곤충은 몸 전체의 길이가 1밀리미터 정도로 아주 작아 코나 입을 통해 신체로 들어갈 수 있으니 유의해야 합니다. 개체수가 급증하고 있어 철원군은 비상사태를 선포했고, 다른 지역으로 퍼지지 않도록 방역에 만전을 다하고 있습니다. 철원 주민들은 가급적이면 외출을 자제하시고, 외출 시 마스크나 고글, 모자 등을 착용하여 몸을 감싸는 것이 좋습니다.'

가는 내내 속보로 철원의 상황을 들을 수 있었다. 곤충 전문가도 처음 보는 것이었다. 외래종일 가능성이 있으며, 다행히 살충제를 통해 쉽게 제거할 수 있다고 한다. 하지만 그 양이 너무 많아 한 번에 제압을 할 수 없고, 살충제가 생태계에 피해를 줄 수 있어 최대한 숲 밖에서 살포를 하는 상황이라는 것이다. 8시가 넘어 감식반에 도착했다. 시간이 늦어 당직자에게 메모와 함께 이 곤충들을 넘긴 후 오 박사님께 문자를 하나 남겼다. 집에 오면서도 계속 속보를 들었다. 오늘 오후에 철원에 있었던 사람들은 거의 다 목격을 하거나 급습을 당했다고 한다. 약 일주일 전부터 이것들이 입이나 코로 들어갔다는 사람들의 증언이 많았고, 길게는 한두 달 전에 목격을 했다는 사람, 작년부터 봤다는 사람도 있었다. 이것들이 진짜 의문사의 원인이라면 심각한 문제인데 아직 원인이 정확하게 밝혀지지 않아 할 수 있는 것이 없었다. 먹었다고 다 죽는 것도 아니라 원인이 밝혀질 때까지 사망 조건에 맞는 사람이 적기를 바랄 뿐이었다.

"강 형사님! 부장님이 찾으십니다."

출근을 하자마자 부장님 호출이다. 자주 있는 일이지만 어제는 철원 가느라 못 보고 그제 봤는데 뭐 때문에 그러는지 약간 궁금하긴 했다.

"부장님 찾으셨어요?"

"너 헌병대 갔었다며?"

부장은 어떻게 알았는지 다짜고짜 추궁을 시작했다.

"네. 그쪽에도 청장년급사증후군으로 한 분대가 다 죽었다고 해서 공통점 있나 갔었습니다."

"그쪽에서 연락이 왔는데 30명 정도 더 죽었다고, 진척 사항이 있는지 물어보던데. 뭐 나온 거 있어?"

30명이나 더 죽었다는 것에 놀라고 있는데 내가 대답도 하기 전에 이어진 말에 더 놀랐다.

“군인만 그런 것도 아니고, 철원에 지난 한 달 동안 돌연사가 100건이 넘는대.”

“네? 정말입니까?”

“아마 오늘 뉴스에도 나올 거야.”

다른 지역도 확인을 해 봐야겠지만 철원에서 날파리가 늘어나며 사망자도 늘어난 것이라고 봐야 한다.

“지금 철원에 날파리 때문에 난리난 거 들으셨습니까?”

“들었지. TV에 계속 나오던데. 그거랑 관련 있어?”

“확실하진 않은데 지금 감식반에서 분석하고 있습니다. 문제 되고 있는 날파리들이 크기가 작아서 입이나 코로 그냥 들어갑니다. 아마도 그래서 생기는 일 같습니다.”

“그럼 먹으면 죽는 거야?”

“그건 아닌데요, 그 곤충들이 체내로 들어가기 전에 스트레스를 많이 받은 사람들이 죽는 것 같습니다.”

“그럼 죽기 전까지는 알 수가 없네.”

“예. 아직 누가 먹으면 죽을 사람인지 아닌지 알 수 없습니다.”

“그래, 알았어. 일단 날파리 잡아서 감식반에 넘겼다는 거지?”

“네. 결과 기다리는 중입니다.”

“이게 이렇게 큰 사건이 될 줄 몰랐네. 너 냄새 잘 맡는다.”

“이번에는 진짜 우연입니다.”

“근데 진짜 날파리 먹어서 그런 거면 사건이 너무 커지는데. 우리 선에서 해결이 안 나는데."

"네. 넘어가면 어쩔 수 없죠."

진짜 이 사건은 어마어마하게 커졌다. 사망자가 기하급수적으로 많아져 3일 후에는 자다가 돌연사 한 사망자가 누적합계 500명을 넘겼다. 마치 전염병이 도는 지역처럼 사람들은 외출을 삼가고, 마스크의 의무 착용이 실시되었다. 하지만 이미 엄청난 숫자로 불어난 이 날파리들은 계속 번식을 하여 강원도 지역은 물론 불과 한 달 만에 충청도 지역에도 출몰하였다. 경기도 역시 강원도와 인접한 산간 지역에는 간혹 볼 수 있었지만 대대적인 살충제 살포로 도시 지역의 접근을 억제하였다. 소방호스를 통해 살충제를 분사하고, 여러 대의 드론을 통해 이것들에게 접근하여 분사하기도 했다. 살충제 살포의 가장 큰 문제점은 생태계 파괴였다. 기존의 곤충들까지 다 죽일 수 있어서 도시 지역에 바리케이트를 치는 것처럼 들어오지 못하게 막는 형식으로 살충제를 뿌릴 수밖에 없었다. 태워서 죽이는 화염방사기도 등장하였으나 산불의 위험이 있어 이 역시 사용에 한계가 있었다. 그래도 마스크를 쓰는 것이 효과가 있어서 일주일 후부터는 사망자가 더 이상 나오지 않았다. 날파리와 그것을 먹은 사람들을 분석한 결과 이 날파리는 인체에 흡수되어 부신을 자극하는데 코티솔을 단시간 내에 다량 분비하게 만든다. 다량의 코티솔이 혈압과 혈당을 비정상적으로 높이며 체내의 대사와 내분비계를 엉망으로 만들고, 부정맥을 일으켜 사람을 급사하게 만드는 것이다. 이 때 건강한 사람의 경우 다른 효소들이 분비되어 다시 정상화할 수 있지만 기존에 지속적으로 스트레스를 받아 이미 부신에서 코티솔을 많이 분비한 경우 몸이 이를 이겨 내지 못하고 사망하게 되는 것이라고 한다. 여기서 신기한 것 하나는 사망자의 91%가 남자라는 것이다. 벌레를 섭취해서 병원을 찾은 사람의 수는 여자나 남자나 크게 차이가 없었다. 아니 오히려 여자가 더 많았다. 그래서 특별히 남자에게만 작용을 하는 것인가 하는 의심을 했지만 분석 결과 그런 것은 없었다. 군인을 포함해 평소에 스트레스를 많이 받은 사람이 남자가 더 많았을 뿐이었다. 갑자기 이 벌레들이 어디서 나타났는지에 대한 추측도 다양하게 나왔다. 그중에서 가장 타당한 것이 멸종한 고대의 곤충인데 알이 어딘가에 봉인이 됐다가 어떤 이유에서 부화가 되었다는 설이다. 땅속 깊은 곳에 있는 것을 건축이나 상하수도 등의 공사 때 건드려서 부화를 했다는 것이다. 하지만 정확한 것은 누구도 알 수 없었다. 어디서 왔느냐는 두 번째 문제이고, 일단 서울 시내로 진입하는 것을 막는 문제가 더 시급했다. 벌레들의 수도권 침입을 막기 위해 군인, 소방관, 경찰까지 동원되어 밤낮을 가리지 않고, 방어를 했다. 충청도 지방까지 영역을 확장한 벌레들은 수도권의 남쪽에서 올라오는 경우도 생겨 방어선을 넓힐 수밖에 없었다. 수도권 밖의 작은 도시에선 걸어서 다니는 사람들을 찾아보기 힘들어졌고, 각 지역의 주요 도시들은 수도권과 마찬가지로 치열한 방어전을 해야만 했다. 전국적으로 세력을 확장하게 되자 전문가 및 여론은 둘로 갈라졌다. 강력한 살충제를 전국에 뿌려서 당장 벌레를 전멸시켜야 한다는 의견과 지금 그렇게 벌레를 잡으면 장기적으로 생태계가 파괴되어 더 큰 피해를 입게 된다는 의견이었다. 인터넷 게시판과 TV 토론 등 각종 SNS에서 이 문제를 가지고 싸우는 동안 정부 역시 결정을 짓지 못하고 계속 방어만을 할 수밖에 없었다. 외국으로 피난을 가거나 이민을 준비하는 사람도 생겼다. 나라 전체가 우왕좌왕하는 순간 의외의 곳에서 구세주가 나타나 이번 재앙을 한 번에 정리해 버렸다. 그는 동장군이었다. 철원의 하늘을 뒤덮으며 처음 존재감을 알린 그날로부터 54일 후인 11월 29일, 올해 처음으로 기온이 영하로 떨어진 날 벌레들은 약속이나 한 듯 모두 사라졌다. 약 두 달 동안 대한민국을 혼돈에 빠트린 벌레들은 모든 것이 자연의 섭리라고 말하는 듯 영하의 추위에 모두 동사한 것이다. 벌레들이 갑자기 모습을 감추자 원인을 모르는 정부는 도시를 방어하던 살충팀을 유지한 채 신속히 조사를 시작했다. 벌레들의 사체를 확인한 후 벌레를 연구하던 연구소에서 3℃ 이하로 떨어지면 동사한다는 공식 발표를 했다. 정부는 모든 비상사태를 해제하고, 살충 팀도 해체했다. 의심이 많은 사람들은 계속 마스크를 썼고, 며칠 동안 밖에 나오지 않는 사람도 많았다. 날씨가 따뜻해지면 다시 나타날 것이라는 예상이 많아 여름까지 다들 긴장을 하고 나름의 대책을 세웠지만 다행히도 걱정하는 그런 일은 발생하지 않았다. 그렇게 모두의 기억 속에서 서서히 사라졌다.

작가의 말

이 소설은 남자와 여자가 편을 가르고 싸우는 데 남성의 편을 들고자 쓴 것은 아니다. 남자와 여자는 같은 인간이지만 엄연히 다른 존재로 서로에 대해 이해를 하려면 각자의 상황이 어떠한지 알 필요가 있다. 상대방의 상황은 관심 없고, 본인의 상황만 힘들다며 주장하는 것은 억지이자 투정일 뿐이다. 여자라서 사회적으로 겪는 어려운 부분들을 주장하려면 남자라서 겪는 부분들도 인정해야 한다는 것이다. 근본적으로 남자와 여자는 평등할 수가 없다. 육체적으로나 정신적으로 같지 않기 때문이다. 이 차이점을 인정하고, 서로의 유리한 점과 불리한 점을 보완하는 기준을 마련하는 것이 무조건 똑같이 대하는 것보다 현명하고, 합리적인 방법이다. 전통적인 성역할도 마찬가지다. 현재의 시선을 통해 불합리한 것들을 고쳐나가야 하는 것인데 이때 한 쪽이 유리한 것은 그냥 두고, 불리한 것에만 집중을 하면 억지가 되는 것이다. 불리한 것을 고쳐나가기 위해서는 유리한 것도 포기해야 상대에게 인정을 받을 수 있다. 예를 들면, 울타리에서 벗어나 자유롭게 돌아다니길 원하는데 울타리

밖에서도 안에 있을 때처럼 보호받길 원하면 안 된다. 밖으로 나오면 그만큼의 위험을 감수해야 한다는 것이다. 최근 한국에는 대통령도 페미니스트 선언을 하며 페미니즘이 활발하게 이루어지고, 여성가족부를 중심으로 수백 개에 이르는 각종 여성단체들이 주도를 하여 여성을 위한 정책, 여성 전용 시설, 여성 활동 지원 등을 만들고 있다. 이에 반해 남성을 위한 단체는 있는지 알 수도 없는 상황이고, 정책이나 시설 등은 전혀 찾아볼 수 없다. 누구 하나 대한민국 사회에서 남성이 받고 있는 어려움과 문제에 대해서 언급도 하지 않는 상황인 것이다. 물론 예전에는 많은 것들이 남성 위주로 이루어져 남성만을 위한 무언가가 전혀 필요하지 않은 사회였다고 할 수 있었다. 하지만 한국 사회가 세계 어디에도 유례가 없을 정도로 급격한 발전을 이루었고, 그에 따라 여성의 사회적 지위 역시 크게 상승하였다. 몇 년생부터라고 정확하게 선을 그을 수는 없지만 젊은 세대들은 남녀를 차별하지 않아야 한다는 것을 당연하게 생각하며 자랐고, 단순히 여자라는 이유로 제재를 당하거나 못 하는 것들은 별로 없었다. 그렇다고 남녀차별이 완전히 없어졌다고 주장하는 것은 아니며 전통적인 성역할에 대한 편견은 아직도 뿌리 깊이 남아 있다고 생각한다. 중요한 것은 이런 것들에 의해 여자만 피해를 보고 있는 것은 아니고, 남자도 많은 부분에서 피해를 보고 있다는 것이다. 현대 한국 사회에서 남성들이 차별받고, 희생하고 있는 부분은 분명히 존재하고 있으며 어려움을 호소하는 남성들도 많이 있다. 이런 내용들을 미스터리적 요소를 더하여 이 소설을 통해 재미있게 풀어 보고자 했다. 한국을 살아가는 남성들이 이 소설을 읽고 많은 부분에서 공감하고, 위로가 되었으면 좋겠다. 또한 이러한 사실들을 모르고 있던 사람들도 현재 한국 남성들의 상황에 대해 알고, 이해를 하여 한쪽에 치우치지 않는, 모두가 조화를 이루는 사회가 되기를 원한다.

K-MEN

초판 1쇄 발행 2021년 6월 9일

지은이 정천
펴낸이 이기봉
편집 좋은땅 편집팀
펴낸곳 도서출판 좋은땅
주소 서울 마포구 성지길 25 보광빌딩 2층
전화 02)374-8616~7
팩스 02)374-8614
이메일 gworldbook@naver.com
홈페이지 www.g-world.co.kr

ISBN 979-11-6649-862-6 (03810)